起底美国

America Unmasked

新华社国际部 著

新华出版社

FOREWORD

序

"八十七年前，我们的父辈在这片大陆上建立了一个新的国家，它孕育于自由之中，奉行人人生而平等的主张。如今，我们正在进行一场伟大的内战，考验着这个国家，或任何有此信仰和主张的国家，能否长久地存在下去。"

1863 年 11 月 19 日，美国总统林肯在葛底斯堡国家公墓揭幕式上发表演讲，评说当时正在激烈进行的南北战争。

一百多年后的 2024 年 4 月 12 日，影片《内战》在美国上映。片中描绘了一幅极端混乱的景象：19 个州宣布脱离美国联邦，联邦调查局被解散，林肯纪念堂被炸毁，白宫陷落。

虚构的情节，反映出现实中美国人对于可能爆发"第二次内战"的严重焦虑。美国媒体评论："你可能会不小心把影片的未来设定误认为是现在。"

与新闻报道一样，文艺作品也是时代的产物，关注时代的潮流，反映时代的困惑。在这部影片背后，是美国国内近年来围绕"内战"的争议，是美国社会分裂加剧的现实，是美国大众日益高涨的愤怒，是美国多年来苦心营造的光环的褪色。

在不久后的 5 月底，美国前总统、共和党总统竞选人特朗普因隐瞒 2016 年总统选举期间向一名成人电影女演员支付 13 万美元"封口费"等罪名,被美国法院判决 34 项刑事指控成立,开创了美国前总统在刑事案件中被定罪的先例。用美国媒体的话说,这表明美国已被推入"未知领域"。

紧接着,特朗普 7 月 13 日在宾夕法尼亚州竞选集会现场遭枪击,右耳受伤。被几名安全人员围着的他,脸上沾着血迹,右手握拳高高挥舞,连声呼喊"战斗"。这一幕被现场记者的相机定格,成为展现美国政治极度撕裂的又一标志性画面。

随后,在民主党内高层和"金主们"的巨大压力下,总统拜登被迫退出总统竞选。而上一位放弃竞选连任的美国总统,还是 1968 年的林登·约翰逊。

定罪、刺杀、退选……这混乱不堪的一切,距离美国学者提出西方自由民主制度是人类政治历史发展终点的"历史终结论",仅仅过去了 30 多年;距离美国目空一切地发动"全球反恐战争",仅仅过去了 20 多年;距离美国启动"亚太再平衡"战略对中国展开全方位遏制打压,仅仅过去了 10 多年;距离美国上一次总统选举后上演"国会山骚乱",仅仅过去了不到 4 年……

不可否认,从经济、社会到科学、文化,美国人民在诸多领域为人类文明发展作出过重要贡献。但为什么仅仅一代人左右的时间,这样一个超级大国就从傲然自诩的"山巅之城""民主灯塔",沦为媒体口中的"美利坚分众国""内战风险国"?为什么当美国政客在国际上极力鼓吹"民主对抗威权"的论调时,只有 28% 的美国成年人在 2024 年年初的盖洛普民调中对美国自身民主状况表示满意,创下40年来最低值?为什么美国因俄乌冲突对俄罗斯施加的严厉制裁措施得不到大多数南方国家的支持,而美国全力为以色列大举进攻加沙地带提供军援的做法受到南方国家以及美欧国家民众的谴责?

冰冻三尺非一日之寒。很多问题其实早就存在,只是被美国自我营造的光环所遮蔽。当真相越来越多被揭示,美国舆论霸权开始加速崩塌,谎言编织的幻象随之破灭,暴露出"皇帝新衣"的真实面目。

基于这样的时代背景与现实基础,新华社推出"起底美国"系列深度报道,深入研究美国历史真相、现实问题、霸权劣迹、话语体系、制度缺陷、文化根源等,通过不同领域、不同维度、历史与现实、现象与本质的全方位深入解析,对美国自我标榜的"自由、民主、人权"等光环逐一祛魅,向世界还原一个真实的美国。

这个还原真相的过程,本身也是在寻找一个答案:世界应向何处去?

当今世界之所以面临百年未有之大变局,国际局势之所以呈现变乱交织的景象,一个重要原因在于,以美国为首的西方主导的国际秩序存在严重的不公平不公正,掌握主导权的美国及其盟友从中获利过多,而全球南方获利较少,美国等西方国家的上层精英获利过多,而社会中下层民众获利较少。国际、国内两个维度的严重不平衡长期积累,导致经济全球化进程阻力越来越大,国家间地缘政治矛盾不断加剧,许多国家内部利益冲突日趋激烈。如果不能认清这样的现实，不能揭示美国霸权体系危害世界的真相，继续任由美国及其盟友将西方的政治、经济、文化模式标榜为"普世价值""唯一道路"并强加于其他国家，世界就难以找到正确的前进方向，各种动荡冲突就必然会愈演愈烈，全人类最终都将为此付出巨大代价。

因此，在这样一个重要历史关头起底美国，既是为了让世界更加理性地认清美国，也是为了让世界更加理性地看清前路——那不应是一条分裂对抗、弱肉强食的压迫之路，而应是一条和平发展、命运与共的光明之路。

目 录

第一篇　美式制度

▶ **政治失能、经济失衡、社会失序**
　　起底美国走向衰败的政治制度　　　　　　　　　　／002

▶ **"1% 有、1% 治、1% 享"**
　　起底美国"民主假面"　　　　　　　　　　　　　／011

▶ **"我们的货币，你们的麻烦"**
　　起底美元霸权　　　　　　　　　　　　　　　　／020

▶ **"消灭其印第安人身份，拯救这个人"**
　　起底美国针对原住民的"文化种族灭绝"历史　　／029

▶ **针对亚裔的歧视仍在加剧**
　　起底美国反亚裔种族主义原罪　　　　　　　　　／037

▶ **哭泣的童年**
　　起底美国奴役移民童工的黑色利益链　　　　　　／045

▶ **白人至上、美国第一、富人优先**
　　起底"美国例外论"的危险本质　　　　　　　　／051

▶ 永远的伤疤
　　起底美国违背人性的人体试验　　　　　　　　　　　　/ 057

▶ "僵尸之地"折射"美国毒病"
　　起底美国毒祸之源　　　　　　　　　　　　　　　　/ 064

▶ 肆无忌惮的网络霸权
　　起底美国"黑客帝国"真面目　　　　　　　　　　　　/ 070

▶ "谁在管理国家？是战争机器"
　　起底美国军工复合体　　　　　　　　　　　　　　　/ 077

▶ "美国梦"碎　何以为家
　　起底美国愈加恶化的无家可归顽疾　　　　　　　　　/ 084

第二篇　美式霸权

▶ 戕害世界　罪行累累
　　起底美国军事霸权　　　　　　　　　　　　　　　　/ 094

▶ 霸道的"规则"　霸权的"秩序"
　　起底美国所谓"基于规则的国际秩序"　　　　　　　　/ 101

▶ 霸权逻辑无规则秩序可言
　　起底美国政治"领导力赤字"　　　　　　　　　　　　/ 107

▶ 将触角伸向全球的战争怪兽
　　起底美国主导北约为害世界　　　　　　　　　　　　/ 110

▶ "美国想要的不是盟友，而是忠诚的仆从"
　　起底美国同盟体系　　　　　　　　　　　　　　　　　　／116

▶ "美国人在背后捅了我们一刀"
　　起底美国借乌克兰危机捆绑压榨欧洲　　　　　　　　　／124

▶ "民主只是美国的说辞，他们眼中只有霸权"
　　起底"美式民主"如何祸乱世界　　　　　　　　　　　　／131

▶ 扎入拉美"血管"的霸权利刃
　　起底美国"门罗主义"干涉拉美二百年　　　　　　　　／138

▶ 抢夺资源　转移污染
　　起底西方气变政策背后的"碳殖民主义"　　　　　　　／148

▶ 无情、无理、无差别的残害
　　起底美国非法制裁危害伊朗民众生命健康　　　　　　　／155

▶ "没有美国，我们打不了这场战争"
　　起底美国战争经济学底层逻辑　　　　　　　　　　　　／162

▶ 伸向亚太的黑手
　　起底美国主导北约加速东进亚太之害　　　　　　　　　／169

第三篇　美式话术

▶ 祸害世界的美式谎言　　　　　　　　　　　　　　　　　／176

▶ "活在自我设计的经济模型中"
　　起底美西方"预期绑架"套路　　　　　　　　　　　　／181

▶ 发展中国家不相信美国炮制的"债务陷阱"谎言 / 187

▶ 虚假叙事　误导预期
　　起底美西方抹黑中国经济的惯用套路 / 193

▶ 中国投资海外港口构成威胁？美国谬论尽显霸权逻辑 / 202

▶ "去风险"难掩遏华本质
　　警惕"去风险"的话术陷阱系列评论之一 / 209

▶ "去风险"背后是美国霸权焦虑
　　警惕"去风险"的话术陷阱系列评论之二 / 213

▶ 炒作中国"经济胁迫"是混淆视听贼喊捉贼
　　起底美国抹黑中国话术系列评论之一 / 216

▶ 捏造中国"打压外资论"是唱衰中国沉渣泛起
　　起底美国抹黑中国话术系列评论之二 / 221

▶ 美国贸易战损招造成多输局面
　　起底美国贸易战反智本质述评之一 / 225

▶ 美国"脱钩断链"威胁全球供应链安全
　　起底美国贸易战反智本质述评之二 / 229

▶ 美国"悔棋翻盘"破坏多边经贸秩序
　　起底美国贸易战反智本质述评之三 / 234

▶ 从对华"脱钩"到"去风险"
　　起底美"政治骗子"的"风控"谎言 / 239

▶ 悖入亦悖出　害人终害己
　　起底美国对华政策的反动、反智与反噬　　　　　　　　　　／248

▶ 国际有识之士为何不相信美国涉华人权谎言　　　　　　　　／254

▶ 是"自由主义"还是"原始资本主义"
　　起底美国政治双面游戏的真相　　　　　　　　　　　　　／263

▶ 傲慢与焦虑
　　起底美国对华认知战扭曲心态　　　　　　　　　　　　　／267

▶ 说一套做一套无法取信于人
　　起底美国政治"形象赤字"　　　　　　　　　　　　　　／276

第四篇　美国批判

▶ 抢、打、黑
　　美国霸权"虔诚"的三件套　　　　　　　　　　　　　　／282

▶ 抹黑中国洗不白"黑客帝国"　　　　　　　　　　　　　　／286

▶ 美翻炒中国"窃取"技术的三个歪心思　　　　　　　　　　／289

▶ 制裁成瘾　霸道成性　　　　　　　　　　　　　　　　　／293

▶ 说一套做一套，奉劝美国少来这一套　　　　　　　　　　／296

▶ "去风险"才是最大风险　　　　　　　　　　　　　　　　／300

▶ 美债危机将加速美式霸权终结　　　　　　　　　　　　　／303

- 名为"七国集团"实则"1+6" / 306
- 美国是胁迫外交的"集大成者" / 309
- "泄密门"扯掉美国多重虚伪面具 / 312
- 美国侵犯难移民人权恶行罄竹难书 / 315
- 任意拘押,抹不去的美国人权污点 / 318
- 美国制度设计的初始逻辑背离民主真谛
  揭穿美式民主真相之一 / 321
- 美国病态民主加剧治理失序
  揭穿美式民主真相之二 / 326
- 打"民主"旗号行反民主之实
  揭穿美式民主真相之三 / 331
- 翻一翻美国人权记录的"烂账" / 335
- 贫富分化"撕裂"美国社会 / 338
- 美国滥施五大霸权危害世界 / 342
- 枪患顽疾难除凸显美国治理失能 / 344
- 滥施"长臂管辖",世界苦美久矣 / 347
- 输了官司耍无赖,美式贸易霸凌新闹剧 / 350
- 美国,"无法呼吸"的梦魇缘何挥之不去 / 353

▶ 麦卡锡"险胜" 美式民主惨败 /356

▶ 美国霸权之路越走越窄 /359

▶ "人体试验"只是美国侵害人权的冰山一角 /362

▶ 美国国会山的"股神"们 /365

▶ 搞二元对立没有出路
　　起底美国政治"思想赤字" /367

后 记
/371

"在美国政界，有两样东西很重要，第一是金钱，第二我就不记得了。"——100多年前竞选专家马克·汉纳的金句，在一次又一次选举中得到反复验证。

没有人公开承认"深度政府"真实存在，但美国政商寡头勾结、大资本幕后掌权的现象是无可否认的事实。而为此付出代价的，自然是美国民众。

美国是贫富分化最为严重的西方国家。过去几十年，美国贫富差距越发悬殊，而美国政府却缺乏解决贫困问题的政治意愿。

在如今的美国，原住民在政治和经济上仍然处于边缘位置，几个世纪以来的压迫以及物质和文化破坏造成的伤痕没有被抚平。美国人动不动就批评其他国家，却拒绝照照镜子——其实他人早就看穿了。

PIECE
01

第一篇

美式制度

美国经济精英阶层和利益团体对美国政府政策有巨大影响力，而普通美国人几乎没有影响力。

——美国普林斯顿大学教授马丁·吉伦斯、西北大学教授本杰明·佩奇

▶ 政治失能、经济失衡、社会失序
起底美国走向衰败的政治制度

关于美国的制度，美国历史学家查尔斯·比尔德曾这样形容：一伙资本家投机商"成功哄骗普通民众接受一个有利于少数显贵的政体"。

如今，美国制度失灵的迹象随处可见：选举沦为"金钱游戏"，两党对立日益严重，贫富鸿沟日益加大，种族矛盾日益加深，而实际掌握权力的"深度政府"只关注政商寡头的利益，对民众日益强烈的不满无动于衷。

问题如此严重，以至于曾经鼓吹"历史终结论"的美国学者弗朗西斯·福山也不由哀叹："当人们对制度的认知固化时，或当得势精英用权力阻挡变革以维护自身地位时，制度便会跟不上外部环境的变化，走向政治衰败。"

政治失能

金钱主宰　党派恶斗

2022年11月初，美国中期选举尚未正式启动，在全美多地投票箱前，就已有安保人员全副武装、严阵以待。投票开始后，在威斯康星州，一名男子持刀进入投票站，威胁要求停止投票。当选举计票仍在进行时，得克萨斯州哈里斯县、亚利桑那州菲尼克斯市等地，一些民众手举"停止偷取选票""尊重选民"等标语走上街头抗议。

选举被视为美国政治制度的核心，但近年来美国民众对选举的态度愈加消极和失望。美联社与芝加哥大学全国民意研究中心联合创办的公共事务研究中心2022年10月公布的一项民调结果显示，只有9%的受访者认为美国民主制度运转良好。

"在美国政界，有两样东西很重要，第一是金钱，第二我就不记得了。"——100多年前竞选专家马克·汉纳的金句，在一次又一次选举中得到反复验证。据美国"公开的秘密"网站统计，2022年美国中期选举费用高达167亿美元，是史上最贵中期选举。

金钱主宰下的选举，选出的自然大多是金钱的代言人。政客们借助利益集团提供的巨额资金获取权力，当选后当然要用手中权力投桃报李。有些政客下台后转投商界，将多年积累的政治资源兑换成真金白银，这种"政商旋转门"在美国已是一种公开的利益交换手段。以利润丰厚的军工行业为例，美国政府问责局的最新报告显示，仅在2019年就有超过3.7万名军方官员离任后在14家大型军火承包商那里谋得职位。

2022年8月，美国前总统特朗普被联邦调查局突袭"搜家"后，民主、共和两党及双方支持者激烈对抗，甚至发生了针对联邦调查局的暴力事件，"内战"一时间成为美国社交网络上的热词。美国《国家利益》杂志网站说："大量迹象表明，美国的民主陷入险境。"

近年来，随着美国国内经济社会形势逐渐恶化，两党及其所代表的利益集团之间矛盾加剧，争斗愈演愈烈，政治极化和政治瘫痪现象越发严重，真正有利于民众和国家的改革难以推进。如果说美国的制度设计者们最初试图通过党派竞争来实现政治制衡的话，现实则与初衷相去太远。

德国《商报》网站刊文指出，美国对外把自己展示为"民主卫士"，强调维护西方世界秩序。然而，美国内部却存在严重分歧：堕胎、控枪、移民……

美国《纽约时报》网站专栏作家托马斯·埃德萨尔警告，美国已经分裂，正处于"非常危险的境地"。

经济失衡
贫富悬殊　阶层固化

近来，亚利桑那州菲尼克斯市圣玛丽食物银行的门前时常排着长队。这家慈善机构在 2022 年 11 月分发感恩节食物时，有来自全州各地的约 1.9 万个家庭前来领取，创下新高。2022 年 12 月 13 日，在这家食物银行门前排队的单亲母亲罗莎·达维拉在接受美国媒体采访时说，她没有工作，食物价格太高，买不起，家里 3 个十几岁的孩子"整天吃零食和即食麦片"。

美国劳工部 2022 年 12 月 13 日公布的数据显示，2022 年 11 月美国消费者价格指数（CPI）同比上涨 7.1%，仍处于高位。美国盖洛普公司 2022 年 12 月初发布的调查结果显示，55% 的美国人认为物价上涨令家庭经济困难。

2022 年 9 月 8 日，行人在美国加利福尼亚州洛杉矶市区经过无家可归者的帐篷。
新华社发（曾慧 摄）

多年来，美国财富向上聚集的趋势从未改变。美国联邦参议员伯尼·桑德斯 2022 年 9 月援引兰德公司数据说，过去 47 年，50 万亿美元财富从美国社会底层 90% 的人手中转移到了最顶层 1% 的富人手中。即便发生重大危机，也只会加速这一过程，因为美联储长期实施极度宽松的货币政策，最终带来严重通货膨胀，令穷人成为货币政策"放水"的主要受害者，而富人则从货币推动的股市、楼市繁荣中获益巨大。美联储 2021 年 10 月公布的数据显示，新冠疫情暴发后，美国最富的 1% 群体在公司股票和共同基金上的财富增长超过 6.5 万亿美元，是底层 90% 的人财富增长总额的 5 倍多。

诺贝尔经济学奖得主、美国哥伦比亚大学教授约瑟夫·施蒂格利茨在其著作《不平等的代价》中指出，美国贫富差距扩大的一个主要原因是，公共政策的变化使得收入和财富分配越来越有利于富人，越来越不利于穷人。这些变化包括放松对金融部门的管制，不断弱化公司治理制度，为富人提供获取垄断利润的政策和规则，以及取消或削弱针对中低收入人群的福利补贴，等等。不言而喻，这些政策的最大受益者是高收入阶层，而受到伤害的是中低收入阶层。

如今，号称"人人生而平等、奋斗改变命运"的"美国梦"已走向幻灭，财富与机会的流动性几乎消失。正如哈佛大学经济学家拉杰·切蒂的研究结论所显示的，对于来自低收入地区的美国儿童来说，从收入最低的五分之一群体上升到收入最高的五分之一群体的机会不到 5%。

美国外交学会主席理查德·哈斯指出，过去有人认为，美国是一个基于"只要努力工作，人人都能改善自身命运"的理念而建立起来的国家，然而，这种每个人都有成功机会的理想，已被阶级固化的现实取代。

社会失序
种族对立　暴力泛滥

非洲裔美国人内森·康诺利和妻子沙妮·莫特打算出售在巴尔的摩的房子，首次估价是47.2万美元。这对夫妇随后摘掉了屋子里他们的所有照片，并让一名白人同事与房屋鉴定人见面。这次，他们的房子估价75万美元。同样的房子，同样的位置，近30万美元的差价。

在《第三次重建：美国在21世纪的种族正义斗争》一书中，历史学家佩尼尔·E·约瑟夫通过类似这样的日常生活中的真实故事，来帮助读者理解美国社会隐藏的种族不平等现象。从低估黑人住房价值的鉴定歧视，到密歇根州弗林特和密西西比州杰克逊等黑人为主的城市出现的水危机，再到不断延长的被警察打死的手无寸铁的黑人男性的名单……这些线索汇集起来，让人们看清，在美国，尽管合法的奴隶制与种族隔离制度早已不复存在，但种族仇恨和种族歧视仍然根深蒂固。

与黑人所受歧视形成鲜明对比的，是白人所受的优待。年仅19岁的白人青年凯尔·里滕豪斯如今在美国"小有名气"，因为在2020年美国黑人男子雅各布·布莱克被警察开枪打伤后引发的大规模抗议示威活动中，里滕豪斯开枪打死两人、打伤一人，最终却被法院判决"无罪释放"。

此案在美国引发巨大争议，因为媒体披露此案的陪审团成员几乎都是白人。里滕豪斯被判无罪后，全美多地出现反对种族主义的游行。一些人手举标语，上面写着"要么修改体制，要么失败""里滕豪斯——有罪！有罪！有罪！"。

加利福尼亚大学伯克利分校"死刑诊所"项目联合主任伊丽莎白·塞梅尔指出，在全美进行的每一项研究中，无论是在州法院还是在联邦法院，都有一个普遍发现——陪审员挑选制度中始终存在种族歧视。"在加利福尼亚、北卡罗来纳、康涅狄格，或是华盛顿、俄勒冈，结果都一样。"

法国政治学家、蒙田研究所特别顾问多米尼克·莫伊西认为，威斯康星州陪审团判定里滕豪斯无罪就是"美国病"的最完美体现。这一决定与正义毫无关系，它诠释了美国社会内部深刻的、难以克服的分裂。

一个国家的社会制度运转是否良好，治安状况是一项关键指标。除了种族歧视问题外，里滕豪斯案还折射出美国社会中另一个多年来不断恶化的老大难问题——枪支暴力。

如今，暴力犯罪已成为美国社会中一道越来越深的伤疤。《纽约时报》通过研究统计数据得出结论，枪支暴力已成为美国儿童死亡的"头号杀手"，2021年有3597名儿童死于枪击，儿童枪击死亡率创下20多年来最高纪录。正如美国南卡罗来纳医科大学精神病学与行为科学教授迪安·基尔帕特里克所说，大规模暴力已经构成美国的一场重大公共危机，在大大

2022年5月15日凌晨，人们在美国纽约州布法罗市的枪击案现场附近摆放蜡烛纪念遇难者（手机拍摄）。

新华社发（张杰 摄）

小小的社区中定期上演，令无数人感到恐惧。

枪支暴力还与种族仇恨频繁联系起来。2022年5月14日，纽约州布法罗市一家超市内，一名白人枪手实施针对黑人的袭击，造成10死3伤，受害者中11人是黑人。枪手通过头盔上的摄像头直播袭击过程，枪身上写有充满种族歧视含义的文字。美国联邦调查局2022年12月12日公布的数据显示，2021年全美报告7200多起仇恨犯罪案件。美国副总统哈里斯承认，一场"仇恨流行病"正在美国蔓延，这已被暴力和偏执行径所证实。

制度失灵

寡头获利　民众遭殃

在美国，流传着关于"深度政府"的说法。曾在美国国会工作28年的迈克·洛夫格伦说，总统会下台、国会会易主，但在这背后有一个"深度政府"，一个由情报机构、军队、司法系统和利益集团组成的"永久性政府"，它是结合了政府关键角色和金融及产业界高层的利益联盟。华盛顿已被这样一个僵化的官僚体制把控，普通的改革根本不可能影响到这个体制。

没有人公开承认"深度政府"真实存在，但美国政商寡头勾结、大资本幕后掌权的现象是无可否认的事实。而为此付出代价的，自然是美国民众。

2022年11月16日，当洛克希德·马丁公司首席执行官吉姆·泰克利特在一个防务论坛上发表讲话时，一名抗议者手持写有"洛克希德爱战争"的标语牌上台抗议。她指责这家军工巨头大发战争财，浪费本应用于改善民生的政府预算。

随着乌克兰危机升级，美国不断加大对乌武器供应和人员培训力度。

据美国外交学会统计,从 2022 年 1 月 24 日至 11 月 20 日,美国已累计向乌提供总价值 480 亿美元的援助,其中相当一部分经费流入了美国军火商的口袋。

美国国防部前官员富兰克林·斯平尼指出,美国军队、军火商与国会勾结起来,借乌克兰危机渲染对俄恐惧,为新一轮军费扩张制造借口。据《纽约时报》报道,洛克希德·马丁和诺斯罗普·格鲁曼等军工企业的股价 2022 年以来上涨了约 35%,而市场主要指数总体呈下跌趋势。

除军工复合体外,华尔街也是美国深受诟病的一大利益集团。据美国媒体统计,约半数的离任国会议员都在华盛顿著名的游说公司聚集地 K 街谋得职位。"华盛顿的议员们都是给华尔街打工的,他们的竞选资金来自华尔街,他们对华尔街和 K 街上的游说大佬俯首听命。"美国知名导演迈克尔·穆尔这样说。

这是 2020 年 10 月 30 日拍摄的美国纽约证券交易所旁的华尔街路牌。

新华社记者 王迎 摄

能源行业和拥枪势力的能量同样不可小觑。例如，在应对气候变化方面，联邦参议员乔·曼钦屡屡反对相关立法，《纽约时报》调查发现，他从石油和天然气行业获得的竞选资金比任何其他参议员都多。

支持拥枪的利益团体有钱有势，每年都会投入大笔资金游说政客。据"公开的秘密"网站统计，2021年拥枪利益团体的政治游说支出达到创纪录的1580万美元。对于一些政客及其背后的利益团体来说，拥枪不仅是"权利"，更是一门有利可图的"生意"。美国作家贝伦·费尔南德斯痛斥，美国社会治安每况愈下的制度根源是"贪婪的资本主义"，"美国的社会规则就是资本利益在民众安全之上"。

美国作家罗克珊·盖伊直言，在美国，政策被卖给了出价最高的金主。美国前劳工部长莱克指出，财富与权力的勾结，制造了寡头政治、破坏了民主制度，使美国的制度失灵。

▶"1%有、1%治、1%享"
起底美国"民主假面"

——民主党人资助对手共和党竞选人参加党内角逐,因为他们认为这些人比其他共和党人在两党对决中更容易被自己击败;

——非洲裔居民占比超过四分之一的亚拉巴马州划分国会选区,7个选区中只有1个是非洲裔占多数;

——共和党主政州把"移民大巴"源源不断送入民主党主政城市,华盛顿特区、纽约市等地不得不进入紧急状态;

这张2018年12月28日拍摄的资料照片显示,在美国华盛顿,国会大厦映在一辆汽车上。

新华社记者 刘杰 摄

——前总统特朗普被联邦调查局突袭"搜家";众议院议长南希·佩洛西的丈夫在家中遇袭受伤;

……

这些都是美国这个中期选举年的真实景象。

美国长期自我标榜所谓"自由选举":"民主政治的精髓""人人有权参选""一人一票"……然而,真相并非如此。

一幕幕闹剧,一番番算计,凡此种种,让美国作家马克·吐温1870年发表的短篇小说《竞选州长》中的戏剧性场面在今天的美国更加不足为奇。

150多年过去,美国"民主假面"之下,金钱与权力的丑陋游戏愈演愈烈。

党争丑态
"我们这是在玩火"

"我要给他寄张感谢卡。"宾夕法尼亚州持右翼激进立场的共和党人道格·马斯特里亚诺2022年早些时候在赢得本党州长候选人提名后,公开感谢民主党州长候选人乔希·夏皮罗主动替他打广告。

这正是2022年美国中期选举竞选中的怪象:民主党人花费巨资给共和党竞选人打竞选广告。据《华盛顿邮报》报道,在科罗拉多、伊利诺伊、马里兰等至少9个州,民主党人已花费5300多万美元来支持立场更激进、也因此在本州最后的两党对决中可能更易被击败的共和党竞选人。

"我们这是在玩火……"前国会众议院民主党领袖理查德·格普哈特对此批评说。

这只是美国选举乱象的冰山一角。

美国以选举为中心的对抗性政治模式带来的结果就是,政客为谋权力不择手段,党派恶斗愈演愈烈,而选民的根本利益却无人真正在意。

2022年9月中旬，美国副总统哈里斯在首都华盛顿特区的家门外聚集了从南部边境运来的近百名移民，他们抱着枕头、席地而坐。几个月来，得克萨斯、亚利桑那、佛罗里达等州的共和党籍州长将数以万计非法入境的移民用大巴或飞机送到东北部一些民主党主政的城市，目的是通过炒作移民问题来攻击民主党，以提升共和党支持率。

2021年1月美国国会山骚乱至今余波未平。围绕国会山骚乱调查，民主、共和两党在一场场听证会上大打"口水仗"。与此同时，特朗普被"搜家"进一步加剧了社会分裂，甚至引发针对联邦调查局的暴力事件，

漫画创作：于艾岑

"内战"论调甚嚣尘上。政客们不惜撕裂国家也要卖力表演,其实都是为了在选举中获利。

2022年10月28日,就在中期选举投票日临近之际,众议院议长佩洛西的丈夫在家中遭到暴力袭击。民主、共和两党人士围绕肇事者的身份和目的互相激烈指责。

至于两党候选人之间的相互攻讦、抹黑,更是屡见不鲜。在最近举行的俄亥俄州联邦参议员竞选电视辩论中,两名候选人恶语相向,互斥对方是"马屁精",场面十分不堪。在佐治亚州联邦参议员竞选中,民主党阵营则集中攻击共和党候选人的私生活问题。

无尽的党争令美国政治陷入巨大的内耗,枪支暴力、堕胎权、通胀、新冠及猴痘疫情等选民关心的诸多问题只见争吵、不见解决。随着美国民众对华盛顿政治圈日渐失望、愤怒,对美国民主失去信心的人也越来越多。美国昆尼皮亚克大学2022年8月底公布的一项民调结果显示,近七成美国人认为美国民主"面临崩溃风险"。美国全国广播公司2022年10月的民调显示,八成美国选民认为,两党无休止的恶斗将摧毁整个国家。

制度不公
普通选民"影响几乎为零"

"从诞生第一天起就是不公平的。"《纽约时报》曾这样对美国选举制度作出论断。

从历史上看,无论是美国宪法创立者宣扬的"人民",还是《独立宣言》中标榜的生而平等的"人人",都仅限于白人男性,"生而平等"只是谎言。美国白人妇女直到1920年宪法第十九修正案出台才获得选举权;印第安人1924年才获得公民权,其选举权直到1962年才得到美国所有州的法律认可;非洲裔虽然1870年就被赋予选举权,但实际饱受压制,其真正意义上的选举权直到20世纪60年代民权运动后才实现,至今依然面临诸多人为制造的障碍。从1870年1月第一个非洲裔联邦参议员海勒姆·雷韦尔斯算起,到2021年1月拉斐尔·沃诺克当选联邦参议员,美国在一个半世纪里总共只产生了11名非洲裔参议员。

如今,表面上,美国公民只要符合规定条件就能参选和投票,但实际上,美国的选举制度决定了选举过程基本仍被政商高层操纵。国会的人员组成与美国人口结构差距明显,少数族裔的代表权仍受到压制。据皮尤研究中心统计,本届国会中,非西班牙裔白人议员占77%,显著高于其在美

漫画创作:于艾岑

国总人口中约 60% 的占比。

"杰利蝾螈"就是一种美国特有的典型的选举操纵手法。1812 年，马萨诸塞州州长杰利为了本党利益，签署法案将该州一个选区划成类似蝾螈的极不规则形状。这种不公平的选区划分此后被称为"杰利蝾螈"。

美国一般在每 10 年一次的人口普查后结合人口变化情况重新划分选区。美国宪法将划分选区的权力赋予各州立法机构，为州议会多数党借此操纵选举提供了空间。其手段有二：一是"集中"，尽可能将少数党选民划入少数特定选区，牺牲这些席位以换取多数党在其他大多数选区的绝对优势；二是"分散"，将少数党选民相对集中的地区拆分划入周边不同选区，从而稀释少数党选票。

例如，非洲裔约占亚拉巴马州总人口的 27%，2020 年人口普查后，该州 60% 的非洲裔被划到一个国会选区，导致其他一些选区非洲裔占比变低，其投票难以对这些选区的选举产生有效影响。

通过选区划分来操纵选举，政客得以"挑选"选民，而不是由选民选择政客。

除此之外，还有其他一些操纵手法。据布伦南司法研究中心统计，从 2021 年年初至 2022 年 5 月，美国有 18 个州通过了总计 34 项限制投票的法律，使得选民申请、接收或投出邮寄选票变得更加困难。研究还显示，美国低收入人群参与投票的可能性远低于高收入人群，他们经常因交通、疾病等问题不能去投票。

哈佛大学法学院教授劳伦斯·莱西格指出，美国体制的核心已经"腐坏"。德国《经济周刊》前主编斯特凡·巴龙援引美国普林斯顿大学和西北大学的一项研究给出了更直截了当的结论："普通美国人的选择似乎只能对政治产生微不足道的影响，从统计学上看几乎为零。"

"杰利蝾螈"这样的明显漏洞 200 多年不补，选民投票障碍越来越多，少数族裔和中低收入者权益难以得到保障……种种不公，原因何在？

"美国民主的设计从来不是为了民主。"哈佛大学教授路易斯·梅南日前在《纽约客》网站的一篇文章中一针见血地指出。

金钱主宰
"一人一票"实为"一美元一票"

那么,美国民主的设计到底是为了什么?

"在美国政界,有两样东西很重要,第一是金钱,第二我就不记得了。"100多年前,帮助威廉·麦金利两次赢得美国总统选举的竞选专家马克·汉纳曾这样道出美国政治的真相。

在美国大大小小的选举中,竞选者都需要通过"烧钱"来提升"存在感",因为打广告、雇人、印宣传品、办活动等都离不开钱。于是,利益集团就以竞选捐款的形式,出钱资助代表其利益的政客。而这些政客上台后,则用手中权力制定有利于金主的政策。就这样,选举成为资本与政客权钱交易的"市场","一人一票"实为"一美元一票",投票过程只不过是为资本代理人掌权提供"合法性"的障眼法。

尤其是在2010年和2014年联邦最高法院两次判决后,政治募捐获得松绑,金钱对美国政治的影响走向新高潮。美国前总统卡特曾对此评价:"美国民主已死,取而代之的是寡头政治。"

据美国"公开的秘密"网站统计,截至2022年9月底,美国本届中期选举选战"账单"已高达48亿美元,预计最终将超过93亿美元,打破2018年中期选举创下的纪录,成为美国史上最贵中期选举。

当然,美国政客掌握权力不仅要服务于资本,自己也要分一杯羹。

美国《国会山报》网站日前披露,佩洛西的丈夫至少从大型科技公司股票投资中获利多达3000万美元,尤其是一些精准"踩点"的操作十分惹眼,这对夫妇因此被美国网民戏称为"国会山股神"。据美国媒体统计,

漫画创作：于艾岑

佩洛西夫妇2020年投资回报率高达56%，远超美国知名投资人沃伦·巴菲特同期26%的成绩。这种以权谋私的腐败问题并非个例。《纽约时报》近期发布的一份调查报告指出，至少有97名现任国会议员涉嫌利用职权提前获取内幕消息，据此买卖股票、债券或其他金融资产。

多年来，媒体曝光了很多政客腐败案例，但问题始终得不到真正解决。这说明，症结并不在个别政客的贪婪，而在美国民主本身。

美国精心设计的选举制度,并非是为服务于最广大人民,而是把人民割裂为不同群体,使之相互争斗、无法团结,从而让统治阶层更方便地进行统治。各政党的活动离不开资本所提供的资金,离不开资本所掌控的媒体,离不开资本所塑造的价值观,也摆脱不了资本游说的影响。更不用说,很多高层人士通过"旋转门"往来于政商两界,本身就是"亦官亦商"。因此,这些政客不可能真正代表民众利益,国家权力始终稳稳攥在资本家手中。

美国普林斯顿大学教授马丁·吉伦斯和西北大学教授本杰明·佩奇在联合撰写的《美国有民主吗?哪里出了问题,我们能做什么》一书中写道:"美国经济精英阶层和利益团体对美国政府政策有巨大影响力,而普通美国人几乎没有影响力。"《纽约时报》与美国西恩纳学院2022年7月联合民调显示,58%的美国选民认为,"美国的政治体制已经崩溃,需要进行结构性改革"。

1863年,时任美国总统林肯在葛底斯堡演说中以"民有、民治、民享"来形容理想中的美国民主政府。150多年后的今天,新加坡国立大学亚洲研究所杰出研究员马凯硕在其著作《亚洲的21世纪》中借用并改造了这一表述:"事实表明,美国已远离民主而走向财阀统治,其社会是'1%有、1%治、1%享'。"

假面之下,"金钱至上"才是美国民主始终不变的本质。正如英国曼彻斯特大学社会学教授加里·扬所言,无论美国选民投票给谁,"赢家总是金钱"。

▶ "我们的货币，你们的麻烦"
起底美元霸权

"美元是我们的货币，却是你们的麻烦。"美国前财政部长约翰·康纳利的傲慢言辞数十年来不断被验证。

美国联邦储备委员会 2022 年 11 月 2 日再次宣布加息 75 个基点。自 2022 年 3 月以来，美联储已连续 6 次加息，美国联邦基金利率水平升至 2008 年 1 月以来最高位。美联储激进加息，美元急剧升值，在全球范围产生严重破坏性后果，令不少国家本币贬值、资本外流、偿债成本上升、输

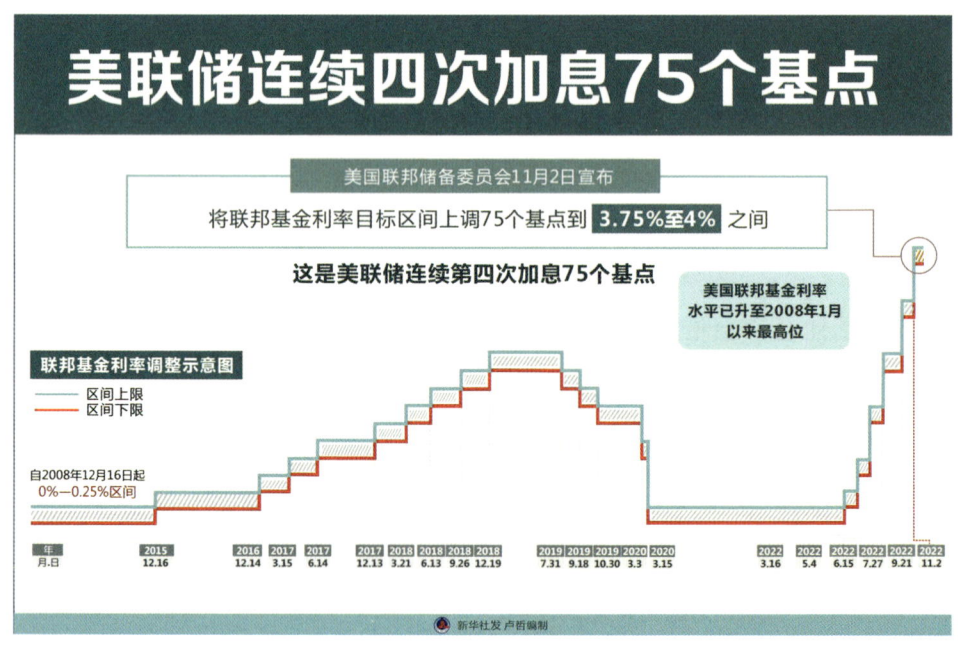

图表制作：卢哲

入性通胀加剧，一些国家甚至陷入货币或债务危机。

长期以来，美国经常利用美元在国际货币体系中的霸权地位，转嫁国内危机，收割世界财富，损害他国经济金融稳定和民众福祉。美元霸权已成为威胁世界经济的重要不稳定因素。

不惜发动战争维护美元霸权

战机呼啸、导弹连发、建筑毁坏、平民伤亡……2011年3月，美国及其盟友发起对利比亚政府军的空袭，帮助利反对派推翻卡扎菲政权。有国际舆论指出，除地缘政治因素外，卡扎菲此前提出不使用美元进行贸易结算，从而对美元霸权构成挑战，也是利比亚招致打击的原因之一。

美元霸权始于二战后期。美国借二战之机囤积大量黄金，主导建立起以美元与黄金挂钩为基础的布雷顿森林体系，由此确立了美元的全球硬通货地位。20世纪70年代，布雷顿森林体系瓦解后，美国又借中东局势动荡之机，利用中东产油国对安全的需要对其威逼利诱，将美元与石油捆绑，建立起"石油美元"体系。从"黄金美元"到"石油美元"，美元霸权的确立、巩固和演化，有着鲜明的"战争烙印"。

美元霸权是美国的世界霸权在金融领域的反映，也为美国的世界霸权提供了金融上的重要支撑。因此，维护美元霸权，就是维护美国的世界霸权。为实现这一目标，美国不惜动用武装冲突、"金融战""贸易战"等一切手段，也不惜对任何国家下手，包括自己的盟友。

20世纪80年代初期，日本对美国贸易顺差不断扩大，推动了日元的国际化进程，令美国日益不安。为扫除隐患，美国政府胁迫盟友作出让步。1985年9月，在纽约广场酒店，美国、法国、联邦德国、日本和英国的财长和央行行长签署《广场协议》。此后，日元对美元大幅升值，日本出口受挫，经济风险陡增。这成为后来日本经济陷入长期衰退的重要诱因，日元国际化进程也随之遇挫。

1999年1月1日，欧元诞生，其对美元汇率最初约为1比1.18。欧洲通过统一货币整合了内部力量，对美元霸权形成挑战。两个多月后，美国带领北约打着"防止科索沃人道主义危机"的旗号，在未经联合国授权的情况下悍然轰炸南联盟，挑起科索沃战争。战乱导致大量国际资本逃离欧洲，欧元对美元汇率一路走跌，至1999年年底已跌破1比1水平。

2000年，伊拉克宣布将石油出口从美元结算改为欧元结算。这显然对"石油美元"的霸权地位构成了威胁。2003年，美国以"伊拉克拥有大规模杀伤性武器"为借口入侵该国，推翻了萨达姆政权。西班牙《起义报》指出，美国对伊拉克、利比亚等国进行军事打击的一个重要原因，是"华盛顿希望维持为其债务提供资金的石油美元体系，以及美元作为主要贸易货币的统治地位"。

如今，熟悉的桥段再度上演。2022年以来，在美方操弄下，乌克兰危机升级和美联储激进加息等利空因素交织呈现，欧元、日元、英镑等主要非美货币暴跌，美元作为"避险资产"的地位却得以稳固。

印度评论家维贾伊·普拉沙德日前在文章中写道，美国不惜以其他国家可能因战争造成的动荡和大量伤亡，换取其自二战结束以来一直试图保持的霸权。"在谁要面对痛苦、谁来享受收益的问题上，其冷酷无情令我震惊。"

"尽情享受由他国埋单的挥霍"

一张百元美钞成本不足一美元，而其他国家要获得这样一张钞票，必须提供价值100美元的商品和服务。掌握美元霸权，就相当于掌握世界的"印钞权"，美国只需开动印钞机，就可以换取他国实实在在的财富，攫取所谓"铸币税"。

"嚣张的特权。"——美国康奈尔大学经济学教授埃斯瓦尔·普拉萨德在其著作《美元陷阱》中这样描述美元霸权的掠夺本性。在他看来,凭借美元的主宰地位,美国得以"尽情享受由他国埋单的挥霍"。

长久以来,美联储按照美国利益需要,在"开闸放水"和"落闸限流"之间反复横跳,利用货币流动从他国攫取经济利益。美国货币政策处于扩张周期时,大量资本流向全球,助推资产价格泡沫,赚取高额增值收益;美国货币政策进入收缩周期时,资本回流美国,把本币大幅贬值、资

漫画制作:马则刚

产价格崩盘的恶果留给他国。

20世纪70年代石油危机爆发后，美联储实行低利率政策刺激投资与就业，同时通过美元贬值来减轻美国的债务负担。专家指出，当时美国动员拉美和非洲一些国家参与石油勘测与开采以打破中东产油国垄断，这些国家则为此借入大量低息美元贷款，但到了70年代末80年代初，美联储大幅提高利率，导致美元升值、油价下跌，这些国家随即陷入债务危机。

2008年国际金融危机发生后，美联储出台量化宽松政策，大肆印钞。货币超发通常会导致通胀攀升，但美国通胀率此后多年维持在较低水平，其原因在于，大多数超发的美元并没有留在美国国内，而是通过进口他国商品、投资他国资产等方式输送到其他国家。在"空手套白狼"换取他国财富的同时，美国也将通胀转嫁给他国。

美国还利用美元作为头号国际储备货币的地位，为其债务进行外部融资，通过规模庞大的美元资产市场，让美国的负债在很大程度上实现"体外循环"。美国财政部数据显示，截至2022年10月初，美国联邦政府债务规模已突破31万亿美元，远超美国2021年约23万亿美元的国内生产总值。如此巨额的债务，寅吃卯粮的美国政府不可能真正偿还，其应对方法就是由美联储大量增发美元，来直接偿还外债和稀释外债负担，其实质就是割其他国家的"韭菜"。

"美国享受着美元所创造的超级特权和不流眼泪的赤字，它用一钱不值的废纸掠夺其他民族的资源和工厂。"法国前总统戴高乐半个多世纪前对美元霸权的洞见至今发人深省。

"前所未见的大规模货币武器化行动"

2022年10月20日，日元对美元汇率一度跌破150比1，刷新1990年8月以来最低点，迫使日本政府干预汇市。日本媒体评论说，日本被卷入"一场美国总统亲自下场参战的'逆向货币战争'"。过去常说的"货币战争"通常是指国家竞相让本币贬值,以刺激出口、带动增长,而现在的"逆向货币战争"则是指国家推动本币升值,以减轻进口商品价格上涨带来的通胀压力。

漫画制作:马则刚

从 20 世纪 80 年代拉美债务危机,到 1997 年亚洲金融危机,再到 2008 年国际金融危机,几乎每一次重大金融危机背后都有美元霸权作祟。在其他国家遍体鳞伤之时,美国往往能摆脱风险,甚至从中获益。

新冠疫情暴发后,美国再次将美元霸权用到极致。有研究指出,仅在一年半时间里,美国就印了 200 多年来发行的所有美元中的近一半。这种"大水漫灌"导致通胀压力、动荡压力、资产泡沫压力不断外溢。2022 年美国又连续大幅加息,让本已风雨飘摇的国际金融市场再遭打击,世界经济复苏进程严重受阻。

"美元升值正在动摇世界。"面对美联储的猛烈加息,《日本经济新闻》的文章充满担忧。不仅日元,伴随美元一路飙升,非美元货币普遍惨遭收割。欧元、英镑对美元汇率均跌至数十年低点,新兴市场货币也遭受重创。

美元大幅升值还严重加剧了新兴市场和发展中国家的美元债务负担,令其外部融资环境恶化。为应对资本外流、本币贬值,许多国家的央行被迫跟进加息。

国际货币基金组织(IMF)研究部世界经济主管丹尼尔·利告诉新华社记者,美联储激进加息令美元大幅升值,导致美元债务较多的国家偿债压力骤增。IMF 数据显示,超过四分之一的新兴经济体要么已发生债务违约,要么债券价格大跌,超过 60% 的低收入国家面临债务困境。

新加坡国立大学李光耀公共政策学院副教授顾清扬表示,美国"任性"加息所倚仗的是美元霸权。凭借美元霸权,美国可以向世界转嫁危机,经济高度开放而基础薄弱的拉美、东南亚和南亚国家尤其危险。

美国还将美元霸权变成一种地缘政治武器,频频祭出制裁大棒,大搞金融恐怖主义,对他国动辄采取冻结资产、阻碍交易和长臂管辖等手段,严重破坏国际秩序,威胁经济金融稳定。

乌克兰危机升级以来,美国冻结俄罗斯外汇储备,制裁俄主要银行,并将大多数俄银行排除在环球银行间金融通信协会（SWIFT）系统之外，导致国际金融及大宗商品市场剧烈波动。2022年2月，美国宣布冻结阿富汗中央银行数十亿美元外汇储备，令阿民众生活雪上加霜。

"前所未见的大规模货币武器化行动。"美国考尔德伍德资本公司对冲基金经理迪伦·格莱斯这样评价美国对俄金融制裁。他警告说："这张牌你只能出一次。这是货币史上的一个转折点：美元霸权的终结。"

"最终将让美国自食其果"

美国任性妄为，全然不顾他国，其后果必然是美元信用受损，美元霸权根基动摇。

作为"石油美元"主要支点之一的产油大国沙特阿拉伯，近期与美国在原油产量问题上分歧显著。英国《金融时报》网站刊文指出，美国要求沙特增产以压低全球油价，结果遭拒。这表明"石油美元"模式渐趋式微。

美国马萨诸塞大学阿默斯特分校经济学教授贾娅蒂·高希认为，过去几十年来，美国一直在利用美元作为世界储备货币的"超级特权"，任意印钞或对其他国家采取违反国际法的制裁措施。这导致美国信誉下降，越来越多国家考虑规避美元的替代性贸易和金融安排，"美元霸权今后将变得更加脆弱"。

在阿根廷布宜诺斯艾利斯大学经济学教授豪尔赫·马奇尼看来，当今世界地缘政治、经济贸易等方面都在剧烈变化，人们该重新考虑美元的地位，"美元霸权的现实将会得到改变"。

事实上，近年来美元国际地位已明显下滑。IMF数据显示，2022年第二季度，美元在全球官方外汇储备资产中占比约为59.5%，而2001年美元占比曾一度高达72.7%。

美元在全球外汇储备占比变化
2000年-2022年二季度

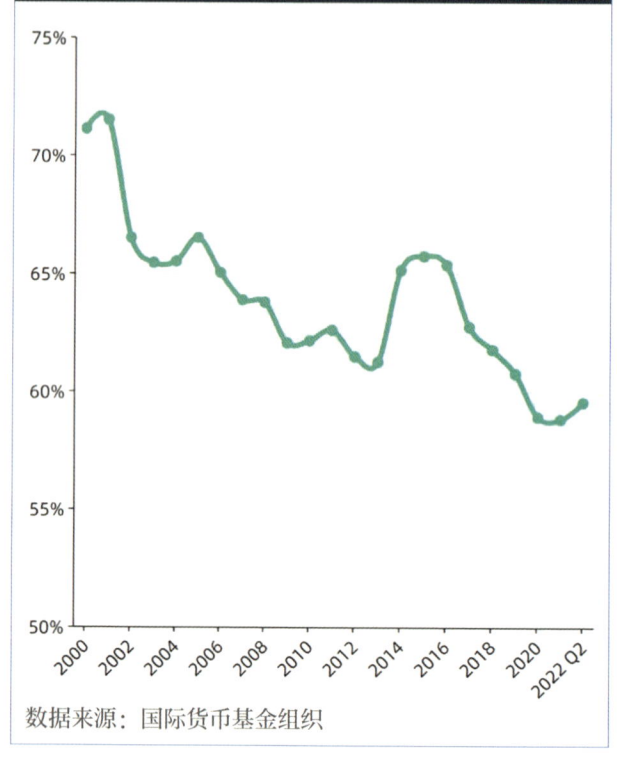

数据来源：国际货币基金组织

图表制作：缪培源

种种迹象显示，许多国家"去美元化"正在提速。俄罗斯出台与"不友好"国家和地区的"卢布结算令"；印度央行推出国际贸易的卢比结算机制；以色列在历史上首次将加元、澳元、日元和人民币纳入其外汇储备，同时减持美元和欧元……

俄罗斯智库"瓦尔代"国际辩论俱乐部项目主任雅罗斯拉夫·利索沃利克指出，世界经济"去美元化"趋势正在强化，发展中国家在世界经济中的重要性增加，进一步推动了这一进程。

"美国的货币政策最终将让美国自食其果，这只是时间问题。"菲律宾"亚洲世纪"战略研究所副所长安娜·马林博格-乌伊说。

▶ "消灭其印第安人身份，拯救这个人"
起底美国针对原住民的"文化种族灭绝"历史

美国科罗拉多历史学会 2023 年 10 月发布调查报告，公开该州原住民寄宿学校学生遭非人道对待的历史真相。报告说，1892 年到 1909 年，共有 1000 多名来自数十个部落的印第安儿童在两所主要寄宿学校就读，其间至少有 67 名学生死亡。这两所学校普遍存在非人道待遇和肉体虐待。

消灭其印第安人身份，拯救这个人。

漫画创作：于艾岑

近几年，美国昔日原住民寄宿学校虐待残害学生的调查结果不时见诸报端，在寄宿学校原址发现大量儿童墓地的新闻一次又一次震惊国际社会。窥一斑而知全豹。美国历史上通过屠杀、驱赶、强制同化等手段对印第安人实行种族灭绝，导致印第安人口从1492年的500万锐减到20世纪初的25万。然而，对印第安人实施迫害的历史真相太过残酷，掩盖那段历史长期成为美国国家层面的"集体意志"，印第安人的血和泪湮灭在美国崛起进程中。

"原住民寄宿学校制度是一种种族灭绝政策"

"我当时觉得世界上只有折磨和仇恨。"年近80岁的罗萨莉·惠尔温德·索利德回忆起幼时在原住民寄宿学校的经历，依然心有余悸。"除了没在毒气室里毒死我们，那里的生活和纳粹集中营没什么差别。"

索利德4岁时被送到南达科他州一所原住民寄宿学校，在那里被剪掉象征印第安女孩身份的发辫，人们告诉她她的母语是"魔鬼语言"。索利德曾被锁在地下室长达数周，而原因是所谓违反校规，她在校内意外摔伤腿后未获护理，从此落下残疾。

这是美国媒体最近曝光的美国原住民寄宿学校虐待迫害印第安孩子的案例之一。美国于18世纪独立后，不仅不承认印第安人公民权，还变本加厉掀起一场针对印第安人持续上百年的血腥杀戮、暴力驱逐和资源掠夺。而对印第安孩子，美国政府则把他们送入原住民寄宿学校进行"强制同化"。

从1819年推出针对印第安人的《文明开化基金法》开始，美国制定了一系列法律和政策，在全国推动建立原住民寄宿学校，强制印第安孩子入学，以抹掉他们身上的民族特性，彻底摧毁他们的文化根基。用当时流行的一句口号来说，就是"消灭其印第安人身份，拯救这个人"。

《纽约时报》文章披露，许多孩子被强行从家中带走。对那些抵制原住民寄宿学校的家长，美国政府采取各种威逼手段，包括扣押他们的食品配给。有的家长甚至面临牢狱之灾。1895年，一位3岁孩子的母亲就因不愿送女儿返回寄宿学校而被捕入狱。

在长达一个多世纪的时间里，原住民寄宿学校制造大量惨剧。美国内政部2022年5月发布的调查报告显示，从1819年到1969年，美国37个州建立408所原住民寄宿学校，其中50余所学校里发现有标记或未标记的墓地，死亡的印第安儿童超过500人。报告指出，随着调查工作继续展开，这一数字预计将达到数千或数万。

位于美国宾夕法尼亚州的卡莱尔印第安工业学校是美国政府开办的第一所印第安儿童寄宿学校。该校创始人理查德·亨利·普拉特就是"消灭其印第安人身份，拯救这个人"口号的原创者。

长期研究原住民寄宿学校历史的美国学者芭芭拉·兰迪斯在接受新华

这是2021年7月6日在美国加利福尼亚州班宁拍摄的圣博尼费斯印第安工业学校墓地。

新华社发（曾慧 摄）

社记者采访时表示,原住民寄宿学校是美国"历史上尤为丑陋的一章"。她认为,普拉特当初选择在卡莱尔建立原住民寄宿学校是因为这一地区远离原住民社区,同时邻近费城、华盛顿特区、纽约等美国主要文化中心,可以让印第安学生与其家人隔离,迫使他们被白人文化同化。

进入卡莱尔印第安工业学校的印第安孩子被迫剪头发、改名字、禁止说本部族语言,被严苛的纪律约束,违反者将遭受体罚和单独监禁。这些管理办法后来被数百所原住民寄宿学校采用。据美国有线电视新闻网报道,至少180名学生的遗骸被埋在卡莱尔印第安工业学校内有标记或无标记的墓地里。

美国全国土著居民寄宿学校治愈联盟的莱茜·金纳特指出,无论是美国联邦政府资助的原住民寄宿学校,还是其他机构管理的同类院校,"它们都有同一个任务、同一个目标:除了血脉,偷走印第安孩子身上的一切,让他们厌弃自己,厌弃自己的文化,遗忘自己的语言"。

"原住民寄宿学校制度是一种种族灭绝政策,符合联合国关于种族灭绝的定义,我不认为有任何办法能洗白它。"兰迪斯说。

"没有对原住民的殖民统治,就没有今日的美国高等学府"

"这里在成为明尼阿波利斯(美国明尼苏达州城市)前,对'达科他人'来说是一个非常重要的地方。"研究明尼苏达大学建校与印第安人被迫害之间关联的奥德里安娜·古德温说。为还原历史真相,作为印第安原住民后裔的她,在明尼苏达大学的历史文档中花费数千小时寻找资料。

美国高校是美国人的荣耀,但许多人可能并不清楚,包括始建于1851年的明尼苏达大学在内,一些美国高校的创办与美国政府欺压屠杀印第安人、攫取印第安原住民土地存在关联。

随着研究不断深入，历史迷雾逐渐散去：1851年，在美国政府胁迫下，"达科他人"被迫与政府签订协议，低价出让他们在明尼苏达州世世代代居住的土地。1862年，他们再也忍受不了白人欺压，愤然反抗，遭到美国联邦军队镇压，38名起义者被绞死，其余"达科他人"几乎都被驱逐出该州。

同样在1862年，美国联邦政府通过《莫里尔法案》，同意划拨一些联邦土地给各州，用于发展高等教育。这些土地通常是通过不平等协议、横征暴敛或屠杀掠夺等手段从印第安人那里夺来的。明尼苏达州政府依据该法案"洗白了"夺取的"达科他人"土地，将一部分土地拨给明尼苏达大学，帮助它解决了财政困难。调查发现，明尼苏达大学创始校董会成员中包括州政府内一些有权势的政客。

2019年8月7日，在美国得克萨斯州埃尔帕索市，印第安裔美国人普丽西拉·佩雷斯手举标语参加反种族主义集会。

新华社记者 王迎 摄

明尼苏达州印第安事务委员会与明尼苏达大学合作的"真相"调查项目 2023 年 4 月发布一份长达 554 页的报告,指出明尼苏达大学创办者在 19 世纪建校初期对当地原住民进行"种族屠杀"和"种族清洗",将其家园和资源据为己有,此后上百年里又借办学之名将这段黑历史"洗白"。

据《华盛顿邮报》报道,在《莫里尔法案》推动下,大约 250 个印第安部落的 1070 万英亩(约合 433 万公顷,相当于近两个新泽西州面积)土地被低价强买或抢夺。全美有 52 所高校成为该法案的受益者,包括康奈尔大学、布朗大学、麻省理工学院。

这些被掠夺的土地有的被快速出售,让美国高校获得高额收益。例如,当年美国政府从印第安人手中低价购买 160 英亩(约合 65 公顷)土地,后来将其划拨给密西西比州,用来资助州立奥尔康大学和密西西比州立大学,两所大学转手就把土地卖了。

印第安人曾经的土地至今仍在让美国大学受益。根据"真相"项目调查,明尼苏达大学的永久信托基金仍控制着价值 6 亿美元的采矿、伐木等土地使用权,而这些土地都是美国政府当年从原住民手中以各种方式夺来的。

加拿大不列颠哥伦比亚大学副教授莎伦·斯坦说:"没有对原住民的殖民统治,就没有今日的美国高等学府,而这种殖民统治还在继续。"

"美利坚得以形成的第一道根脉便是对原住民的殖民主义种族灭绝"

"一些民族竟从地球上消失得干干净净,就连名字都从人类的记忆中抹去了。他们的语言早已失传,曾经的光辉就像没有回响的声音那样从人间蒸发。"19 世纪 30 年代,法国历史学家托克维尔在美国考察时就注意到印第安人种族灭绝的问题。

2010年1月27日，在美国新墨西哥州和亚利桑那州交界的一个印第安人村落，几名儿童走在放学回家的路上。为了同化印第安人，美国政府推行"美国化"教育，印第安部落社会和传统文化被逐渐瓦解。

新华社发

根据美国2020年人口普查，美国原住民群体包括印第安人和阿拉斯加原住民，目前约有970万人，占总人口约2.9%。他们普遍担心自己的语言文化被英语和西班牙语文化吞噬。

美国印第安纳州语言保护协会主席威廉·梅亚2022年接受采访时指出，对许多印第安人来说，自身语言的代际传播在20世纪80年代中期就停止了。印第安语言正在快速消亡，已有200多种永久消失。以拉科塔族为例，目前只有1500人能使用本部族语言，而在20年前还有5000人。

时至今日，许多印第安人仍挣扎在美国社会底层，生活得不到保障，所受系统性种族歧视无处不在。数据显示，在美国所有族裔群体中，印第安人的预期寿命最短，贫困率和青年酗酒率最高，社区医生与患者比例最低。

美国学者罗伯托·西尔文特和丹尼·哈方在《双标帝国：从独立战争到反恐战争》一书中写道："美利坚得以形成的第一道根脉便是对原住民的殖民主义种族灭绝。这一根脉至今仍然是美国社会的根本支柱，并且渗透于美国文化当中。"

美国《外交政策》杂志网站刊文指出，在如今的美国，原住民在政治和经济上仍然处于边缘位置，几个世纪以来的压迫以及物质和文化破坏造成的伤痕没有被抚平。美国人动不动就批评其他国家，却拒绝照照镜子——其实他人早就看穿了。

扫描二维码查看视频

▶ 针对亚裔的歧视仍在加剧
起底美国反亚裔种族主义原罪

2022年2月13日,35岁的韩裔美国人克里斯蒂娜·尤娜·李在位于美国纽约曼哈顿唐人街的租住公寓遇害。一年过去了,她的华裔房东布赖恩·陈依然记得,事发后人们在楼前摆放鲜花和蜡烛悼念遇害者。令人愤慨的是,这些纪念物却屡遭破坏,有时甚至是在光天化日之下。

"2022年对所有美国亚裔而言是非常糟糕的一年,有很多针对亚裔的仇恨和歧视。"陈告诉新华社记者。他觉得,对所有亚裔美国人来说,现在是非常艰难的时刻,在他居住的社区,"与仇亚的战斗每天都在持续"。

美国媒体曾言:"针对亚裔美国人的种族主义,一直是美国历史上的丑陋主线。"新冠疫情发生后,美国一些政客大肆散布和煽动阴谋论,亚裔沦为甩锅对象,针对这一群体的仇恨犯罪激增。近来,美国政府又罔顾科学和事实,推出针对中国的歧视性入境限制措施,引发进一步加剧美国社会仇亚问题的担忧。

"他们太害怕了,根本不敢出门"

年过花甲的华裔美国人珍妮·H已在旧金山生活了30年。她曾经喜欢出门,喜欢做义工,经常在公交车上与陌生人聊天。但现在的她感觉一切都变了。

近年来,美国国内针对亚裔群体的仇恨犯罪急剧增加。珍妮·H就曾多次遭袭：在公交车上被人殴打面部，造成眼睛永久损伤，需每三个月复查一次；2020年，在地铁站里被人猛推倒地失去知觉，醒来后发现自己骨折……"我的生活方式发生了巨大改变，我不想出门。"珍妮·H说。

身体上遭受伤病摧残，心理上经受无尽折磨，现在的她无法独自出门，去看病都要有亲友或义工陪伴。在接受媒体采访时，她也不敢说出全名，生怕再次成为袭击目标。

与珍妮·H一样，许多亚裔美国人在仇亚氛围中感到恐惧。在纽约曼哈顿和布鲁克林行医的内科医生安东尼·谭发现，新冠疫情暴发以来，找他看病的亚裔美国人明显减少。不少人需要定期复查，但"他们太害怕了，根本不敢出门"。

出现这样的局面，很大程度上是因为美国一些政客把亚裔当替罪羊，故意煽动种族主义和排外情绪，导致针对亚裔的仇恨和攻击加剧。美国华人联合会会长薛海培在接受新华社记者采访时指出，这些年美国在反对种族歧视方面的倒退速度已达到惊人的程度。

加利福尼亚州立大学圣贝纳迪诺分校仇恨与极端主义研究中心的数据显示，美国2021年针对亚裔的仇恨犯罪比2020年激增339%，纽约、旧金山、洛杉矶等地的此类犯罪数量均创下新高。美国"停止仇恨亚裔美国人与太平洋岛居民联盟"2022年10月发布的一份报告显示，2020年3月以来，该组织共收到超过1.1万份仇视亚裔美国人与太平洋岛居民事件的报告，其中五分之一的事件是肇事者将新冠疫情、收入缺乏保障等问题归咎于亚洲人或亚裔美国人。

2021年3月，一名枪手袭击佐治亚州亚特兰大市由亚裔经营的两家水疗中心和一家按摩店，造成8人遇害，其中包括6名亚裔女性。有南亚裔血统的美国副总统哈里斯当时承认，种族主义和仇外情绪在美国一直是"真实存在"的，美国一些身居高位的人把亚裔当作替罪羊，那些人有话语权、影响力，却在散播仇恨。

2021年3月20日,人们手持标语在美国佐治亚州亚特兰大市的佐治亚州议会大厦前举行集会,抗议针对亚裔的暴力、种族歧视和仇外情绪,要求为亚特兰大枪击案受害者伸张正义。

新华社发（王晓衡 摄）

美国 2021 年 5 月颁行《反新冠仇恨犯罪法》。然而，皮尤研究中心 2022 年 5 月公布的数据显示，63% 的亚裔美国人认为针对亚裔的暴力活动仍在增加，超过三分之一的受访者担心自己被威胁或被袭击，因此被迫改变生活方式。来自纽约市昆斯区的华裔美国人卡伦·王在 2022 年美国中期选举期间接受媒体采访时表示，自己的不安全感从未如此强烈。"作为一个亚裔美国人，我感觉自己更容易成为被袭击的目标。"

"美国历史上的丑陋主线"

"前人勇拓基备尝苦难，后进应奋发敬慰英灵。"

美国洛杉矶东部的长青公墓内，有一面纪念参与修建美国太平洋铁路华工的纪念墙，中央黑底壁面上用汉字刻着这样一副对联。2005 年 6 月，洛杉矶大都会交通局在长青公墓附近发现一处墓地，挖出上百具人类遗骨、刻有汉字的墓碑和瓷器等物品。经考古学家鉴定，不少死者为 19 世纪末为美国修筑铁路的华工。

1863 年，为开发西部，美国开始修建首条横贯美国东西部的铁路——太平洋铁路，招募了约 1.2 万名中国劳工参与建设，华工人数占所有铁路工人的 85%。他们在极为恶劣的条件下夜以继日地工作，在崇山峻岭中开山铺路，很多人惨死异国他乡。资料显示，1865 年年底至 1866 年年初，接连 5 个月的暴风雪致使雪崩频发，修建太平洋铁路部分线路的 3000 多名华工遇难。几个月后冰雪融化，人们才发现遇难者都身穿单衣，赤着双脚。这些死者的后事无人料理，由新来的华工草草掩埋。

华人为美国发展作出了重要贡献，却成为受排挤和迫害的对象。当时美国政府推行种族歧视政策，导致华人死后不能与白人一样葬入公墓，只能埋入野地。1871 年，一伙白人冲进洛杉矶唐人街附近街区，枪击和绞死了 21 名华裔。19 世纪 70 年代，旧金山暴发天花疫情，华裔被诬陷为"罪

2014年5月9日，在华盛顿美国劳工部，时任美国劳工部副部长卢沛宁出席纪念仪式。当日，美国劳工部举行纪念仪式，正式将19世纪在美国修筑铁路的约1.2万名华工载入其荣誉榜。

新华社记者 殷博古 摄

魁祸首"。1882年，美国国会通过《排华法案》，禁止一切华人劳工进入美国，还禁止已获得永久居住权的中国人入籍成为美国公民。这一法案直到1943年才被废除。

美国华人联合会会长薛海培指出，美国在种族歧视问题上有历史原罪，《排华法案》堪称对亚裔仇恨的"集大成者"。该法案是美国历史上唯一针对单一族裔实施歧视、排斥和打压的法律，对几代在美华人造成极大伤害。美国国会直到2012年才正式以立法形式就《排华法案》道歉。

在《排华法案》出台一个世纪后的1982年6月，27岁的华裔美国人陈果仁即将结婚，在底特律一家俱乐部参加聚会，却遭到无端攻击。"都是因为你们这些×××，我们才丢了工作。"白人汽车工人罗纳德·埃本斯冲陈果仁大骂脏话。当时，美国汽车制造业不景气，大量人员失业，作为行业中心的底特律遭受重创。美国将责任推给日本汽车厂商，造成仇亚情绪高涨，许多亚裔成为受害者。埃本斯当时把陈果仁误认为日本人，将一腔怨恨发泄在他身上。

埃本斯和继子迈克尔·尼茨一路追打陈果仁，用棒球棒击打他的头部。4天后，陈果仁不治身亡。而法庭仅以过失杀人判处两名凶手缓刑三年、罚金3000美元。2022年，美国有线电视新闻网就陈果仁遇害40周年进行报道时说，审理此案的法官的解释是："他们（埃本斯和尼茨）不是那种你会送到监狱里的人。"

在美国纪录片《谁是陈果仁？》中，美国法律学者吴华扬表示："在陈果仁案之前，可以说没有亚裔美国人这个概念。"陈果仁案审判结果公布后，底特律的亚裔美国人群体开始团结在一起，举行抗议活动，成立民权组织。美国媒体认为，陈果仁遇袭事件及其判决结果是美国亚裔民权运动的一个转折点。2022年，美国亚裔人士在举行集会呼吁停止针对亚裔的仇恨及暴力犯罪时，依然带着陈果仁的画像。

亚裔美国人戴维·施在《纽约时报》网站撰文指出，20世纪80年代初，美国汽车业一蹶不振，日本汽车业崛起。美国社会中一些曾经的中产阶级人士处境一落千丈，陈果仁所代表的亚裔群体成为替罪羊。如今，在市场驱动和竞争激烈的社会中，亚裔仍在为"幸福感消退"背锅。

"这是一个根深蒂固的问题"

2023年年初，美国疾病控制和预防中心制定针对中国的歧视性入境限制措施，要求从中国出发飞往美国的旅客提供出发前两天内进行的新冠病毒阴性检测证明或者90天内新冠康复证明。对此，美国乔治·华盛顿大学医学教授乔纳森·莱纳讽刺说，美国"现在唯一的防疫努力是检测中国旅客"，"大家都醒醒吧，问题出在我们自己身上"。美国"亚裔美国人公平推进组织"主席兼执行主管约翰·杨表示，在美国国内反华的大环境下，美国政府推出针对中国的歧视性入境限制措施，已超出合理应对疫情的范畴，可能助长美国社会的种族主义暗流。

就在上述入境限制措施生效后大约一周，美国印第安纳大学布卢明顿分校一名18岁亚裔女生在公交车上被一名56岁的白人女子用刀袭击，头部被刺数次。凶手对警方说，她的目标就是"中国人"，她这么做"会少一个人来毁掉我们的国家"。

美国移民问题专家令狐萍在《亚裔美国人：历史与文化百科》一书中指出，仇亚暴力在美国有深远的历史根源。在种族偏见和歧视性法律及政策的驱使下，仇亚暴力从美国的第一批华人移民潮时期就已经开始出现，并在此后反复发生。在纽约昆斯区长大的亚裔美国作家李敏金在接受美媒采访时表示，不论亚裔美国人的学历有多高、其所在社区有多安全，他们都有可能遭遇针对亚裔的侮辱、攻击，甚至可能被杀害。这是亚裔群体长期遭受迫害的历史结果。

一些学者认为，与对非洲裔的歧视不同，美国社会对亚裔的歧视历来带有排外色彩。从心理根源上看，其核心是把亚裔视为"永远的异类"。美国历史学者李漪莲在《亚裔美国的创生：一部历史》一书中写道，尽管昔日的歧视性法律已被废除，亚裔美国人在美国社会中仍然没有获得完全平等的地位。很多亚裔在几代人之前就已定居美国，但仍被视为外来者。"这导致他们在日常生活中被歧视、并成为暴力、谋杀、仇恨犯罪的目标。"

华裔美国作家兼记者凯瑟琳·陈在评论文章中坦承，多年来，她在美国一直觉得自己像个局外人，除了疏远自己族裔的传统和文化之外别无选择。亚裔群体被殴打、刺伤或推到地铁轨道上，但"我们的遭遇既没有在同龄人中引起注意，也没有在历史课本和民权演讲中得到重视"。

从更大范围来看，反亚裔种族主义是美国系统性种族歧视的表现之一。亚裔与非洲裔、拉美裔、原住民等少数族裔一样，都是美国长期以来或明或暗的"白人至上主义"所歧视、压迫的对象，也是美国政客为了自身利益所煽动的种族仇恨与对立的牺牲品。

美国华人精英组织百人会总裁黄征宇在接受新华社记者采访时表示，美国作为一个移民国家，有歧视和剥削少数族裔群体的历史。"我们每天都在与一些政客和领导人针对亚裔美国人群体的种族主义言论和行为，以及长期存在的刻板印象作斗争。"

曾遭受仇亚袭击的华裔美国人张韵晗认为，种族主义问题始终困扰着美国，数百年来不断积累，新冠疫情下的仇亚犯罪激增是这个问题的一次集中爆发。"它不会轻易消失，这是一个根深蒂固的问题。"

▶ 哭泣的童年
起底美国奴役移民童工的黑色利益链

美国纽约，高楼林立，灯红酒绿。

为向"野蛮人"展示"现代文明"的发达和优越，美方安排一名印第安老酋长到这座国际大都市"深度游"。行程即将结束，有人问老酋长："此行最令你感到意外的是什么？"老酋长不动声色地回答："小孩子在工作。"

1906年，美国诗人埃德温·马卡姆在《织布机上的儿童》一文中讲述

这是2023年5月16日在美墨边境城市墨西哥雷诺萨的一处收容所内拍摄的移民儿童。

新华社记者 辛悦卫 摄

的童工问题，至今依然在美国盛行。

近年来，美国企业接连被曝光非法雇佣童工。与100多年前不同的是，如今的受害者大多是来自拉美、非洲等地区贫困国家的移民儿童。美国一些非法雇主与政客相互勾结，放宽法律限制、弱化制度执行、纵容人贩集团，把儿童当作"交易商品"和"牟利工具"，制造出一条黑色利益链，充分暴露出美国对待人权问题的自私和伪善。

以"人权卫士"自居、动辄指责他国侵犯人权的美国，是联合国193个会员国中唯一没有批准《儿童权利公约》的国家。

"人口贩子"

"从到工厂第一天起，我就不想再回到那里。那儿太糟糕了，非常冷，从冷库里推出来的小车很沉。机器非常锋利，如果不小心，一只手可能就没了。"在美国公共广播公司制作的纪录片《贩卖至美国》中，一个化名埃德加的危地马拉孩子这样讲述自己被人贩集团带到美国俄亥俄州一家养鸡场工作的情景。

埃德加和其他5个14岁至17岁的同伴住在卫生条件极差、没有取暖设备的简易房屋内，每天从事长达12小时的高强度工作。他们也想过要逃走，但蛇头威胁说必须打工偿还偷渡费用，否则他们在危地马拉的家人就会"吃上几颗子弹"。曾参与调查此事的前美国联邦参议员罗伯·波特曼说："据我了解，这绝非孤立事件，而是系统性问题的一部分。"

波特曼所说的"系统性问题"，是指美国政府对无人陪伴的移民儿童缺乏保护，以致他们沦为"现代奴隶制"的牺牲品。根据美国法律，国土安全部把非法越境且无人陪伴的移民儿童交给卫生与公众服务部下辖的难民安置办公室，后者负责联系移民儿童在美国的监护人或寻找其他合适的担保人，让他们为这些儿童提供住所。在此过程中，必须对监护人或担保人进行严格的背景调查、身份认证以及定期回访。

近年来，无人陪伴的移民儿童人数激增，美国政府却简化相关程序，停止收集担保人指纹，甚至不再对担保人进行犯罪记录调查。一些人贩集团利用这些漏洞，先将移民儿童诱骗至美国，然后冒充"亲属"将他们担保带出收容所，为其置办假身份，再通过劳务派遣公司把他们送到企业或农场，强迫他们从事高强度劳动，并将其大部分收入据为己有。

《纽约时报》披露，2021—2022年，多达8.5万名无人陪伴的移民儿童被监护人或担保人带走后就失去联系。尽管卫生与公众服务部在例行的月度回访中发现了这一问题，但并没有采取什么措施。

"不管是否有意，美国政府已成为金额高达数十亿美元的大规模贩卖儿童活动的人口贩子。"曾在卫生与公众服务部下辖收容所工作的塔拉·罗达斯说。在发现一些移民儿童的担保人是蛇头或跨国犯罪组织成员后，她站出来举报，却遭到卫生与公众服务部工作人员的威胁。

在2023年4月美国国会众议院一场听证会上，罗达斯说："我们没有给这些孩子他们想要的'美国梦'，而是把他们交给了恶棍，让他们成为现代社会中的奴隶。这太可怕了。"

"更好管理，更廉价，更少罢工"

2022年6月初至8月下旬，在美国内布拉斯加州一家肉类加工厂，一名13岁危地马拉女孩通宵达旦地清洗切骨机，从晚上11点到凌晨5点，每周工作5到6天。短短两个多月，她的双手和膝盖就被高腐蚀性清洁剂灼伤，满是水疱。

非法雇用她的是美国最大食品安全卫生服务供应商之一的包装卫生服务公司。美国劳工部2023年2月公布的信息显示，调查发现至少有102名13岁至17岁童工在与该公司合作的13家肉类加工厂工作。这些孩子用危险化学品清洁肉类加工设备,至少有3人在工作中受伤。

调查显示,福特、沃尔玛、通用汽车、塔吉特百货等多家美国知名公司或其供应链企业都有过非法雇佣童工的不良记录。2022年,美国亚拉巴马州两家汽车零部件供应商被曝雇佣童工,其中一家金属冲压厂雇佣多达50名童工,年龄最小的12岁。2023年5月,3家麦当劳特许经营商被曝在62家餐厅雇佣多达305名童工,其中两名年仅10岁。

美国艾奥瓦大学劳工研究中心的研究指出,雇佣童工在美国有很长的历史。在美国工业化进程中,雇主往往更偏好招募童工,因为他们"更好管理,更廉价,更少罢工"。

如今,童工问题依然没有得到解决。据美国劳工部统计,仅2022财年就有835家非法雇佣童工的企业被查处,涉及3800多名儿童。其中,从事危险工作的受害者达688名。据美国媒体报道,很多童工是来自中美洲国家的移民儿童,他们有的在田纳西州修屋顶,有的在密西西比州清洗屠宰场,有的在南达科他州锯木材……

墨西哥瓜达拉哈拉大学移民问题专家海梅·塔马约表示,非法雇佣使用假身份的移民儿童,很大程度上降低了劳务派遣公司和雇主的成本。

据美国媒体不完全统计,2017年以来多名遭非法雇佣的移民儿童在工作中丧命:14岁的路易斯·迪亚斯在河边修剪灌木时落水溺亡,15岁的胡安·奥尔蒂斯从屋顶坠落身亡,16岁的奥斯卡·多明格斯在建筑工地被推土机碾压致死……

根据美国《公平劳动标准法》,非法雇佣一名童工的最高罚款金额为1.5万美元。如果一名童工在工作中受重伤或死亡,罚款上限不到6.9万美元。例如,年收入超过4.5亿美元的包装卫生服务公司,非法雇佣上百名童工且情节恶劣,却仅被处以约150万美元的罚款,没有任何员工被追究刑事责任。而非法雇佣305名童工的麦当劳特许经营商只被合计处以21.25万美元的罚款。

"这些罚款对于一家大公司而言,就相当于几美分。这点损失微小到它们可能都注意不到。"美国童工联盟协调员里德·梅基说。

"遭剥削的儿童被视为'他们'而不是'我们'"

童工问题一直是美国社会的顽疾。19 世纪末 20 世纪初,随着美国工业化、城市化进程加快,童工数量急剧增加。1938 年,美国出台《公平劳动标准法》,禁止 14 岁以下儿童在美国大多数行业工作。14 岁至 16 岁的孩子可在特定行业从事有限时长的工作,而 16 岁至 17 岁的少年可从事不限时长的非危险性工作。但该法对农场主"网开一面",将其雇佣童工的年龄下限降至 12 岁,且允许不限时劳作,条件是父母同意并且不耽误学业。

不无讽刺的是,时至今日,美国一方面将购买香烟和其他烟草制品的最低年龄从 18 岁提高到 21 岁,另一方面仍将从事烟草种植工作的最低合法年龄维持在 12 岁。长时间在烟草农场劳作,工人会出现呕吐、昏厥、头痛等尼古丁中毒症状。

美国官方数据显示,美国农业就业人口为 250 万至 300 万。而据美国童工联盟估算,从事农业劳动的童工数量为 30 万至 40 万,其中很大一部分来自墨西哥等中美洲国家,许多人没有合法身份。

美国全国就业法律项目组主任丽贝卡·迪克森指出,《公平劳动标准法》具有明显种族主义倾向,为阻止大量从事农业劳动的有色人种享受与白人同等的劳动保护权利,故意将农业排除在外,在对童工年龄的限制上也是如此。

近年来,新冠疫情导致美国空缺岗位增加,一些雇主将目光转向无人陪伴的移民儿童,这进一步强化了靠剥削童工牟利的黑色利益链。2022 财年,共有 13 万无人陪伴的移民儿童进入美国收容所,人数比 5 年前增长 2

倍，创下历史新高。一些人权组织指出，这意味着非法雇佣童工现象将迎来一个新高峰。

与此同时，2021—2022年，美国一些政客在行业协会和跨国企业的游说下为企业雇佣童工大开绿灯，至少10个州已经通过或正在讨论放宽雇佣童工限制的法案：艾奥瓦州延长了14岁至17岁未成年人的工作时间，还允许16岁未成年人在获得父母或监护人书面许可的情况下，在餐厅提供酒水供应服务；阿肯色州取消了要求雇主核实童工年龄和家长是否同意其打工等情况的规定；明尼苏达州提出的一项法案将允许16岁和17岁的未成年人从事建筑工作……

美国前劳工部长罗伯特·赖克指出，雇主不愿多付钱，就乐于雇佣移民儿童。而那些州议员为了得到竞选捐款，也愿意为金主雇佣童工提供便利。"遭剥削的儿童被视为'他们的孩子'而不是'我们的孩子'。在议员和选民看来，只要不是'我们的孩子'在本该上学的年龄去当童工，其道德上的羞耻感也就不复存在了。"

"衡量一个社会是进步还是倒退，最立竿见影的方法是，看它对待包括青少年在内的弱势群体的方式。"美国世界社会主义网站一篇文章的观点，恰好呼应了一个多世纪前马卡姆笔下那位老酋长敏锐的视角。

扫描二维码查看视频

▶ 白人至上、美国第一、富人优先
起底"美国例外论"的危险本质

霸权之危险，在于其不顾一切的自我中心主义、对他者的冷酷无情，以及为恶行所做的种种虚伪掩饰。从北美大陆近400多年的历史来看，残酷的种族主义、霸道的扩张主义、贪婪的物质主义贯穿其中，让今天的美国成为政治和历史学者罗伯特·卡根所言的"危险的国家"。

"白人例外"
殖民恶行留下的种族主义烙印

"今天，当数以百万计的美国家庭欢聚一堂庆祝感恩节时，许多人仍然不知道这个节日背后的真实历史。"2022年11月24日，美国《福布斯》网站在一篇报道中指出，"事实是，对于原住民部落来说，这是哀悼的日子，而非庆祝日。"

感恩节，作为美国重要的传统节日，剥去温馨感人的故事包装，其背后的真实历史却是那么黑暗和血腥——当初拯救了"五月花号"白人移民的印第安人恐怕不曾想到，当越来越多白人移民者在北美大陆站稳脚跟后，自己的种族走上了一条几乎毁灭的"血泪之路"。

对于感恩节等美国历史的主流叙事，源自北美大陆的白人殖民者。

1620年，以清教徒为主体的一群白人移民乘坐"五月花号"帆船驶入北美洲东海岸的普利茅斯港，上岸前41名男性乘客签订了《五月花号公约》。这份被称为美国"立国根基"的文件写道:"为了上帝的荣耀,为了增加基督教的信仰,为了提高我们国王和国家的荣耀,我们漂洋过海,在弗吉尼亚北部开发第一个殖民地……"

1630年,马萨诸塞殖民地总督约翰·温斯罗普在率领移民到达北美大陆之前说:"我们将如'山巅之城'。全世界的目光都注视着我们。"这句话几个世纪以来被无数美国人反复吟咏,为美国文化乃至美国人的世界观构建起一个经久不衰的隐喻:北美殖民者为全人类树立了"榜样",改造他们眼中的"野蛮人"是其天然使命。

这是美国人广为宣传并引以为傲的历史,也是"白人例外"的写照,其突出表现如《福布斯》网站文章所述:在学校里,大多数孩子被教导,感恩节是庆祝哥伦布发现美洲的盛宴。印第安人把美洲交给白人,这样就可以创建一个自由、充满机会和信奉基督教的伟大国家,让世界其他地区从中受益。而美洲原住民遭白人殖民者野蛮杀戮和掠夺的历史却被刻意漠视。

这种根植于殖民历史与宗教思想的"白人例外"思维,天然带有蔑视其他文化的种族优越感。它长期主宰美国社会,使今天的美国本质上仍是历史学家小阿瑟·施莱辛格所描述的"一个种族主义的国家"。

历史上,无论是《独立宣言》中标榜的生而平等的"人人",还是美国宪法创立者宣扬的"人民",都仅限于白人。美国白人明确将自身置于印第安人、黑人、亚洲人、墨西哥人等族裔之上,并曾把这些群体长期排斥于美国主流社会之外。

尽管殖民、蓄奴、种族隔离等黑暗篇章已一一翻过,但这些滔天罪行背后的"白人例外"思想依旧根深蒂固。时至今日,白人精英群体仍在总体上把持着美国政治、经济等领域的关键位置,少数族裔依然面临长期、广泛、系统性的歧视。如今,许多印第安人被迫居住在资源贫瘠的保留地,人均预期寿命低于全国整体水平;非洲裔美国人至今"无法呼吸",

2020年5月乔治·弗洛伊德事件发生后，全美各地大规模反种族歧视抗议示威活动持续不断。图为2020年6月6日，示威者手举标语"肤色不该成为我们死去的原因"在芝加哥参加游行示威。

新华社发（克里斯·迪尔茨 摄）

其死于警察暴力的可能性"几乎是白人的三倍"；亚裔遭受日益严重的"仇恨犯罪"，缺乏安全感……

可以说，白人"种族优越论"的幽灵始终在美国游荡。美国总统拜登也不得不承认，系统性种族歧视是美国"灵魂上的污点"。

"美国例外"
扩张历史形成的霸权主义底色

对内是"白人例外"的种族主义，对外则是"美国例外"的霸权主义。

"我们是世界上最独特的国家。"2022年9月11日，拜登在"9·11"事件21周年纪念仪式上发表讲话，呼吁捍卫使美国"在世界上独一无二"的民主制度。

"独一无二"，是美国人长期以来反复强调的一个词语，其实质是认为美国与众不同、高人一等。这种"美国例外论"声称，自建国之日起，美国就是人类历史上独一无二的国家，代表了文明进步的方向。美国人自命"天选之子"，认为本国的价值观和制度优于其他国家，坚信自己肩负按照美国模式改造其他国家的使命，而且必定会成功。

卡根在《危险的国家：美国从起源到20世纪初的世界地位》一书中说，从清教徒时代开始，美国就不是"山巅之城"，而是一个"扩张的引擎"，"甚至在美国诞生之前，美国人就认为他们注定要成为全球领袖"。

数百年来，伴随着美国的一步步崛起、扩张、称霸，"美国例外论"深度融入美国的文化基因，成为美国对外政策的"逻辑起点"，为其侵略扩张、称霸世界披上了一件自认为"合理"的外衣。

美国哈佛大学国际关系学教授斯蒂芬·沃尔特曾在《外交政策》杂志撰文说，"美国例外论"基于这样一种信念——美国是一个独特的有道德的国家……但冷静地看一看历史记录，就会发现大多数关于美国"道德优越"的说法都是假的。

自独立建国以来，美国在领土、势力上的扩张欲望从未停歇。从建国之初东部沿海13个殖民地的约80万平方公里，到现在的约937万平方公里，通过不断的战争、威逼、欺骗等手段，美国领土足足扩张了10倍多。对此，美国前总统西奥多·罗斯福曾直言不讳地称，美国的扩张就是"上帝赋予这个国家必然的道德使命"。

美国把美式价值观鼓吹为"普世价值"，热衷于输出意识形态。尤其是冷战结束以来，美国倚仗自身霸权，更加肆意地干涉他国内政，强推所谓"民主改造"，甚至频频发动侵略战争，触手所及，家国破败、社会动荡、民生凋敝。美国前陆军上校劳伦斯·威尔克森指出，"美国例外论"意味着数百万人的死亡、数百万人的伤残，以及数百万人的流离失所。

美国以国内法凌驾于国际法之上，不断玩弄双重标准，动辄毁约退群：自己拒绝加入《联合国海洋法公约》，却指责他国违反公约；对各国人权事务指手画脚，自己却拒绝签署多数人权条约；肆无忌惮地利用技术优势监控各国，却把"危害网络安全"的帽子扣到他国头上；自己放松监管酿成金融和经济危机，却把后果转嫁给他国……

美国经济学家杰弗里·萨克斯在《新外交政策：超越美国例外主义》一书中指出，"美国例外论"认为美国与众不同，拥有制定和打破国际游戏规则的固有权力，但这是一种"危险的幻想"，让美国"变成了一个流氓国家"，将给美国自身和世界带来危险。

"富人例外"
资本掌权催生的金钱至上病态

瑞银集团日前发布的报告显示，由于乌克兰危机升级、各国货币政策收紧、股市下跌等原因，2022年全球亿万富豪人数下降，但美国亿万富豪人数不减反增，从2021年的724人升至735人。美国盖洛普公司2022年12月初的民调显示，由于美国通胀居高不下，超过半数的美国成年人表示自己的家庭遇到财务困难。凡此种种，凸显美国贫富鸿沟加大的严峻现实。

美国奉行的是资本主义制度，其宗旨就是以资为本、金钱至上，体现在社会文化层面是"富人例外"——有钱就可以为所欲为。

金钱决定社会地位——马克·吐温的《百万英镑》、菲茨杰拉德的《了不起的盖茨比》、德莱塞的《嘉莉妹妹》等美国文学作品，将美国底层民众挣扎生存、富人倚仗金钱呼风唤雨刻画得惟妙惟肖。

金钱决定教育机会——美国《纽约时报》2019年披露，包括耶鲁大学、斯坦福大学、南加州大学等在内的多家美国名校收钱办事，违规招收知名演员、企业高管、著名律师等的子女入学。

金钱决定话语权力——著名投资家沃伦·巴菲特曾坦言："无疑，存在阶级斗争。但是，是我的阶级——富人阶级在发动战争，而且，我们在取得胜利。"在经济学家萨克斯看来，这场"战争"的突击部队是蜂拥进入国会和联邦政府的企业说客，武器弹药是用于游说活动和竞选捐款的巨额政治献金，宣传推手是以超级富豪鲁珀特·默多克为代表的媒体巨头。

在《美国真相》一书中，诺贝尔经济学奖得主约瑟夫·斯蒂格利茨指出，美国正逐步演变成一个"属于1%的人的国家"：经济和政治都只为那1%的人而存在，也被那1%的人操纵着。这1%的人主要聚集在一些最强大、最富有的利益集团里，涵盖金融、医疗保险、制药、能源、军工等行业。

2011年爆发的"占领华尔街"运动，正是美国那99%"草根"民众对"富人美国"的愤怒呐喊。然而，十多年过去，美国仍旧如洛克菲勒国际公司主席鲁奇尔·夏尔马所言，是"富人的社会主义，其他人的资本主义"。

国内问题丛生、矛盾重重，国外感召力下降，这是美国当前的写照。就如《华盛顿邮报》网站一篇题为《"美国例外论"的终结》的评论所言："多年来，美国人经常看不起其他国家……我们以为自己与众不同、更好，甚至是例外。但其实，我们也就这样。"

▶ 永远的伤疤
起底美国违背人性的人体试验

2022年12月,美国加利福尼亚大学旧金山分校承认,该校人员曾于20世纪利用囚犯开展"不道德医学试验";2022年10月,美国费城市政府就20世纪在一所监狱里开展的"不道德医学试验"道歉;2010年10月,时任美国总统奥巴马就一项性病秘密人体试验向危地马拉道歉……

多年来,每隔一段时间,美国就有新的人体试验丑闻曝光。这些试验突破道德底线,给医学史刻上永远的伤疤,就像时任危地马拉总统阿尔瓦罗·科洛姆曾谴责的那样,是"违背人性的犯罪",也"揭示了美国医学道貌岸然下的唯利是图"。

"黑暗的印记"

20世纪70年代,当艾伦·霍恩布卢姆在美国宾夕法尼亚州费城监狱系统担任文化教员时,他立即注意到高墙后面一些不寻常甚至令人不寒而栗的事情:在位于费城东北部的霍姆斯伯格监狱里,许多囚犯的背上"打着补丁"或裹着包扎纱布。霍恩布卢姆后来惊愕地发现,这些人是该监狱长期人体试验活动的"小白鼠"。

"这是费城历史上一个非常黑暗的印记。"霍恩布卢姆日前在霍姆斯伯格监狱外接受新华社记者采访时说。霍姆斯伯格监狱是上述不道德人体试验的现场之一,霍恩布卢姆1971年到费城监狱系统工作。

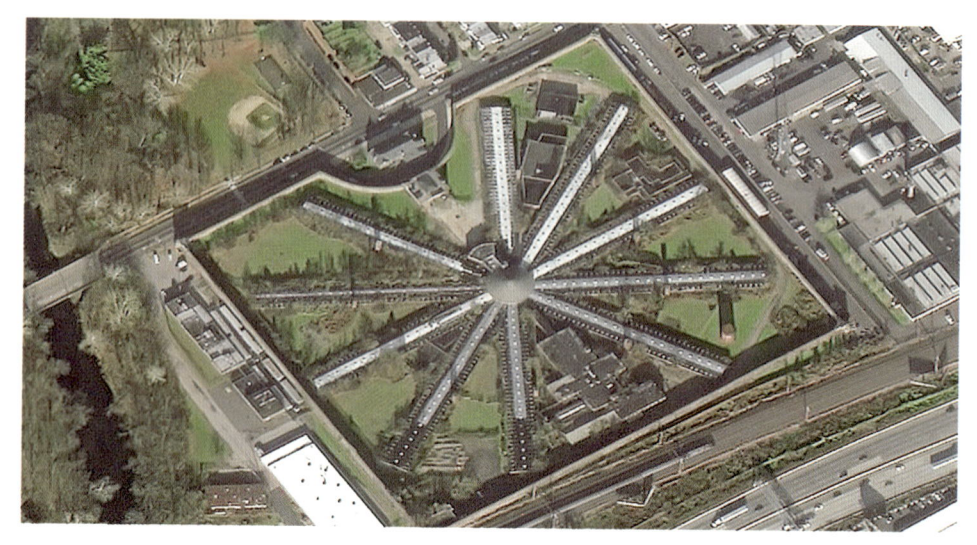

图为2021年拍摄的美国费城霍姆斯伯格监狱的卫星遥感影像。

历史记录显示，1951年至1974年，该监狱数百名囚犯成为人体试验对象，被故意暴露于药品、病毒、霉菌、石棉甚至二噁英中，用于皮肤病、生物化学和制药研究，研究"赞助方"包括美国知名医药公司和军方。

霍恩布卢姆说，霍姆斯伯格监狱"可以说是（当时）美国最大的人体试验中心"，试验由宾夕法尼亚大学研究人员阿尔伯特·克利格曼主持，研究对象绝大多数是非洲裔囚犯。"这些囚犯绝大部分人没怎么受过教育。"他们没有被告知体内注射了什么或身上涂抹了什么。为换取微薄报酬，他们要忍受皮肤瘙痒、起疹以及发烧等各种症状，有些人还发生了性情变化，但没人帮他们治疗这些副作用。

"当克利格曼走过监狱大门时，他看到的不是囚犯，不是人，而是他口中的'一亩亩皮肤'——这些人处于社会经济的最底层。"霍恩布卢姆对记者说。1993年，霍恩布卢姆放弃了在费城警长办公室的工作，以研究和曝光这段"黑历史"。他将自己有关该监狱人体试验的第一本著作起名为《一亩亩皮肤：霍姆斯伯格监狱人体试验》。这本书1998年出版后轰动一时，一些曾经的人体试验受害者这才明白自己经历了什么。

后来，霍恩布卢姆遇到了非洲裔男子爱德华·安东尼——霍姆斯伯格监狱的"小白鼠"之一，将他的遭遇写成关于该监狱的第二本著作《被科学惩罚：一个黑人在美国入狱服刑的故事》并于2007年出版。霍恩布卢姆说，这些试验"基本上毁了安东尼的生活"，他像其他受害者一样，对美国的"医生以及医疗机构极度不信任"，因为他们看到自己如何被利用甚至被虐待，如同亚拉巴马州"塔斯基吉梅毒研究"的受害者那样。

"塔斯基吉梅毒研究"对美国黑人来说是一段可怕的记忆。自1932年起，美国卫生部门官员在亚拉巴马州塔斯基吉以"免费治疗梅毒"为名，征集600名黑人男子作为试验对象，包括399名梅毒感染者和201名作为对照组的健康人，秘密研究梅毒对人体的危害。曾参与这项试验的护士尤妮斯·里弗斯说，患者们免费接受的所谓"治疗"，实际上不过是几片维生素或阿司匹林药片，甚至在青霉素被广泛用于治疗梅毒后仍是如此。试验的主要目的就是让这些患者不接受任何治疗，以保证研究的"连贯性"。

这项研究直到1972年被媒体曝光后才被迫终止，当事人被隐瞒真相长达40年，许多受害者及其亲属付出了健康乃至生命的代价。在1972年美国媒体首次披露这一丑闻时，参与试验的患者中已有28人直接死于梅毒，约100人死于并发症，40人的妻子受到传染，19名子女在出生时就染上梅毒。

近年来，类似案例还在陆续被曝光。2022年12月，加利福尼亚大学旧金山分校发布报告称，该校两名皮肤病学家20世纪六七十年代曾在旧金山附近一座监狱的医院里进行了数十次"不道德医学试验"，包括把杀虫剂和除草剂外敷在受试对象皮肤上或以静脉注射方式注入体内。校方承认，在让囚犯知情并获得其同意方面，这些试验"存在问题"。

伸向世界的"黑手"

2010年10月1日，时任美国总统奥巴马致电时任危地马拉总统科洛姆，就60余年前一项秘密人体试验道歉。

原来，1946至1948年，美国研究人员在危地马拉的监狱里进行人体试验，在受害者不知情或未经受害者允许的情况下故意让他们感染梅毒和淋病。试验对象随后接受青霉素治疗，以测试青霉素是否有治疗或预防效果。直到2009年，有医学史专家在梳理已故美国医生约翰·卡特勒留下的资料时，才发现这段危地马拉监狱内的惊人历史。

2011年，美国生物伦理问题研究总统委员会发布报告承认，20世纪40年代，美国研究人员在明知违反伦理标准的情况下，故意让危地马拉1300多名囚犯和精神病患者感染梅毒等性病。在试验过程中，共有83名试验对象死亡。

参与受害者对美方诉讼的危地马拉医疗调查员巴勃罗·维尔纳对新华社记者说，这一秘密人体试验不仅直接危害受害者自身的身心健康，也直接危及其后代。一些受害者的后代因脑损伤，会出现行为紊乱、精神分裂以及其他精神或心理疾病。

"我们发现不少梅毒患者的子女受到直接影响。有些人容易发生早期流产，许多人无法生育子女。很多孩子一出生就感染梅毒，一些孩子长到三四个月就夭折。"维尔纳说。他说，许多受害者或其家属至今仍未得到应有赔偿。

尼日利亚政府起诉美国制药巨头辉瑞公司案也曾广受关注。1996年4月，尼日利亚北部卡诺州暴发麻疹、霍乱和脑膜炎疫情，造成3000多人死亡。辉瑞公司向这一地区派出"志愿医疗队"，在此过程中对约200名儿童进行了抗脑膜炎新药"特洛芬"的药物试验。此后，尼日利亚政府指控辉瑞公司在未获批准的情况下进行这项试验并造成11名儿童死亡，其余181名儿童留下耳聋、脑损伤、失明、瘫痪等后遗症。辉瑞否认所有指控，表示有关计划当时获得尼政府批准，并称造成这些后遗症的是脑膜炎而非"特洛芬"。2009年，双方达成和解，辉瑞同意支付7500万美元，其中3500万美元用于赔偿受害者。

尼日利亚科学院前院长、病毒学家奥耶瓦莱·托莫里告诉新华社记者，他对那场悲剧印象深刻，这种事本不该发生。在托莫里看来，辉瑞当年在尼日利亚儿童身上做药物试验是乘人之危，因为患儿父母求医心切。"他们（辉瑞）来这里开展不符合医学伦理规范的药物试验。他们声称试验对象对药物试验的可能结果充分知情并且接受，但这不是真的。他们显然很不恰当地利用了疫情的严重性以及试验对象父母的无知。"

到了 21 世纪，这种不道德人体试验依然在发生。2017 年，美国维护人权医生组织发布调查报告指出，美国中央情报局在"9·11"事件后实施"非法、不道德"的所谓"强化审讯"研究，由医学专业人员设计和试验包括水刑、睡眠剥夺在内的各种"酷刑技术"，收集数据以研究刑讯效果，并将"研究成果"用于对被关押人员的审讯。在报告所列举的一个案例中，对一名被关押者的刑讯手段极为残酷，以至于团队工作人员被警告要"为以前从未见过的事情做好准备"，甚至其中有些人因受到强烈刺激

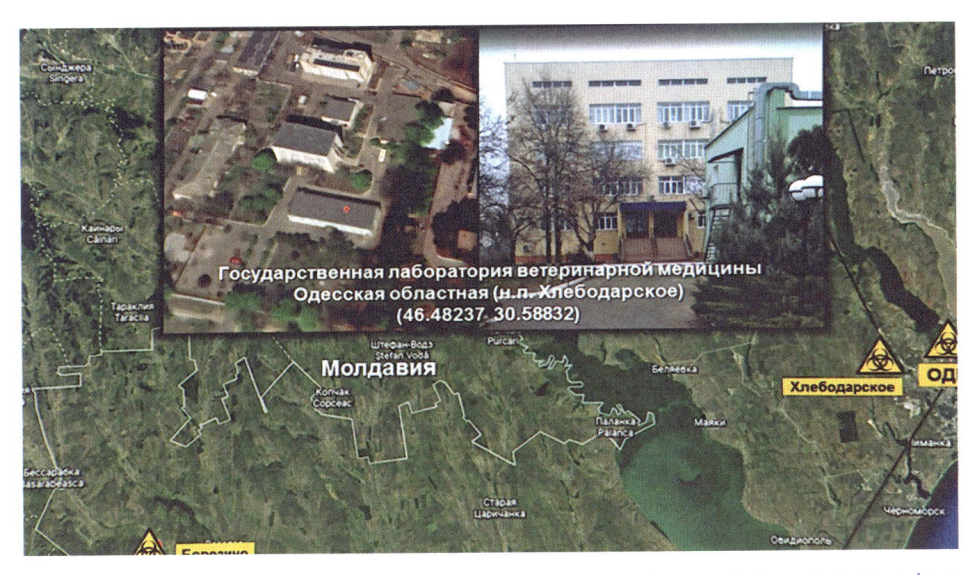

俄罗斯军方 2022 年 3 月 17 日对外公布了美国在乌克兰境内开展生物军事项目的相关信息。图为俄国防部当天提供的视频截图。

新华社 / 卫星社

而哽咽、哭泣。

2022年以来，俄罗斯披露了美国在全球资助或控制数百个生物实验室的消息，引发国际社会高度关注。其中一些实验室也被指控进行人体试验并导致人员死亡。俄罗斯微生物学家伊戈尔·尼库林说，世界上只有一个国家在他国领土上操控数百个军事生物实验室，并为此花费数十亿美元，那就是美国。

肯尼亚国际问题专家卡文斯·阿德希尔说，美国在全球控制的生物实验室秘而不宣，外界对它们的目的和运行状态一无所知，这些有军事背景的神秘实验室对世界的安全构成严重威胁。一些历史案例表明，美国操控的生物实验室出现过安全问题，造成了不可挽回的损失。

"违背人性的犯罪"

美国开展的上述不道德人体试验违反了医学最基本的一项原则——不伤害。国际上关于医学人体试验的《纽伦堡法典》和《赫尔辛基宣言》等文件，都明确了相关原则。

美国纽约大学生物伦理学家阿瑟·卡普兰说，针对二战中纳粹在集中营进行人体试验的罪恶行径，战后制定的《纽伦堡法典》规定，在人体上进行试验必须获得试验对象同意。这是对人的尊严和自主权的根本尊重。

"美国医学界当初不顾《纽伦堡法典》的约束，认为这些规范是科学探索进程中的障碍，就没有遵守。"霍恩布卢姆说，"一些非常'聪明'的人抛开医学伦理，把它当作束缚或问题，这就是美国监狱等机构中有那么多人被当作试验品的原因。"

美国维护人权医生组织指出，中情局刑讯技术效果研究计划是在未经被关押者同意的情况下进行的，美国医学专业人员在为酷刑这一犯罪行为提供支持的过程中又犯下另一项罪行，即在被关押者身上进行人体试验。

这是《纽伦堡法典》制定以来"美国医学专业人员违反医学伦理最严重的行为之一",也"违反美国法律和国际法"。

曾跟踪调查美国在危地马拉秘密人体试验的社会调查工作者克拉拉·德派斯表示,进行这些试验的美国医学人员未警告试验对象可能发生的危险与隐患,这些试验违反了《赫尔辛基宣言》的基本原则。危地马拉时任总统科洛姆更是直斥这些试验是"违背人性的犯罪"。

托莫里认为,辉瑞当年在尼日利亚的试验违反了世界卫生组织关于药物试验的规范,也违反了医药企业应遵守的医学伦理。相关赔偿对辉瑞来说算不上很大损失,但这一事件给尼日利亚民众留下长久的痛苦记忆,不少当地人至今仍记忆犹新,对外国药物和疫苗仍心存疑虑。这甚至影响到尼政府开展的历次疫苗接种行动,包括新冠疫苗接种。

归根结底,不论是在美国国内还是在其他国家,进行秘密试验的许多美国研究者并没有把试验对象当作平等的人来看待。

"这些囚犯基本上被遗忘了,就像实验室里的小白鼠、狗,或是猴子、猩猩。"霍恩布卢姆在谈到霍姆斯伯格监狱的人体试验受害者时这样说。

德派斯指出,美国研究人员对危地马拉人极度不尊重,在试验记录中将其称为"低等人"。"(危地马拉方面提起的诉讼)悬而未决,因为危地马拉和美国的关系不平等。"德派斯说,"这种不平等不仅体现在两国关系上,也体现在美国公司与危地马拉政府打交道的过程中,更不用说受影响的群体,也就是那些弱势和不受尊重的群体。"

扫描二维码查看视频

▶"僵尸之地"折射"美国毒病"
起底美国毒祸之源

一些吸毒者蹒跚而行,另一些吸毒者失去知觉趴在地上,无家可归者的帐篷随处可见,地上散落着垃圾。这是近期在美国网络上疯传的美国费城北部街头视频中的景象。

英国《每日邮报》跟进报道如此描述:"费城已被毒品犯罪淹没""从未见过人类处于如此状况"。在这家英国媒体的笔下,"友爱之城"费城的肯辛顿大道已在毒品侵蚀下沦为"僵尸之地"。网友纷纷评论,如此可怕的景象好似一部僵尸电影,令人难以相信这里是世界上最发达的国家。

50多年前,时任美国总统尼克松曾对毒品"宣战",而美国毒祸却愈演愈烈,成为根深蒂固的"美国病"。今天的美国是全世界毒品最泛滥的国家:吸毒人数约占全球12%,是其人口在全球占比的3倍。美国毒品泛滥,与经济利益、游说集团、社会文化等多重因素相关,加剧美国各种社会问题,也折射出美国政府社会治理的失败。

"毒品成瘾已成为公共健康危机"

令费城肯辛顿大道沦为"僵尸之地"的,是一种名为甲苯噻嗪的药物,别名"僵尸药"。它会导致人体从内到外腐烂,不及时治疗会有截肢风险。该药物一般用于镇静大型牲畜,如今却成为美国流行的毒品,使用者往往意识不到周围环境变化以及身上的疼痛与溃烂,走起路来姿势就像电影中的"僵尸"一样。

"肯辛顿大道乱象"是美国毒品泛滥现状的缩影。美国外交学会一份报告指出，自 2000 年以来，美国已有超过 100 万人死于药物使用过量，毒品成瘾已成为美国的一种长期流行病，危及公众健康和经济产出。美国疾病控制和预防中心（疾控中心）数据显示，2022 年美国有 10.96 万人死于吸毒过量，这一数字创下新纪录。《财富》杂志报道，如今美国死于吸毒的人数比死于枪击和车祸的人数总和还要多。

"毒品成瘾已成为公共健康危机。"美国一个名为"防碎组织"的公益机构在一份报告中说，这场危机比以往任何时候都更加致命。2021 年，美国国家药物滥用统计中心公布调查数据显示，在 12 岁及以上年龄的约 2.8 亿美国人中，目前有 3190 万吸毒者。

毒品泛滥给美国造成巨大经济损失。美国国会联合经济委员会 2022 年发表报告指出，滥用阿片类药物在 2020 年给美国造成近 1.5 万亿美元损失，约占当年国内生产总值的 7%，与 2017 年相比增长约三分之一。美国研究人员 2022 年年底测算，与新冠疫情暴发前相比，美国损失了约 630 万劳动力，其中约 20% 是由滥用阿片类药物导致。

毒品泛滥加剧美国各种社会问题。吸毒对脑神经造成破坏，加剧吸毒者的心理焦虑和认知障碍，容易诱发精神疾病、加剧情绪激化，从而引发家庭危机、暴力犯罪、心理创伤，此外还会加剧贫困代际传递和种族歧视问题，严重冲击美国社会。

毒品问题对美国少数族裔的伤害尤为严重。根据美国疾控中心 2022 年 7 月更新的数据，2020 年，美国老年黑人男性服药过量死亡率几乎是老年白人男性的 7 倍，同年，年轻的印第安人和阿拉斯加原住民女性服药过量死亡率几乎是年轻白人女性的 2 倍。

少数族裔吸毒者在寻求治疗时也面临更多阻碍。现年 53 岁的非洲裔美国人托马斯·古奇年轻时曾吸毒，如今致力于帮助吸毒者与毒品作斗

这是2021年8月23日在美国马里兰州拍摄的美国食品和药物管理局大楼。
新华社发（沈霆 摄）

争。"当我们打电话给不同的地方试图让吸毒成瘾者接受治疗时，对方会问'（吸毒者）使用了什么药物？'"古奇愤怒地说，"如果你说'快克'（美国社会普遍认为非洲裔使用较多的一种高纯度可卡因），突然间他们就说没有床位了。如果你说是阿片类药物和海洛因，他们就会找到一张床位。"

"美国的药品滥用没有尽头"

过去几十年，美国毒品泛滥现象愈演愈烈。一方面，毒品种类不断更新换代。20世纪，美国最常见的非法阿片类药物是海洛因。根据美国疾控中心的数据，近年来，合成阿片类药物，特别是芬太尼导致的死亡人数急剧上升。最近，"僵尸药"又成为美国吸毒者的新宠。

另一方面，美国吸毒人数不断攀升。自20世纪70年代以来，美国吸毒过量死亡人数几乎每年都在增长。美国疾控中心说，吸毒过量是美国人的主要死亡原因之一，导致美国人预期寿命缩短。英国《柳叶刀》杂志发布报告预测，如果美国不采取新措施，从 2020 年到 2029 年累计将有约 122 万美国人死于过量服用阿片类药物。

"美国的药品滥用没有尽头。"美国华盛顿大学医学院精神病学教授西奥多·西塞罗哀叹。

问题如此严重，而美国政客的一些"操作"却不禁让人质疑，他们究竟是想遏制毒品泛滥，还是想火上浇油。比如，大麻具有成瘾性，是联合国禁毒公约中被管制的麻醉药品，一些美国政客却推动大麻合法化。目前，"娱乐目的"使用大麻已在美国 23 个州和华盛顿哥伦比亚特区获得批准。2023 年 4 月，美国国会众议院少数党领袖、民主党籍众议员哈基姆·杰弗里斯和共和党籍众议员戴夫·乔伊斯共同提出一项法案，试图在联邦层面推动成人使用大麻合法化。

2021 年 11 月，在时任纽约市市长白思豪支持下，全美首个"药物过量预防中心"在纽约市开张，其目的号称是为吸毒者提供干净的注射器以及监督服务，以减少药物过量导致的死亡。此后，新墨西哥州、内华达州

这是 2023 年 1 月 20 日在美国首都华盛顿拍摄的白宫。

新华社记者 刘杰 摄

等地也在考虑设立类似机构。但在一些专家看来，这种做法是在变相鼓励吸毒，无异于抱薪救火。

曾任美国国家禁毒政策办公室主任的迈克尔·博蒂切利表示，他在任职期间就发现美国政府遏制毒品和药物滥用的政策"既非基于科学也非基于证据"，这带来了严重后果。

"折射出美国政府社会治理的失败"

根据美国宾夕法尼亚大学的研究，自1971年以来，美国已花费超过1万亿美元来遏制毒品传播。但美国非营利组织药物政策联盟执行主管卡桑德拉·弗雷德丽克认为，"禁毒战争是失败的政策"。她说，美国政府所承诺的一切，包括让民众停止使用毒品、让社区重新团结起来、让毒品消失，这些都没有发生。

"禁毒战争"为何失败？关键在于，美国政客优先考虑的是如何利用这一问题来为自身获取政治和经济利益。

1971年6月17日，尼克松发表讲话，宣布毒品是"头号公敌"，大张旗鼓发起"禁毒战争"。但此后，人们不断质疑他禁毒的真实动机。曾任尼克松高级政策顾问的约翰·埃利希曼1994年在接受媒体采访时说，当时尼克松在美国国内面临两类敌人：反对越南战争的左翼人士和非洲裔群体。如果把左翼的"嬉皮士"与大麻联系起来，把非洲裔与海洛因联系起来，就可以打击这两类人。此后，越来越多声音认为，在美国的"禁毒战争"中，一些政客利用对非洲裔等群体的社会偏见来隐晦表达种族主义立场，以吸引白人保守派选民，为自身捞取政治利益。

从经济角度来看，大麻合法化使美国政府获得可观的税收。2012年，科罗拉多州实行大麻合法化。此后，该州大麻销售收入累计已超过10亿美元，但同时各类毒品致死人数也连创新高。还有大量犯罪组织在科罗拉多州种植大麻，然后走私到其他州进行贩卖。

美国一些大型医药公司在助推毒品泛滥方面也发挥了关键作用。一方面，这些公司投入大量资金资助相关专家和机构，目的是兜售"阿片类药物无害论"，鼓励医师滥开处方、药店大力销售。另一方面，这些公司花重金进行政治游说，推动政府放松对相关药品的监管。

美国普渡制药公司研发的阿片类处方药奥施康定于20世纪90年代开始销售，当时举行了"制药史上最慷慨的营销活动"。美国《纽约人》周刊一篇文章指出，过去医生由于担心成瘾性，一直不愿意给患者开强效阿片类药物，而普渡制药"说服"医生改变这一习惯，积极宣传奥施康定作为阿片类药物可以长期使用。结果，从1999年到2017年，共有20万美国人死于与奥施康定和其他处方阿片类药物有关的过量服用。最终，普渡制药遭到起诉。

"制药公司都在被起诉，它们应该被起诉。我们要记住，这些公司利用了医疗保健监管体系中仍然存在的弱点。"美国斯坦福大学医学院教授基斯·汉弗莱斯说，比如美国食品和药物管理局曾认可关于奥施康定比其他阿片类药物"更不易上瘾"的欺诈性描述。

这种与事实相悖的描述从何而来？自然离不开药企的努力游说。美国"公开的秘密"网站数据显示，从2018年至2022年，美国与大麻产品相关的一些公司、行业协会等在政治游说上累计花费超过2240万美元，平均每年花费是2016年的10倍以上，是2012年的约百倍。

美国智库曼哈顿政策研究所指出，在美国政府发布的国家毒品管制战略中，几乎看不到政府本应发挥的重要作用。放任毒品和药物滥用愈演愈烈，"折射出美国政府社会治理的失败"。

扫描二维码查看视频

▶ 肆无忌惮的网络霸权
起底美国"黑客帝国"真面目

2023年4月,一批美军秘密文件出现在社交媒体上,内容涉及俄乌冲突等各方面情报,还暴露了美方对联合国秘书长古特雷斯以及韩国、以色列、乌克兰等盟友的窃听行动。

与此前的"棱镜门"等诸多丑闻一样,这次泄密事件再次展现了美国肆意对他国进行窃听、发动网络攻击等霸凌恶行。长期以来,这个名副其实的"黑客帝国"一直在违反国际法和国际关系基本准则,打着"维护国家安全"的幌子在网络空间肆意妄为,严重损害别国主权和全球互联网用户隐私,其根本目的是利用网络霸权来维护自身在现实世界中的霸权。

窃密者
"不会接受任何地方处于其监控视野之外"

据《纽约时报》报道,韩国政府2022年年底应美方请求对美出售炮弹,但强调这批武器的"最终用户"必须是美军。此次泄露的美国情报部门对韩窃听内容显示,韩国政府内部有人担心美国将这批武器转运至乌克兰,这将违反韩国不向交战国提供致命武器的政策。

窃听事件曝光后,韩国舆论一片哗然。韩最大在野党共同民主党发表声明指责美方此举侵害韩国主权,要求美方说明真相并确保此类事件不再发生。《韩民族日报》评论说,韩美虽为同盟,但美国在敏感问题上窃取韩国内部信息会严重损害韩国国家利益。韩国广播公司指出,若窃听一事属实,美国的国际信誉将不可避免地受损。

这并非第一次出现韩国遭美国窃听丑闻。2013年,美国国家安全局泄密文件就显示,美国对包括韩国驻华盛顿大使馆在内的数十个外交机构实施窃听。韩国政府当时要求美国做出解释,美方则以"将重新评估情报行动"的说法搪塞。如今看来,美方评估的结果就是"继续窃听"。

遭美国窃听的盟友还可以列出一串名单,比如欧洲国家、以色列、乌克兰等。美国还窃听了此前古特雷斯和其他联合国工作人员关于黑海粮食运输协议的对话。

事实上,无论盟友还是"对手",都是美国无差别窃听的对象。英国情报专家安东尼·韦尔斯在《五眼联盟》一书中指出:"历史上,在情报投资规模、全球情报资源数量以及分析方法上投入最多的国家一直是美国。"

2013年,美国前防务承包商雇员爱德华·斯诺登向媒体曝光了美方代号"棱镜"的大规模窃听项目,其对象不仅覆盖美国公民,也包括法国、德国等欧洲国家的政要和民众。前英国《卫报》记者格伦·格林沃尔德在讲述斯诺登事件的《无处藏身》一书中列举了一组数据:美国国家安全局曾在30天内远程窃取970亿封邮件和1240亿条电话数据,其中包括德国的5亿份、巴西的23亿份、印度的135亿份、法国的7000万份、西班牙的6000万份……

2015年"维基揭秘"网站爆料,美国国家安全局曾在希拉克、萨科齐和奥朗德担任法国总统期间对其实施窃听。同年,该网站曝光美方针对日本的大规模窃听项目"目标东京",对象涉及日本内阁府、经济产业省、财务省、央行等。

2021年5月,丹麦媒体爆料,美国国家安全局通过丹麦国防情报局接入当地网络,在2012年至2014年窃听德国、法国、挪威、瑞典等国政要的短信和电话通话，这令欧美互信再遭重创。

美国的窃听无孔不入，手段五花八门，包括利用模拟手机基站信号接入手机盗取数据，操控手机应用程序，侵入云服务器，通过海底光缆进行窃密等。

"没有可避难之地，没有可安息之所，美国政府不会接受任何地方处于其监控视野之外。"美国记者巴顿·格尔曼在《美国黑镜》一书中这样写道。

攻击者
"通过网络攻击威胁着生活各个领域"

2010年，伊朗纳坦兹核设施大量铀浓缩离心机突然瘫痪。事后调查发现，这是一种名为"震网"的计算机病毒攻击所致，"震网"事件是首个得到充分技术实证、对现实世界中的关键工业基础设施造成了与传统物理毁伤等效的网络攻击行动。

全球网络安全厂商的接力分析勾画出了这次攻击行动的真相，并将幕后黑手锁定为美国等国的情报机构。2016年，美国导演亚历克斯·吉布尼执导的纪录片《零日》上映，片中就详细描述了美国及其盟友用"震网"病毒攻击伊朗的过程。

2012年，《华盛顿邮报》报道，美国和以色列联手研发的"火焰"病毒一度在中东地区传播，迫使伊朗短暂切断石油部门和相关设施的互联网连接。2014年，美国"截击"网站报道，美国网络安全公司赛门铁克公司发现一种名为"雷金"的计算机恶意软件，这正是美英情报部门多年来对欧盟计算机系统进行网络攻击所使用的工具之一。

古巴外交部负责美国事务的官员约翰娜·塔夫拉达在接受新华社记者采访时指出，美国将互联网武器化，向一些网络平台投入大量资金，试图

2013年10月26日，数百名民众在美国首都华盛顿参加示威活动，抗议美国家安全局（NSA）针对普通美国民众的大规模监控活动。

新华社记者 方喆 摄

通过编造故事、传播谣言来抹黑古巴，为美国对古制裁寻找借口。

乌克兰危机升级后，俄罗斯频遭网络攻击，俄总统府、国防部等核心政府部门网站一度频繁出现页面瘫痪或无法访问的情况。美国前国务卿希拉里·克林顿在接受美国媒体采访时公开鼓动美国黑客对俄进行网络攻击。美军网络司令部司令保罗·中曾根承认，美军开展了进攻性网络行动以支持乌克兰对抗俄罗斯。

俄外交部国际信息安全司司长安德烈·克鲁茨基赫说，截至2022年5月，来自美国等国的6.5万多名黑客定期参与针对俄方关键信息基础设施的攻击。西方某些国家大肆鼓吹其"有权"发动所谓"先发制人"的网络攻击，"网络绞杀"已成为西方制裁措施的一部分。

根据黑客组织"影子经纪人"爆料，美国国家安全局针对包括俄罗斯、日本、西班牙、德国、意大利等在内的超过45个国家的287个目标进行网络攻击，持续时间长达十几年。"维基揭秘"曝光了8761份据称与美国中央情报局网络攻击活动有关的秘密文件，其中包含庞大的网络攻击装备库，覆盖了很多平台，不仅包括常见的操作系统，还包括智能电视、车载智能系统、路由器等网络节点单元和智能设备。

中国也是美国网络攻击的主要目标之一。中国国家互联网应急中心网站2021年发布的互联网网络安全态势综述报告显示，2020年中国捕获计算机恶意程序样本数量超过4200万个，其中境外恶意程序主要来自美国，占比达53.1%。2020年，控制中国境内主机的境外计算机恶意程序控制服务器数量达5.2万个，其中位于美国的控制服务器约1.9万个，高居首位。

美国不遗余力地推动网络空间军事化，大力发展进攻性网络作战力量，打造体系化的网络攻击平台和制式化的攻击装备库。2017年，美军网络司令部升级为美军第十个联合作战司令部，网络空间正式与海洋、陆地、天空和太空并列成为美军的"第五战场"。2018年，美国国防部网络战略报告强调，要在网络空间"先发制人"。美国兰德公司预计，到2024年，美国拥有全方位作战能力的网络任务分队数量可能达到167支。

土耳其安全问题专家伊斯迈尔·哈科·佩金在接受新华社记者采访时说："美国拥有强大的网络部队，有能力通过网络攻击威胁日常生活各个领域，从卫生系统到水电系统，可不费吹灰之力使各国陷入困境。"

霸凌者
"规则只有一个，那就是没有规则"

美国掌握网络霸权，可以在网络空间利用不对称优势霸凌他国。

美国拥有庞大复杂的情报体系，其情报作业遍布网络空间和物理空间各个领域，各种攻击武器完整覆盖从服务器到智能移动设备的各类使用场景,适配各类操作系统,功能上涵盖侦察、物理隔离突破、内网横向移动、持久化潜伏驻留、供应链与物流链渗透、远程控制等网络攻击各个环节。

从"棱镜"计划、"怒角"计划、"星风"计划,到"电幕行动"、"蜂巢"平台、"量子"攻击系统,众多事实证据证明,美国是名副其实的"黑客帝国"。

对于美国倚仗网络霸权霸凌世界的恶行,各国看得一清二楚。

美国的目的是维护自身霸权。伊朗政治分析人士拉扎·卡莱诺埃指出,网络战是美国"混合战争"的工具之一,与经济制裁、恐怖活动、心理战以及军事行动一样,都是其用来干涉其他国家、实现自身政治目的的手段。

美国的行动严重危害世界。美国为谋求自身绝对安全,肆意侵犯他国

2022年5月17日,一名示威者在伦敦英国内政部大楼门前手举"释放阿桑奇"标语。

新华社记者 李颖 摄

网络主权、破坏他国信息安全，严重阻碍国际社会在维护网络空间安全和数据安全方面的努力，严重影响网络空间的国际秩序，严重破坏全球战略稳定。俄外交部国际信息安全司司长克鲁茨基赫说，美国等西方国家将网络空间军事化，试图将这一空间变成国家间对抗的舞台，这加剧了引发直接军事对抗的风险，会带来难以预测的后果。

美国的规则是"唯我独尊"。美国在肆意破坏网络安全的同时，还经常贼喊捉贼地污蔑其他国家。克罗地亚萨格勒布大学教授赫尔沃耶·克拉希奇指出，美国一方面在不断对包括盟友在内的国家进行监听，另一方面则在大肆指责别国搞网络监控，这是典型的双重标准。俄外交部发言人玛丽亚·扎哈罗娃说，美国寻求以武力为基础在全球范围内确立其数字技术主导地位，在信息通信技术领域推行所谓"基于规则的秩序"，但华盛顿自己却不遵循"任何规则"。

最近发生的美国情报泄露事件再次证明了"维基揭秘"网站创始人朱利安·阿桑奇的论断：不要期待这个"监听超级大国"会做出让人尊重的行为。对美国而言，"规则只有一个，那就是没有规则"。

▶ "谁在管理国家？是战争机器"
起底美国军工复合体

2003年4月9日，美军攻占伊拉克首都巴格达，这个曾经富裕的中东国家陷入无尽的战乱冲突。

有人形容，美国不是在发动对外战争，就是在发动对外战争的路上。那么，谁在美国无尽的对外战争中大赚特赚？答案简单明确：是那些实际控制和影响美国政策制定的利益集团，尤其是军工复合体。

一头肆虐全球的怪兽
"持续的战争就是他们乐见的结果"

在美国阿肯色州南部，军工巨头洛克希德-马丁公司的一家工厂中，数十名焊工和装配工正在生产线的不同工位上忙碌着，组装该公司的招牌产品——"海马斯"多管火箭炮系统。这种武器因俄乌冲突而销量大增，厂家正加紧赶工。目前，这家工厂每年能生产48套"海马斯"系统，计划到2025年第三季度产能翻一番，达到年产96套。

乌克兰危机升级以来，美国军工行业一派"繁荣"景象，许多军工厂全力提高产量，包括生产在乌克兰战场上消耗量惊人的各种炮弹。美国陆军计划在得克萨斯州加兰市新建一个炮弹工厂，艾奥瓦州米德尔敦一家生产155毫米口径炮弹的工厂正在扩建，戴-齐默尔曼公司正为其在艾奥瓦州得梅因等地的军械厂招聘更多工人……

自拜登政府上台以来，美国承诺向乌克兰提供的军事援助总额已达300亿美元，其中大部分军火订单流入洛克希德-马丁公司等军火巨头的口袋。美国匹兹堡大学客座法学教授丹尼尔·科瓦利克在接受新华社记者采访时说，美国军火商靠向世界卖武器发财。这些军火商为了利益推动战争，他们根本不在乎战争的结果如何，只要能卖武器就行，"持续的战争就是他们乐见的结果"。科瓦利克将美国军工复合体形容为"世界的祸害"。

冷战结束以来，美国主导北约五度东扩，对俄罗斯进行全方位的地缘战略挤压，导致乌克兰危机在2022年升级，欧洲大陆战火重燃。这场冲突对美国军工企业可谓利好消息。美国智库保卫民主基金会曾估算，自危机升级至2022年年底，美国军工企业从伙伴国家获得的军售订单总价值近220亿美元。

美国斯坦福大学荣誉退休教授、心理学家菲利普·津巴多在其著作《路西法效应：好人是如何变成恶魔的》中写道，战争需要有人来准备，如果没有这些人的推动，战争根本不会发生。

事实证明，美国军工复合体就是这样一头热衷于制造战争的"怪兽"。

据不完全统计，从二战结束到2001年，世界上153个地区发生248次武装冲突，其中由美国发起的达201次。进入21世纪以来，美国打着"自由、民主、人权"的旗号在世界各地频繁动武：出兵阿富汗，入侵伊拉克，空袭利比亚，干涉叙利亚……美国军工复合体驱动战车，将战火烧遍全球，令许多国家和地区陷入战乱动荡，造成超过90万人死亡、数百万人受伤、数千万人流离失所。

在美国历史学教授威廉·阿斯托尔看来，美国发动战争背后存在一个扭曲的逻辑：作为"暴力和恐怖活动的主要实施者"，美国却宣称自己在"打击恐怖主义"。这些战争符合军工复合体的利益，而为此付出代价的是阿富汗人、伊拉克人、利比亚人、叙利亚人……

2023年3月6日,在伊拉克北部萨拉赫丁省祖卢耶镇,阿卜杜拉·马哈茂德·易卜拉欣展示自己家被美军炸毁后的照片。

新华社记者 王东震 摄

一张无所不在的巨网
"能够主导整个美国社会"

作为纽约市一家金融服务公司的中层经理,瑞克与许多普通美国人一样反对战争。他认为五角大楼已失去控制,军工复合体对美国来说已成为威胁。然而,他并不真正清楚军工复合体的"水"到底有多深,也不知道自己的生活在多大程度上受到这个利益集团的影响。

每天清晨起床,瑞克会戴上由国防承包商制造的隐形眼镜,服下由国防承包商生产的胃溃疡药物,通过一台由国防承包商制造的电视机观看伊拉克最新的混乱局势,心里想着自己"从来没有支持过这场战争"……这是美国作家尼克·图尔斯在2008年出版的《复合体：军事如何入侵我们每日的生活》中描写的一名普通美国人的生活，讽刺又真实。

1961年，时任美国总统艾森豪威尔在离任演说中警告："强大的军事组织与庞大的军工企业的联姻是美国历史进程中的一个新现象……我们必须防止军工复合体有意或无意地获得不应有的影响力。"然而，如图尔斯所述，军工复合体如今深入美国人生活的程度，已远超艾森豪威尔的想象。

美国的军工复合体兴起于二战之后。在美苏争霸过程中，美国经济与军队的捆绑加强，美国500强企业大部分成为国防承包商。整个冷战期间，美国国防支出高达10万亿美元，直接受益者便是军工行业。当时就有人大声疾呼：美国经济已成为"绑在战车上的附庸"。

数十年来，这个由军方、军工企业与政客捆绑形成的特殊利益集团不断在全球范围内挑起冲突、制造战乱，在毁灭无数家庭、带来严重人道主

这是2003年12月16日，驻阿富汗的美军在阿富汗中部的瓦尔达克省巡逻。阿富汗战争是美国历史上持续时间最长的海外战争。

新华社记者 王雷 摄

义灾难的同时，自身靠着战争不断敛财，膨胀为"能够主导整个美国社会"的庞然大物。图尔斯指出，如今的美国，军工复合体与人们所能想到的一切息息相关，涵盖军火商、金融寡头、政客、学术说客、媒体巨头等各个行业，构成了一张触角遍及社会各个角落的巨网。

在军工复合体内部，各方之间通过复杂的利益关系紧密勾连，例如很多美国国防部门官员"入则为官，出则为商"，在政商"旋转门"间不断穿梭，从而实现政治套利。美国现任防长奥斯汀2016年在中央司令部司令任上退役后，曾担任雷神公司等多家公司的董事会成员，还创立了一家咨询公司；前国防部长马蒂斯在任职前曾是通用动力公司董事会成员，从国防部长岗位上卸任后又重新成为通用动力公司董事会成员；另一位前国防部长埃斯珀曾是雷神公司高管，从政府离职后加入了制造军用设备的伊庇鲁斯公司。美国社会学家查尔斯·赖特·米尔斯在《权力精英》一书中指出，进出"旋转门"的美国"权力精英"操纵着国家机器并拥有各种特权，掌握着决策的权力。

谈到美国军工复合体的"敛财术"，曾在美国国防部长办公室工作26年的富兰克林·斯平尼了如指掌。他在接受新华社记者采访时指出，这个利益集团对美国外交政策的巨大影响常常被学术界和媒体"忽略"。军工复合体一方面通过项目和就业影响关键选区，进而与政客实现利益捆绑；另一方面通过媒体和政客妖魔化其他国家，夸大"安全威胁"，煽动选民情绪，以达到推动军费开支不断上涨、为自身捞取更多好处的目的。

对于美国军工复合体的"能量"，斯平尼年轻时就有亲身体会。1970年，当时还是美国空军一名低阶官员的他，曾揭发一家国防承包商存在问题，结果遭到这家公司威胁。尽管他举报成功，导致该公司的合同被取消，但这家公司不久后再度成为美军合作伙伴，其现在每年负责的军工合同价值高达5000万美元。

一种反噬自身的顽疾
"只服务于社会顶层 1% 的人的利益"

"不要战争！不要战争！不要战争！"

2023 年 2 月 19 日，乌克兰危机升级一周年前夕，美国上千名反战人士在位于首都华盛顿的林肯纪念堂前集会，反对美国挑动俄乌冲突，要求解散北约、削减美国军费。

来自佛蒙特州的抗议者亚历克斯·肖尔茨-卡拉巴卡基斯说，美国不需要军工复合体，美国把大量资金投入军事领域，把军力部署到靠近他国边境的地区，在世界上引发不安。

然而，面对民众的反战呼声，美国政客们置若罔闻。据美国"公开的秘密"网站统计，美国军工企业在 2022 年前三季度共花费 1.01 亿美元用于游说政客，以求在不断攀升的国防预算中分得更多。

在军工复合体驱动下，美国不断在世界各地制造战乱冲突，给许多国家带来深重灾难，自身也付出代价、遭到反噬。根据美国布朗大学"战争代价"报告，有超过 7000 名美军士兵以及超过 8000 名美军雇员在 21 世纪初以来的战争中身亡，死于自杀的现役军人和退伍军人数量至少是在战斗中阵亡军人数量的 4 倍，估计超过 3 万人；美国在阿富汗战争中投入约 2.26 万亿美元，在伊拉克战争中投入超过 1.92 万亿美元，巨额军费支出是美国联邦政府如今负债超过 31 万亿美元的一个重要原因；"拱火"乌克兰危机和对俄制裁导致粮食和能源价格上涨，加剧了美国的通胀，美联储为抑制通胀而激进加息，又引发金融领域动荡……

斯平尼认为，军工复合体的巨大影响力使得美国无法制定出维护世界和平的政策，同时也助长了军工产业排斥竞争、权力寻租等垄断与腐败行为。这一利益集团的形成是美国政商勾结、纵容欺诈、监管不力等诸多问题共同作用的结果。

军工复合体已成为一个毒瘤,不仅危害世界,也严重侵蚀美国自身肌体,损害美国民众利益。美国《雅各宾》杂志一篇文章指出,在军工复合体主导下,大量原本可以在清洁能源、基础设施等领域创造更多价值的资金被投入军工行业,"这是军火商们喜闻乐见的政策,只服务于社会顶层1%的人的利益"。

美国反战人士和时事评论家吉米·多尔说,美国的敌人不是别人,恰恰是"掠夺了这个国家数万亿美元的军工复合体"。"战争机器无法停止。谁在管理国家?是战争机器。"

扫描二维码查看视频

▶ "美国梦"碎 何以为家
起底美国愈加恶化的无家可归顽疾

《洛杉矶县宣布因无家可归者危机进入紧急状态》《纽约市无家可归者数量已达到20世纪30年代大萧条以来最高水平》《露宿街头者——美国无家可归者问题日益严重》……

以上是美国媒体关于无家可归者问题一些报道的标题。美国政府统计数据显示，美国2022年1月有超过58万无家可归者，其中洛杉矶和纽约是无家可归者最多的城市。

2023年1月13日洛杉矶县海港城区域，无家可归者、43岁的非洲裔妇女希克斯在栖身的破旧厢式旅行车旁收拾杂物。

新华社发（曾慧 摄）

"为什么在世界上最强大的国家,却有大批人口不得不住在大街上?"不少美国人自我反思。有美国人指出,庞大无家可归者群体的长期存在是美国的"国家耻辱",残酷地提醒人们美国政客对这一危机的漠视,其根源在于美国根深蒂固的社会不平等。

"每一个无家可归者背后都有一个悲伤的故事"

2023年1月的美国西海岸,寒风冷雨暂息。43岁的非洲裔妇女希克斯忙着用木板加固自己的栖身之所——一辆废弃在洛杉矶县海港城路边的破旧厢式旅行车。

希克斯原本是一名厨师,失业后因无力支付房租而流落街头。她已经在这辆车里住了三个多月。"没有了工作,付不起房租,太艰难了,"她说,"我希望能离开这里,找一个更安全的落脚点。"

不远处的街边,72岁的白人男子迈克坐在一辆轮椅上。除了几个散落的手提袋,只有收养的一条黄狗在他身旁,陪伴主人熬过漫漫长夜。迈克此前因健康状况恶化被警方送进医院救治,出院后继续流落街头。

加州非营利性组织"慈心丝带公益"发起人之一约瑟夫,常年在这一地区帮助无家可归者,为希克斯和迈克等人提供食物和衣物等物资。他告诉记者:"每一个无家可归者背后都有一个悲伤的故事。"

有着"天使之城"称号的洛杉矶,全县人口约1000万,无家可归者接近7万人,两个数字均位居全美第一。这些无家可归者中,有部分人在政府或者福利机构的收容所居住,但约70%不得不流落街头,栖身于汽车、公园、废弃建筑、公交车站、火车站、机场和露营地等。

数量庞大的无家可归者,已成为美国社会一大顽疾。《洛杉矶时报》一篇题为《洛杉矶无家可归者问题是国家耻辱》的社论写道:"不法分子视他们为猎物,海洛因、冰毒等毒品随手可得,性侵、肢体暴力屡见不鲜,

2023年1月13日洛杉矶县海港城区域，无家可归者、72岁的迈克坐在街边一辆轮椅上，旁边是他收养的黄狗。

新华社发（曾慧 摄）

结核病、肝炎、艾滋病等传染病时时威胁着他们。"为应对愈加恶化的无家可归者问题，2023年1月，洛杉矶县宣布进入紧急状态。

在美国另一端的东海岸，纽约市曼哈顿下城包厘街。已是上午10点半，中年男子普林斯·法克斯的早饭还没有着落。他左腿膝盖以下残缺，坐在轮椅上，不停向行人招呼。"作为一名退伍老兵，我在挨饿，请救救我，求求你了！"

法克斯告诉新华社记者，他左腿残疾是在一次军事行动中被地雷炸伤后截肢所致，退伍后政府只为他提供了几个月的照料和福利。他去政府支持的收容所求助，却遭到虐待。"我待在大街上是因为这里比收容所安全。那里的人试图性侵我，打我，并拿走我的东西。因为失去了一条腿，我无法保护自己。"

交谈中，有志愿者用手推车推来食物分发给法克斯和附近其他有需要的人。法克斯高兴地说："我要吃饭了。"他把一个塑料垃圾桶的盖子盖上，把食物放上去，以此作为自己的临时"餐桌"。

美国政府2022年11月公布的数据显示，当年1月全美无家可归的退伍军人有3万多人。研究表明，退伍后缺乏社会支持是造成退伍军人无家可归的主要因素。

在纽约这个美国最大、最繁华的都市，无家可归者人数正不断增加。美国无家可归者联盟一份报告显示，近年来，纽约市无家可归者人数已达到20世纪30年代大萧条以来最高水平。2022年12月，共有68884人睡在城市收容所，其中包括21805名无家可归的儿童。

2023年1月14日，美国纽约市曼哈顿下城包厘街，退伍老兵普林斯·法克斯在收到志愿者发放的免费食物后高兴地举起手。

新华社记者 刘亚南 摄

纽约儿童权益保护协会2022年10月发布的报告显示，2021至2022学年，纽约市居无定所的公立学校学生连续第7年超过10万人，比上一年增加3.3%，约占该市公立学校学生总数的十分之一。这些孩子有的住在收容所，有的住在汽车、公园或废弃建筑中，有的寄宿在亲戚朋友家里。他们经常缺课，学业表现不佳，其中住在收容所里的孩子的高中辍学率是有固定住所孩子的三倍多。

"源自多个公共政策的失败,并非意外事件"

美国知名反战组织"即刻行动制止战争消除种族主义"联盟负责人布赖恩·贝克尔说,美国政府应该把钱花在人们需要的地方,而非用来资助战争和军国主义。

"为什么在世界上最强大的国家,却有大批人口不得不住在大街上?"贝克尔质问。

美国无家可归问题跨部门委员会执行主任杰夫·奥利韦特说,当前这轮无家可归者潮始于20世纪70年代末到80年代初,"源自多个公共政策的失败,并非意外事件"。其中一个原因是保障性住房短缺,目前缺口达700万套。加利福尼亚大学旧金山分校研究无家可归问题的专家玛戈·库谢尔表示,加州政府为极低收入者提供的可负担住房至少短缺100万套。

美国预算与政策优先安排研究中心数据显示,2010年至2016年,美国用于公共住房的联邦资金减少21%。这不仅影响了新建住房供应,还导致现有住房减少。美国全国低收入者住房联盟指出,每年约有1万套公共住房因失修无法继续居住。维修现有的公共住房需花费700亿美元,这个数字比美国住房和城市发展部一整年的预算还要高。

2022年12月,拜登政府公布一项无家可归者问题应对计划,表示将把增加住房供应摆在优先位置,目标是2025年让无家可归者数量减少25%。不过,批评者认为这一计划治标不治本,是过去失败战略的翻版。

美国智库凯托学会研究贫困和不平等问题的高级研究员迈克尔·坦纳说,美国历届政府都未能解决无家可归者问题,人们倾向于找到一个简单答案,"要么让警察把他们(无家可归者)赶走,要么把钱砸在住房上",但这类答案都解决不了问题。

得克萨斯州公共政策基金会高级研究员米歇尔·斯蒂布指出,无家可归者通常由代际贫困、吸毒酗酒、精神疾病、家庭暴力以及缺乏支持网络等因素造成,拜登政府的计划在解决这些问题方面做得不够。

奥利韦特认为,重要的是要认识到无家可归者问题是美国社会的失败而非个人的失败。要区分造成无家可归者的根本原因和个人风险因素,人们常提到的精神疾病、药物滥用或家庭暴力等与无家可归问题有关,但并不是根本原因。

"根本原因是根深蒂固的社会不平等"

那么,问题根源何在?旨在应对加州硅谷无家可归问题的"目的地:家"项目认为,虽然无家可归者问题是由多个因素引发并且每个人的情况不尽相同,但更深入的研究发现,无家可归者问题存在的"根本原因是根深蒂固和长期存在的社会不平等"。

美国是贫富分化最为严重的西方国家。过去几十年,美国贫富差距越发悬殊,而美国政府却缺乏解决贫困问题的政治意愿。美国人口普查局2022年12月发布的报告显示,2021年美国贫困人口为3790万,官方贫困率达11.6%。这些贫困人口承受风险能力较弱,遭遇疾病、失业、意外等都有可能陷入困境,失去住房从而流落街头。"如果我们无法阻止人们源源不断地沦为无家可归者,我们将永远解决不了问题。"加州非营利组织"全家"联络主管伊迪·艾恩斯说。

美国作为头号资本主义国家,社会保障体系存在系统性不平等,有近3000万人没有任何形式的医疗保险。华盛顿大学公共卫生学院2020年6月发表的一份研究报告指出,一些美国人失业后付不起医疗保险费,又没有多少储蓄,生病后陷入财务困境,最终沦落街头。该报告调查的无家可归者中,68%的人有过医疗债务。哈佛大学商学院助理教授雷蒙德·克林德和斯坦福大学经济学教授尼尔·马奥尼等人2021年7月发表的一份研究报告指出，截至2020年6月，全美医疗债务总额估计高达1400亿美元，低收入者是受此类债务冲击最大的群体。马奥尼评价，这是"富者愈富、贫者愈贫的经典案例"，也是"令人震惊和独特的美国现象"。

系统性种族歧视问题同样不容忽视。美国全国终止无家可归联盟2020年6月发布的一份报告显示，美国少数族裔变成无家可归者的风险要高于白人。非洲裔在美国总人口中占比为13%，在美国无家可归者中占比却超过40%。与此同时，流落街头的拉丁裔也越来越多。美国媒体指出，洛杉矶县的拉丁裔无家可归者从2015年的约1.1万人猛增到2022年的近2.9万人，旧金山市的拉丁裔无家可归者人数2019至2022年增长55%。

从事社会救助工作的专业人士表示，洛杉矶作为美国最富有的城市之一，却面临严重的无家可归者问题令人痛心。这是洛杉矶、加州乃至全美面临的一个严重社会问题，政客们不能把解决这个问题只当成选举口号，

2022年9月8日，在美国加利福尼亚州洛杉矶市区，街头可见多个无家可归者的帐篷。

新华社发（曾慧 摄）

不是送一顿饭、一条毛毯给无家可归者，或者开一辆大巴车把他们送去别的城市，就能解决这个问题。要从根源上解决美国无家可归者问题，采取综合的经济、社会和医疗保健等措施，既要对那些努力重回社会的无家可归者伸出援手，更要从源头上阻止更多人因无法立足社会而流落街头。

然而，现实中，美国政府宁可每年把数千亿美元的资金用于军费开支，也不愿投入足够资源真正解决贫困等社会问题。毕竟，就像前联合国极端贫困和人权问题特别报告人菲利普·奥尔斯顿曾经指出的那样，美国是发达国家中唯一坚称"人权不包括免于死于饥饿、免于无钱就医或者免于在极度贫困环境下成长的权利"的国家。

扫描二维码查看视频

美国在全球的军事行为不仅直接造成巨大的人道主义灾难，更带来包括社会动荡、难民潮、心理创伤、生态危机等一系列复杂的社会问题。

"基于规则的国际秩序"不过是一种冠冕堂皇的说辞。其真义，一是"维护霸权"，试图延续其颐指气使、高高在上的"例外"地位；二是"逃避现实"，力图掩盖其对非西方世界崛起这一世界大势的抗拒心态。

从推动北约东扩把俄逼到墙角，到策动"颜色革命"让俄乌反目成仇，再到谋求用"战斗到最后一个乌克兰人"的借刀杀人手段击垮俄罗斯，美国为了自身利益一步步把欧洲推入战乱冲突的火坑，也让世人进一步认清美国霸权霸道霸凌给世界带来的深重灾难。

PIECE 02

第二篇

美式霸权

> 这个国家是通过残忍无情、毁坏灵魂的战争建立起来的。认清了这一点，才能理解美国的过去与当下。
>
> ——德国历史学家霍尔格·霍克

▶ 戕害世界　罪行累累
起底美国军事霸权

"这个国家是通过残忍无情、毁坏灵魂的战争建立起来的。认清了这一点，才能理解美国的过去与当下。"德国历史学家霍尔格·霍克在《美国的伤痕：独立战争与美国政治的暴力基因》一书中写道。

美国建国和发展史同其进行战争和扩张的历史步调吻合。美国，自独立240多年来，带着其殖民基因和帝国梦想，经过持续不断的战争和军事扩张行为，从北美一隅的新兴政权，演变为全球军事霸权，并凭借霸权行霸道、施霸凌。

无数事实告诉世人，美国恃强凌弱、巧取豪夺的军事霸权行为违背和平与发展大势，给许多国家带来巨大浩劫与无穷危害，是世界动荡不安的主要根源，是威胁人类社会文明进步的最大挑战。

"天定命运"
支撑霸权的精神假想

美国自诩为"山巅之城"，美国人自视为"上帝选民"，认为美国是一个拥有"天定命运"的国家。数百年来，美国人以此为美国军事扩张和军事霸权赋予了所谓"合法性"和"神圣性"。

根据新华社国家高端智库发布的《起底美国军事霸权的根源、现实与危害》报告（简称报告），美国依靠武力等不断扩张，借美墨战争、美西

2003年3月20日,美国海军发射的6枚巡航导弹击中伊拉克首都的部分重要目标,巴格达上空响起爆炸声和防空火炮声,伊拉克战争正式爆发。这是2003年3月25日,美军几十辆装甲车辆从科威特城驶向科伊边境。

新华社记者 李晓果 摄

战争等向西、向海扩张,经两次世界大战崛起为全球超级大国,于冷战后形成一家独大的单极霸权。在美国走向全球军事霸权的历程中,"天定命运论"始终在为美国发展和巩固军事霸权提供着精神假想与行动借口,不断影响着美国的政策和行为——不仅是美国历史上使用军事手段开疆拓土和暴力迫害原住民的依据和借口,也是美国20世纪以来争夺世界主导地位、输出价值观和对外武力干涉的思想根源。

美国外交学者乔治·赫林就曾指出,从驱逐美洲原住民、夺取墨西哥三分之一领土、对菲律宾人和波多黎各人实行殖民统治,到2003年入侵伊拉克,"美国对其'伟大使命'的认识一直被用来合理化其武力扩张"。

此外,美国人还在不断试图给自身的扩张行为找寻理论依据。美国的社会达尔文主义者称,国家也与自然界一样,遵循弱肉强食、适者生存的规律。国际关系学者们则提出霸权稳定论、民主和平论等，鼓吹美国主导的世界单极体系能带来持久和平。

报告认为，事实上，这些论调都经不起历史和现实的检验，无论如何变换用语，都是为美国军事霸权和利益辩护、服务的理论，其内核都反映出美国黩武、扩张、干预、道德粉饰的帝国思想。

软硬兼施
维系霸权的百般手段

"战争已经成为这个国家历史中不可分割的一部分。与其说美国从建国开始便一直进行战争，倒不如说是战争本身造就了美国。美国所打的战争成就了今天的美国，也将塑造未来的美国。"法国历史学家托马·拉比诺这样描述美国与战争"牢不可破"的关系。

战争和军事行动是美国维持军事霸权地位的最直接手段。美国在其240多年历史中，仅有不到20年没有打仗，堪称世界历史上最好战的国家。通过一场场战争，美国铺设了覆盖全球的军事基地作为控制世界的战略锚点，将拉美和加勒比国家视作"后院"，控制中东等欧亚大陆地缘政治咽喉，把军队部署至非洲，通过军事手段控制重要资源和原料。

美国智库昆西治国方略研究所2021年一项研究显示，目前，美国在海外80个国家和地区设有750个军事基地，几乎是美国驻外使领馆和使团数量的3倍，每年运行成本或高达550亿美元。仅从2001年开始，海外军事基地支持美国在至少25个国家发动战争或军事行动。

报告指出，为维护全球军事霸权，美国不仅通过发动或介入战争、铺设全球军事基地网等显性手段进行直接控制，还通过构建同盟体系、利用规则机制等隐性手段进行间接控制。

以1949年北约成立为标志，美国开始着手打造军事同盟，之后又建立

2023年2月19日，在美国首都华盛顿，一名抗议者手举标语在林肯纪念堂前参加集会。

新华社记者 刘杰 摄

了美菲、美日、美韩等双边同盟，企图以结盟取得整体军事力量优势从而威慑对手，实现自身政治和安全利益。如今越来越多的国家发现，同盟体系实为美国维护军事霸权的工具，作为"盟友"不得不服从美国意志。正如德国联邦议院议员塞维姆·达代伦所说："美国想要的不是盟友，而是忠诚的仆从。"

各类规则和机制则是美国隐形控制的另一个重要手段，例如利用《出口管理条例》《武器出口控制法》等法律法规构筑军民两用及军用出口管制体系；设立《原子能法》等特定领域立法；建立或主导诸如"巴黎统筹委员会""导弹及技术控制制度""瓦森纳安排"等多边机制。而这些国际规则和机制的存在本质上服务美国安全利益。

近年来，美国人还炮制了"基于规则的国际秩序"这一说辞，用来美化包装霸权主义。俄罗斯战略规划与预测研究所所长亚历山大·古谢夫指出，美国刻意保持"基于规则的国际秩序"定义的模糊性，因为这些所谓的"规则"越不具体，美国就越能对其随意"装扮"。一旦有国家违背美国的意愿，美国就会指责其"违反规则"，就有理由对其进行惩罚。

无尽伤害
滥施霸权造成的灾难

"我们可以有一面特别的国旗——我们的国家也可以这样做：我们可以只保留我们惯常的国旗，把白色条纹涂成黑色，用骷髅标志代替星星。"1901年，美国作家马克·吐温曾写下这样的文字来谴责美国在菲律

2019年9月29日，在阿富汗东部加兹尼省，人们守护在空袭中遇难的平民遗体旁。阿富汗东部加兹尼省政府发言人阿里夫·努里当日说，驻阿美军在2019年9月28日晚间对该省胡加奥马里地区发动空袭，造成至少5名平民死亡。
新华社发（鲁胡拉 摄）

宾发动战争、血腥屠戮的帝国主义行为。

美国军事霸权驱动的战车带来了无休止的伤害。征服印第安人的战争，直接抹去了数百万印第安人口；菲律宾殖民战争，20万至100万菲律宾人死亡；朝鲜战争，300多万平民死亡；越南战争，200万平民死亡；伊拉克战争，20万至25万平民死亡……根据美国布朗大学"战争代价"项目公布的数字，"9·11"事件后，美国在全球至少85个国家发动战争或"反恐行动"，已直接导致包括43.2万平民在内的超过94万人死亡，3800万人流离失所或成为难民。

如美国学者、巴德学院教授沃尔特·拉塞尔·米德所言："美国是世界历史上最危险的军事力量。"

美国在全球的军事行为不仅直接造成巨大的人道主义灾难，更带来包括社会动荡、难民潮、心理创伤、生态危机等一系列复杂的社会问题。

例如，美军在越南留下约35万吨可爆炸的炸弹和地雷，估计仍需300年才能完全清除。美国驻日本冲绳的3座军事基地2002年至2016年至少发生270起污染环境事件，其中大多数未向日本政府通报。2022年5月，韩国正在收回的龙山美军基地被曝土壤和地下水污染严重，韩国环境部发现位于该基地南营区宿舍用地土壤中总石油烃超标29倍，地下水中致癌物苯和酚分别超标3.4倍和2.8倍。

据美国布朗大学沃森国际与公共事务研究所2019年公布的数据，自2001年全球反恐战争以来，美军在装备和部署行动、作战行动、武器制造等过程中，已经产生了12亿吨温室气体，"是世界上最大的温室气体排放者之一"。

美国的军事霸权行为给世界各国带来灾难的同时，也给美国自身带来严重创伤。拉比诺在《美国战争文化》一书中指出，美国几乎每代人都吞食过战争引发的政治、经济和社会乱象所带来的恶果。

美国布朗大学"战争代价"项目数据显示，有超过7000名美军士兵以及约 8000 名美国防务承包人在"9·11"事件后美国发动的战争中身亡。另有超过 3 万名美军士兵自杀，这一数字是战斗中阵亡人数的 4 倍。美国为维持军事霸权所投入的天价军费也让美国国民背上了越来越沉重的负担，美国 2001 年后战争相关花费已超过 5.8 万亿美元。更重要的是，美国的军事霸权和对外战争行径滋生并助长了极端势力，反噬了自身安全，"9·11"事件便是典型案例。

"在战争中建国，在战争中扩张，在战争中称霸，是为美国。"报告写道，今天美国的军事扩张仍在继续，美国军事霸权主义仍在霸凌、破坏我们共同生活的世界。

▶ 霸道的"规则" 霸权的"秩序"
起底美国所谓"基于规则的国际秩序"

"我们常听到一个说法叫作'基于规则的国际秩序'。这是一个模糊不清的说法,《联合国宪章》里没有,各国领导人在联合国通过的宣言里没有,联大和安理会决议里也没有。我们一直想问,所谓'基于规则的国际秩序',到底是基于什么样的规则,基于谁制定的规则,这些规则与国际秩序之间是什么关系?"2023年年初,中国常驻联合国代表张军在联合国安理会一场公开辩论会上发出这番质问。

美国一些政客如今张口闭口"基于规则的国际秩序",却从未向世界解释清楚上述关键问题。这并非他们"粗心大意",而是有意为之:他们不愿清晰定义,也不想解释清楚,因为那会妨碍他们随心所欲地给他国扣帽子,因为他们自己经常玩弄"双重标准",因为事实真相会戳破其虚伪假面。

就算美国不说,世人也知道:美国口中所谓的"规则",就是其说一不二的霸道规则;所谓的"秩序",就是"美国优先"的霸权秩序。

寻找说辞
为自己非法行为穿上合法外衣

"基于规则的国际秩序"并非新说辞。美国芝加哥大学学者保罗·波斯特表示,这一表述从20世纪90年代开始出现,2003年美国入侵伊拉克后越来越多地被美国政府使用,其目的就是为自己违反联合国宪章和国际

法的行为寻找说辞。

冷战结束后，美国成为唯一超级大国，获得独霸全球的地位，为摆脱联合国体系和国际法的约束，美国人炮制了"基于规则的国际秩序"这一说辞，用来美化包装霸权主义。伊拉克战争是一个典型例子——美国未获得联合国安理会授权，其军事行动师出无名，就连法国、德国等盟友也强烈反对。

美国哈佛大学国际关系学教授斯蒂芬·沃尔特说，能够随时使用"基于规则的国际秩序"一词，似乎已成为美国政客或官员的一项工作要求。

俄罗斯战略规划与预测研究所所长亚历山大·古谢夫在接受新华社记者采访时指出，美国刻意保持"基于规则的国际秩序"定义的模糊性，因为这些所谓的"规则"越不具体，美国就越能对其随意"装扮"。一旦有国家违背美国的意愿，美国就可指责其"违反规则"，就有理由对其进行惩罚。

在伊拉克大学新闻学教授穆罕默德·朱布里看来，这些所谓"规则"在行动上的具体表现就是：政治上，美国奉行强权政治，强迫他国服从；经济上，美国利用美元霸权和对国际货币基金组织等国际组织的控制，掌控他国经济命脉；安全上，美国在全球设置大量军事基地，还对包括盟友在内的各国进行监听；科技上，美国垄断核心技术，不择手段阻碍他国研发，确保自身领先地位；意识形态上，美国把西方价值观鼓吹为"普世价值"，向非西方国家强行灌输。

归根结底，在美国看来，顺从它的要求，服从它的意志，就是"遵守规则"，否则就是"破坏规则"。用意大利国际问题专家贾恩卡洛·埃利亚·瓦洛里的话说："'基于规则的国际秩序'实际上就是另一种版本的强权政治。"

双重标准
"必须遵守国际法，除非你是美国"

2018年4月14日凌晨，火光撕破叙利亚首都大马士革夜空。美国、英国、法国对叙利亚发动这次空袭的理由是，叙政府用"化学武器"攻击反对派武装控制区。

时任叙利亚常驻联合国代表巴沙尔·贾法里曾不止一次在联合国会议上痛诉美国等国污蔑叙利亚政府，而美方对此充耳不闻，继续肆意对叙进行制裁和军事打击。曾有一张贾法里坐在联合国总部大楼休息区的照片在网上广为流传：身形高大、西装革履的他低着头，背稍屈，双手交握，身影中透出疲惫。在他身旁的窗外，楼下一座亭子里悬挂着"和平钟"。

国际舆论从这张照片中感受到"弱国外交官"的悲凉与无奈。但反过来看，叙利亚的遭遇更凸显了美国及其盟友对国际法的蔑视。

叙利亚陷入内战后，美国深度介入，频繁进行军事干预，其军事行动未经联合国安理会授权，也未获叙政府同意。美国学者玛戈·帕特森说，在战争问题上，美国一贯表现出国际法只适用于其他国家，而不适用于美国自身。

图为2018年时任叙常驻联合国代表巴沙尔·贾法里坐在联合国总部大楼休息区。

图片来自网络

众所周知，世界上只有一种秩序，就是以国际法为基础的国际秩序；只有一套规则，就是以联合国宪章宗旨和原则为基础的国际关系基本准则。美国宣扬所谓"基于规则的国际秩序"，真实意图是要在现有国际法体系之外另搞一套。当国际法符合美国利益时就强调要遵守国际法，反之就不谈国际法，而强调所谓"基于规则的国际秩序"。其所作所为本质上就是以自我利益为中心，把自己的标准和意志强加于人，为"双重标准""例外主义"大开后门。

中国社会科学院美国研究所研究员魏南枝指出，二战结束后，以联合国、世界银行、国际货币基金组织、关税与贸易总协定（世界贸易组织前身）、联合国教科文组织等为基础的全球性政治、安全、金融、贸易、文化等秩序得以建立。但是，美国对以联合国为核心的国际体系和以国际法为基础的国际秩序始终是合则用、不合则弃。

在政治与安全领域，美国蔑视联合国宪章确立的自决、主权及和平解决争端等概念，自二战结束以来，不断发动战争或策动"颜色革命"，试图推翻50多个外国政府，粗暴干涉至少30个国家的民主选举；在经贸领域，美国频繁对他国发起贸易战，世贸组织明确认定美对华关税战违反全球贸易规则，美国却置之不理，还阻挠世贸组织上诉机构任命新法官；在金融领域，美国不仅利用美元的主要国际储备货币地位向全世界收取"铸币税"，还操纵国际金融组织，在援助他国时要求受援国推行金融自由化、加大金融市场开放，为美国资本渗透和投机减少阻碍；在科技领域，美国时常把自己的"家法帮规"包装成国际规则，比如推出《芯片与科学法案》等法案，通过长臂管辖堂而皇之地遏制其他国家科技发展。

哈佛大学国际关系学教授斯蒂芬·沃尔特曾在《外交政策》网站撰文说，美国在认为国际秩序不利于自己时，就按自己的意愿忽略、逃避或改变秩序。即便是美国的盟友也希望美国能遵守自己倡导的秩序。

"必须遵守国际法，除非你是美国。"美国历史学家阿尔弗雷德·麦科伊如此说。

霸权衰落

"'基于规则的国际秩序'正在垂死挣扎"

近年来，随着发展中国家群体性崛起，美西方相对实力和国际影响力持续下降。在此背景下，美国越发强调所谓"基于规则的国际秩序"，目的在于维护自身不断衰落的霸权，阻碍国际格局演变和世界多极化潮流。

为体现所谓的"价值观"，美国操弄意识形态工具，给"基于规则的国际秩序"披上"自由""民主"外衣，把美国眼中的"竞争对手"丑化为破坏"自由""民主"的"威权国家",但这样的花招蒙蔽不了世界。

英国皇家国际事务研究所高级研究员于洁认为,"基于规则的国际秩序"暗含的意思是,世界各国都应当实行西方民主模式。但这套政治制度自身出现很大问题。过去十多年来,发展中国家在国际规则和国际秩序的问题上更加积极地要求提高自身话语权。这种诉求今后会更加强烈。

中国国际问题研究院美国问题学者袁莎指出,这些年来,美国对自身霸权衰落的焦虑感急剧上升,因此想利用"基于规则的国际秩序"这一说辞来对中国等非西方国家进行遏制打压。尤其是拜登政府上台后,积极拉拢盟友伙伴构筑"小圈子",建立排他性、阵营化的伪多边体系,以"家法帮规"代替联合国体系下的国际规则,阻碍构建包容、开放的国际秩序。

国际社会的确需要规则和秩序,但它们应该由国际社会共同制定,而不是谁的胳膊粗、气力大谁就说了算,更不能只服务于少数国家、少数群体的利益。

"所谓'基于规则的国际秩序',实际是不公平的'西方秩序'。"法国前驻美大使热拉尔·阿罗说。

"'基于规则的国际秩序'正在垂死挣扎。"美国麦卡莱斯特学院国际关系学教授安德鲁·莱瑟姆说,而有些人还没有认清这一现实。

说到底,被美国一些政客天天挂在嘴边的"基于规则的国际秩序"不过是一种冠冕堂皇的说辞。其真义,一是"维护霸权",试图延续其颐指气使、高高在上的"例外"地位;二是"逃避现实",力图掩盖其对非西方世界崛起这一世界大势的抗拒心态。

▶ 霸权逻辑无规则秩序可言
起底美国政治"领导力赤字"

美国官员经常会重复一句话,"美国是世界的'领导者'"。世界的"领导者",应当是在团结国际社会推动人类和平与繁荣方面展现强大领导力、影响力的国家。然而,对照美国近年来"退群毁约""脱钩断链""小院高墙"以及煽动阵营对抗的现实来看,距离其自封的世界"领导者"的定位相去甚远。心理学上有个概念叫"投射效应",美国越强调全球领导力,实际上越反映其全球领导力、影响力的缺失,只能通过口头上反复强调来证明自己拥有。

第二次世界大战后,美国强势崛起,冷战后更是成为唯一超级大国,自视为理所当然的世界"领导者"。但美国把"领导"混同于"霸权",在世界各地恃强凌弱、强取豪夺,其"霸权霸道霸凌"行径让世界各国深恶痛绝。在百年变局加速演进的当下,美国仍抱守不合时宜的霸权逻辑,沉浸在不切实际的"领导"世界、满足自我的美好幻境中。殊不知,国际社会已越发看清,美国自诩的"领导地位"实属德不配位,其全球领导力已出现巨大赤字。

美国领导力的缺失,缺在危机面前没有承担大国责任、展现大国担当。面对全球性危机挑战,美国不仅推卸责任、逃避义务,还为一己私利阻碍形成全球应对合力,既没有体现出"领导者"应有的作用和贡献,也不符合国际社会的期待和认可。巴以新一轮冲突爆发后,美国置国际社会和平呼声于不顾,毫不掩饰地"拉偏架",多次阻挠联合国安理会通过要求停火的决议草案，引发众多国家强烈不满。气候变化问题迫在眉睫，美国对气候多边议程先退又进，拖欠对发展中国家承诺的气候援助资金，还试图借气变议题控制绿色产业供应链，通过气候治理来维系美国的"领导地位"。"能力越大，责任越大"是美国对外塑造世界"领袖"形象的话术包装，但美国空谈大于行动，其"领导地位"的正当性和合理性早已备受质疑。

美国领导力的缺失，缺在其重"利"轻"义"的本色，意图将世界拖入存量博弈，而非创造增量促进各国共同发展繁荣。当前，世界经济复苏脆弱乏力、诸多难题需要各国通力合作解决，但美国却顽固坚持"精致的利己主义"，利用霸权将本国利益凌驾于全球利益之上，将国内矛盾和风险转嫁给整个世界，这样的"领导"不仅失"德"，长远看损人也难利己。美联储实施超宽松货币政策，不仅导致美国国内通胀高企，其引发的全球性通胀严重伤害了发展中国家和底层民众；为抑制国内通胀，美联储又持续加息，令不少国家本币贬值、资本外流、偿债成本上升、输入性通胀加剧；为谋取经济利益，美国不断挑起经贸摩擦，肆意破坏和践踏国际贸易规则和多边经贸秩序；为促使制造业回流本土，美国动用贸易保护主义政策，对他国肆意挥舞制裁大棒，引发全球产业链供应链的连锁负面效应，破坏国际市场秩序……美国长期奉行"美国优先"，其背弃国际道义的行为不仅给世界经济带来巨大损失，也让自身利益受损、信誉扫地。

美国领导力的缺失，缺在其既无能力也无意愿推动和引领全球治理体系和国际秩序的变革。时至今日，美国的官员和学者仍大言不惭鼓吹，如果没有美国的"领导"，世界将陷入"混乱"。但现实是，越来越多国家勇敢地对美国的"领导"说不，呼吁建立一个以实现世界整体发展为理想目标的全球治理体系和更加公正合理的国际秩序。英国《泰晤士报》网站刊登的文章《摇摇欲坠的美国正失去对世界秩序的掌控》指出，美国领导人说"美国的领导作用使世界团结在一起"，但世界并没有被白宫的言论所左右，而是被鼓励走自己的路。究其根本，在于美国仍然抱持不合时宜的强权思维、单边思维和冷战思维，与追求和平发展的时代潮流格格不入。多边主义是人类必然选择，扩大合作、共同发展是世界各国的广泛诉求。但美国仍不愿放下霸权执念，肆意操弄意识形态工具，挑动阵营对抗，构筑"小院高墙"，以霸权压制平等、用霸道破坏公平、搞霸凌遏制发展，将自身置于历史正确和人类进步的对立面。美国政客炮制的所谓"基于规则的国际秩序"实则是美国的"家法帮规"，所谓的"规则"就是美国说一不二的霸道规则，所谓的"秩序"就是"美国优先"的霸权秩序。

阿联酋《国民报》网站刊文指出，美国在巴以新一轮冲突爆发后的所作所为充分表明，"规则"是给他人制定的，美国及其盟友完全不受约束。意大利国际问题专家贾恩卡洛·埃利亚·瓦洛里则一针见血指出："'基于规则的国际秩序'实际上就是另一种版本的强权政治。"卡塔尔半岛电视台资深政治分析家马尔万·比沙拉撰文指出，美国试图通过所谓"基于规则的国际秩序"挽救其领导力，但没能成功。

逃避责任、背弃道义，既是美国无力"领导"世界的事实呈现，也是其霸权逻辑的现实投射。世界不会听任一个国家发号施令，也不会把人类命运交由一国决定。正如美国经济学家杰弗里·萨克斯所说，这个世界不需要任何霸权，美国应该放弃"领导"世界的念想。

▶ 将触角伸向全球的战争怪兽

起底美国主导北约为害世界

漫画：于艾岑

新华社北京 2023 年 7 月 11 日电 北大西洋公约组织（北约）峰会 2023 年 7 月 11 日至 12 日在立陶宛首都维尔纽斯举行。北约秘书长斯托尔滕贝格日前表示，该组织成员国将商定对乌克兰的长期援助计划，并制订新的区域威慑和防御计划。

这个夏天，北约动作不断——从召集 20 多个国家约 1 万名官兵在德国等地举行成立以来规模最大的空中军事演习，到宣布将部署超过 30 万处于高度戒备状态的部队，再到召集盟友在靠近俄罗斯边境的波罗的海国家立陶宛举行峰会，此外还不断突破传统防区和领域，试图与亚太国家建立军事勾连。

"最危险的犯罪组织"

北约自成立之日起就是美国策动集团对抗的军事工具。二战结束后，美国在意识形态和军事等领域不断渲染苏联威胁，煽动西欧各国对苏恐惧，并以此加强对欧洲盟国的控制。在此背景下，北约于 1949 年正式成立。自那以来，这辆由美国驾驶的战车横冲直撞，不断寻求扩张地理边界和活动范围，一再挑起战争冲突，所到之处生灵涂炭、民生凋敝。

在当年的南斯拉夫联盟共和国，以美国为首的北约军队绕过联合国安理会对这个主权国家进行长达 78 天的轰炸，投放近 42 万枚、总计 2.2 万吨炸弹，其中包括 15 吨贫铀弹。在阿富汗，美国和北约大量实施无人机袭击、夜间袭击等行动。在利比亚，北约 2011 年对该国发动长达 7 个月的军事行动，直接帮助反对派推翻卡扎菲政权。据不完全统计，仅 2001 年后北约国家发动和参与的战争就导致数十万人丧生，数千万民众流离失所，严重冲击世界和地区稳定。

受害国民众至今仍在为北约暴行付出惨痛代价。塞尔维亚急救中心的研究表明，1999 年以后该国出生的儿童中，1 至 5 岁多发外胚层肿瘤，5 至 9 岁多发恶性血液病，9 至 18 岁脑瘤发病率急剧上升。这些都拜美军留下的贫铀弹污染所赐。2022 年 3 月 17 日，在塞尔维亚首都贝尔格莱德举行的一场足球比赛中，塞尔维亚观众拉起多条大型横幅，高唱反战歌曲，

2022年3月17日，在塞尔维亚首都贝尔格莱德举行的一场足球比赛中，塞尔维亚观众拉起多条横幅，并高唱反战歌曲，以此讽刺西方在"反战"方面的双重标准。

新华社发（普雷德拉格·米洛萨夫列维奇 摄）

讽刺美西方在"反战"方面的双重标准。

欧洲盟友也在为美国的"霸权梦"埋单。截至2019年5月，366名参与北约军事行动的意大利士兵患癌症死亡，7500人深受病痛折磨。在2022年北约马德里峰会期间，从西班牙到美国，多国民众举行抗议活动，"接力"谴责北约危害全球和平与安全。参加抗议的西班牙老人罗曼说："北约和美国人伤害了我们的国家、我们的孩子。每场战争都让我们的孩子上战场，这是一种犯罪。"

"不少人将北约描述为北大西洋恐怖组织，我认为北约是威胁全人类安全的最危险犯罪组织之一，"委内瑞拉实验大学历史学教授卡洛斯·卡萨努埃瓦说，"北约本应在20世纪90年代华沙条约组织解体后消失，但它没有解散，反而不断在增强力量，并不断威胁和攻击许多国家。"

"制造分裂的世界"

近年来，北约频频在亚太地区"刷存在感"，寻求提升与日本、韩国、菲律宾等国的政治军事关系，加大力量投射的手段不断花样翻新，从开展网络合作，到邀请亚太国家参加重要会议和联合军演，再到图谋在亚太地区设立北约联络处。分析人士指出，北约保持向亚太地区扩张的进攻态势，是试图把在欧洲挑动甚至制造对抗的套路复制到亚太地区，对地区局势有百害而无一利。

在2023年的马德里峰会上，在美国导演下，北约推出《北约2022战略概念》，称中国对北约构成"系统性挑战"，日本、韩国、澳大利亚、新西兰等四个亚太国家领导人首次受邀参加峰会。2023年，日本首相岸田文雄计划在维尔纽斯峰会期间同斯托尔滕贝格讨论在东京开设北约联络处

2022年6月16日，在比利时布鲁塞尔的北约总部，北约秘书长斯托尔滕贝格在北约成员国国防部长会议后的新闻发布会上发言。

新华社记者 郑焕松 摄

的计划。如果实现，东京联络处将成为北约设在亚洲的首个办事机构。此外，北约还将触角伸向韩国。2023年6月21日，韩国国防采办计划管理局和北约航空委员会代表在北约总部签署协议，启动军机适航证互认程序，达到加强空中安全合作的目的。

对北约加紧推进其亚太扩张计划，甚至走向机制化，各国分析人士纷纷表示担忧，认为"亚太版北约"一旦打造完成，将引发地区对抗和分裂，严重影响域内和平稳定。日本山口大学名誉教授纐缬厚将北约定义为"由极具攻击性立场的军事力量组成的组织"，认为如果北约在日本设立办事处，日本就会成为准北约国家，亚洲邻国对日本的戒心会进一步提高。

马来西亚《南洋商报》网站评论文章认为，北约插手亚太事务，亚太地区将永无宁日，军备竞赛、集团对抗、擦枪走火、军情误判等在所难免。伊朗《德黑兰时报》刊文指出，北约在北大西洋地区的长期存在已致使该地区被军事化，其向亚太地区的扩张对亚太将有害无益。除了美国，没有人会从这样的亚洲军事联盟中受益。

北约前秘书长索拉纳指出，北约扩张并在亚洲加强存在，将使北约成员国与其他国家的关系变得更加艰难，后者不认为中国与俄罗斯是敌人或对手，不想在中俄与西方国家之间站队。"北约将触角伸向全球，将制造一个分裂的世界。"

"真正的唯一总部在华盛顿"

"如今的北约存在双重指挥结构，在欧洲和美国各有一个指挥分部，但真正的唯一总部在华盛顿。"埃及《金字塔报》网站评论文章一语道破北约本质。

分析人士指出，北约所谓"防御性组织"定位不过是其虚假面具。美国是这个军事联盟的操盘手，通过北约拉"小圈子"，扩大战略辐射范围，不断制造集团对抗，在攫取霸权利益的同时，遏制竞争对手、控制盟国，也造成世界动荡。

北约以"门户开放"为借口，将成员扩至 31 个国家，但曾数度表示希望加入北约的俄罗斯被拒之门外。美国智库兰德公司一份报告指出，所谓"门户开放"实际是面向那些"听信美国及其盟友话语的国家"。华盛顿智库政策研究所国际问题研究员菲莉丝·本尼斯表示，北约扩员最终达到的效果是巩固美国在欧洲的军事影响力，欧洲国家在美国煽动下增加军费将严重损害自身经济，美国军火商则将从中攫取巨大利益。

冷战结束后，北约继续充当美国力量的延伸，经过多轮东扩，将地理范围逐步扩展至俄罗斯边境，不断挤压俄战略空间。英国伦敦大学亚非学院教授吉尔伯特·阿卡认为，北约不断扩大制造了其与俄罗斯之间紧张局势，这正是美国在欧洲地区渲染俄方威胁的结果。

随着美国全球战略转向亚太，北约也随之起舞，不断将触角伸向亚太。西班牙《公众》日报网站文章认为，北约行动半径一直模糊不清，其在利比亚或阿富汗的大规模军事行动都是服从美国的命令，如今东进亚太并准备在日本开设联络处，事实上也是服从华盛顿的全球战略。

前韩国汉阳大学亚太地区研究中心研究教授权起植指出，美国试图将亚太地区同盟国与北约这一军事集团进行捆绑，目的是弥补自身在亚太地区军事影响力的短板，最终将加剧地区紧张局势。美国逆全球化时代潮流而行，为一己私利牺牲世界和平和经济繁荣，将对各领域国际合作造成严重破坏，对全人类共同发展造成巨大威胁。

"北约不是一个防御联盟，而是一台战争机器，"欧洲议会爱尔兰籍议员米克·华莱士说，"北约的真正目的是捍卫正在衰落的美国霸权以及一个单极世界体系，北约为此而存在。"

▶ "美国想要的不是盟友，而是忠诚的仆从"

起底美国同盟体系

美国总统国家安全事务助理沙利文最近参加活动时发表演讲说："我们将毫无歉意地在国内推行产业战略，但我们明确承诺不会丢下我们的朋友。"对于沙利文这番表态，日本多摩大学规则制定策略中心副主任布拉德·格洛瑟曼评论道，这些"悦耳动听"的话语并不能让美国的伙伴感到安心，因为美国通过制定《通胀削减法案》和《芯片与科学法案》等法案，让美国公司拥有了比来自盟国的竞争对手更大的优势。

近来，越来越多"盟友"不愿紧跟美国的脚步：法国、德国等国政要呼吁"避免成为美国的附庸"；沙特等中东国家谋求战略自主的步伐加快，中东地区迎来一波"和解潮"；作为北约成员国的土耳其一再拒绝跟随美国对俄罗斯进行制裁；哥伦比亚拒绝美国的提议表示不向乌克兰提供武器……

越来越多的国家日益发现，美国把同盟体系当作维护自身霸权的工

2023年5月21日，民众聚集在日本广岛袋町公园，抗议七国集团峰会。

新华社记者 张笑宇 摄

具，要求"盟友"服从美国意志，甚至为了美国利益"背后捅刀"。正如德国联邦议院议员塞维姆·达代伦所说："美国想要的不是盟友，而是忠诚的仆从。"

"沉迷于自己首要位置和主导地位"

美国同盟体系始于二战之后，主要标志是1949年北约的成立。此后，美国又建立了美日、美韩、美菲等一系列双边同盟，逐渐构筑起遍布全球的同盟网络。这些同盟关系围绕美国霸权地位形成，最初是为在冷战中应对来自苏联的所谓"安全威胁"而成立，但在冷战结束后并没有寿终正寝，反而继续加强。为巩固自身霸权，美国不断在世界各地挑动国家间矛盾，其"盟友"们不得不依附于美国。

北约东扩就是一个典型例子。在美国主导下，北约以俄罗斯为"假想敌"，不断东扩。巴西国际政治经济学家何塞·路易斯·菲奥里指出，美国到处散播"俄罗斯恐惧症"论调，好像不妖魔化外部敌人，西方就无法团结起来。

乌克兰危机升级，欧洲大陆重燃战火，正是源于北约对俄全方位的地缘战略挤压。美国的目的是用战事削弱和拖垮俄罗斯，同时也借机压榨欧洲"盟友"，确保对它们的掌控。

近年来，美国将中国定位为"战略竞争对手"，频频炒作所谓"中国威胁论"，在亚太地区加紧构建三边或多边安全合作体系，包括美日澳合作、美日印澳"四方安全对话"等，谋求构建"亚太版北约"，甚至引入域外"盟友"，建立美英澳三边安全伙伴关系。这些举动的真正目的就是遏制打压中国，同时借机加强对亚太"盟友"的控制，以维护美国的霸权地位。

拜登政府上台后，打着"重回多边主义"的旗号，大搞"小圈子"和集团政治，以意识形态划界、阵营对抗的方式来割裂世界。最近，美国在这方面的动作越来越密集：与日本、韩国强化三边军事合作，推进情报共享机制，将"核保护伞"触角伸到东北亚地区，把组建美日韩三边军事同盟提上日程；宣称美国与菲律宾共同防御条约第四条适用于南海，还拉日本欲建立新的美日菲"三方联盟"；作为美英澳三边安全伙伴关系协议的一部分，美国国防部已经要求国会授权向澳大利亚转让核动力潜艇。

2023年5月19日至21日，以美国为首的七国集团（G7）在日本广岛举行峰会，这一机制是美国同盟体系的重要组成部分，也是美国霸权的重要支撑，因此峰会在美国主导下发表联合声明抹黑攻击中国。埃及埃中商会秘书长迪亚·赫尔米说，美国试图照搬在乌克兰问题上的套路，利用G7峰会在亚太地区挑起冲突。G7是一个被美国操纵的"政治化团体"，以牺牲世界上其他国家的利益为代价，为美国谋取政治和经济利益。

但美国拉帮结派、煽风点火之举并不符合很多"盟友"的根本利益，

这张丹麦国防部2022年9月27日发布的航拍照片显示的是一处"北溪"天然气管道泄漏点。

新华社发（丹麦国防部供图）

许多国家不愿跟随美国与中国搞对抗。澳大利亚"对话"网站刊文指出，如果美国要遏制中国，就得领导一个致力于同一目标的联盟，而"美国这种抱负令它的许多盟友越来越不安"，"在美国的亲密盟友中，似乎没有这种愿望"。澳大利亚前外长鲍勃·卡尔在接受媒体采访时公开表示，堪培拉不需要一个"沉迷于自己首要位置和主导地位"的美国。

"炮火甚至会对准盟友"

"不要再谈论'北溪'了。"美国《华盛顿邮报》2023年4月初发表文章指出，西方国家官员并不急于查明"北溪"管道爆炸的真相。用一名欧洲外交官的话说，他们宁可找不到答案，也不想去面对"盟友"是肇事者的可能性。

而这位"名字都不能提"的盟友，就是美国。美国历史学家罗伯特·卡根曾经在谈到美欧关系时这样比喻：美国人负责"做饭"，欧洲人负责"洗碗"。从美国同盟体系内部来看，美国与"盟友"之间就是这样一个不平等的主从关系。

美国在盟国驻军，使盟国依赖于美国军事力量的同时，也加强对盟国的控制。美国智库昆西负责任治国研究会2021年的一项研究显示，美国在海外80个国家和地区设有750个军事基地，几乎是美国驻外使领馆和使团数量的3倍。与此同时，美菲共同防御条约、美韩共同防御条约、美日安全保障条约等同盟条约都有免责条款，规定在特定情况下美国可以放弃履行条约义务，以确保华盛顿掌握更多主动权。

当"盟友"与美国立场不一致时，美国就动用各种手段对其施压。2023年4月，法国国民议会举行了一场关于外国干涉问题的听证会。法国前经济部长阿诺·蒙特堡细数美国多年来对法国的霸凌行为，比如法国2003年反对美国发动伊拉克战争，因此遭到美国报复，关键武器部件遭禁运，导致法国"戴高乐"号核动力航母正常服役受到影响。"这是号称是法国'朋友'的国家采取的报复行为。这是对我们主权的干涉。这样的干涉已发生多次，未来可能还会重现。"

"盟友"还要长期忍受美国无孔不入的监听。从2013年曝光的代号"棱镜"的秘密监听项目，到2021年媒体爆料美国通过丹麦情报部门监听欧洲盟国领导人，再到最近发生的"泄密门"事件，暴露出美国从未停止对其"盟友"的大规模监控。法国前总理弗朗索瓦·菲永日前在公开听证会上坦言："我确实遇到过外国干涉，大部分时间，这些干涉来自一个友好同盟国家——美国。"

美国为自身利益而对"盟友"背后捅刀的行为不胜枚举：为帮美国企

2023年5月19日，在沙特阿拉伯吉达，沙特王储兼首相穆罕默德（左）在第32届阿拉伯国家联盟首脑理事会会议（阿盟峰会）召开前的欢迎仪式上与叙利亚总统巴沙尔握手。

新华社发（沙特阿拉伯通讯社供图）

业打压竞争对手，利用"长臂管辖"拆解法国的阿尔斯通公司；为保护美国公司利益，对欧洲企业挥舞关税大棒；因土耳其采购俄罗斯武器而对土实施制裁；疫情期间多次高价抢购、截留"盟友"防疫物资；从法国手中抢走澳大利亚数百亿美元的潜艇订单；推出《通胀削减法案》《芯片与科学法案》，直接损害欧洲相关产业竞争力……英国《经济学人》周刊文章指出，美国的经济民粹主义威胁着欧盟的长期竞争力，"不仅欧洲大陆的繁荣受到威胁，跨大西洋联盟的健康也受到威胁"。

德国席勒研究所国际问题专家赛巴斯蒂安·佩里莫尼说，美国单极世界的逻辑决定了"美国的炮火甚至会对准盟友"。

"没人愿与霸凌者为伍"

"美国在全球至高无上的地位，是由一个覆盖全球的同盟和联盟所组成的精细体系支撑的。"美国地缘政治学家兹比格纽·布热津斯基曾对美国的全球同盟体系引以为傲。

而如今，不少"盟友"不愿事事紧跟美国，甚至在某些事件上与美国保持距离。"没人愿与霸凌者为伍。美国人将发现自己被世界其他地方孤立。"美国经济教育基金会网站一篇文章这样解读背后的原因。

2023年5月19日，第32届阿拉伯国家联盟首脑理事会会议在沙特阿拉伯吉达举行。叙利亚总统巴沙尔·阿萨德时隔12年重返阿盟峰会，不少国际观察人士将此视为阿拉伯世界重回大团结的一个标志性事件。而美国国务院发言人却谴责阿盟重新接纳叙利亚，称美国不会同巴沙尔政权实现关系正常化，也不支持"盟友"伙伴采取此类行动。

阿盟重新接纳叙利亚一事证明，美国通过挑拨矛盾、煽动对立来操控地区局势的做法不得人心。卡塔尔半岛电视台研究中心在一份题为《中东：从十年冲突到和解时代到来》的报告中指出，拜登政府对阿拉伯"盟友"的关切毫不在意，不征求它们意见便在地区重要问题上作出单方面决定。如今，中东地区力量对比正在发生重大变化，地区秩序不再受美国操纵。

土耳其亚太研究中心主任塞尔丘克·乔拉克奥卢说，美国奉行单边主义，在中东地区不仅频频动用武力，而且滥用单边制裁，这些都是中东民众反美情绪激增的主要原因。华盛顿研究所2022年11月进行的民调显示，近六成沙特人和阿联酋人表示，"现在不能指望美国，应该更多地把目光投向俄罗斯或中国"。

中东"盟友"寻求摆脱美国控制的举动并非偶然。在欧洲，"战略自主"再度成为领导人发言时的高频词。法国总统马克龙说，欧洲必须为战略自主而斗争；欧盟外交与安全政策高级代表博雷利说，"没有自治，我们就无法摆脱依赖"；欧盟委员会主席冯德莱恩说，欧洲"能够并且必须打造独特的欧洲方针"。

"美国的主要盟友都喊出'不再做附庸'，这恐怕预示着美国主导地位走向终结的开端。"欧亚时报网站评论说，"我们不再生活在一个军事联盟的世界里……当今世界是多极化的，不结盟可能成为最强大的全球新秩序。"

"美国正在变得孤单。"观察国际格局的走向，美国前财政部长劳伦斯·萨默斯得出这样的结论。

▶ "美国人在背后捅了我们一刀"
起底美国借乌克兰危机捆绑压榨欧洲

瑞典斯德哥尔摩国际和平研究所发布的报告显示，2022年欧洲军费开支较2021年增加13%，是至少30年来最大增幅。英国皇家国际问题研究所副研究员蒂莫西·阿什曾撰文指出，乌克兰危机促使北约伙伴国迅速增加防务支出，其中相当大一部分将用于购买美国装备。

"美国挑起战争把欧洲变成附庸……成功利用乌克兰危机破坏了欧洲稳定。"回顾乌克兰危机升级后的局势演变,法国前总统戴高乐之孙、经济学家皮埃尔·戴高乐在接受法国《巴黎人报》采访时这样说。

美欧号称"盟友",但实际上地位并不对等,欧洲处处受美国钳制、为美国利用、被美国盘剥。乌克兰危机升级让这一点变得更加清晰:欧洲追随美国对乌提供大批军援,自身也开启扩军进程,实则肥了美国军火商的腰包;欧洲追随美国对俄实施严厉制裁,导致欧洲能源供给紧张、通货膨胀加剧、民生受到冲击,而出口能源的美国企业却大发横财;美国还在不断拱火浇油,推动乌克兰危机向长期化、扩大化方向发展,加剧欧洲在能源和安全上对美国的依赖,令欧洲战略自主受遏制。

正如法国《世界报》文章所说,美国对待欧洲冷酷无情,为了自身利益,会毫不犹豫地牺牲欧洲利益。

"这场冲突中获利最多的是美国"

在美国宾夕法尼亚州的斯克兰顿陆军弹药厂生产车间里,地面上的老旧铁轨让人回想起在这座拥有上百年历史的建筑中组装蒸汽机车的时代。不过,如今这座工厂正在忙碌生产的是运往乌克兰的炮弹。该厂与军火巨头通用动力公司签署了一份有效期至 2029 年的合同,每月生产上万发炮弹。通用动力公司宾夕法尼亚东北部总经理托德·史密斯说,最近工厂周末加班的情况越来越多,最终可能会迎来每周工作 7 天的节奏。

弹药厂的加班加点,折射出美国整个军工行业的"繁荣"景象。乌克兰危机升级以来,美国不断鼓吹"俄罗斯威胁",煽动欧洲盟友升级对乌军援和扩充自身军备。根据斯德哥尔摩国际和平研究所发布的最新报告,2022 年中欧和西欧国家的军费开支总额达到 3450 亿美元,首次超过 1989 年水平。"这无疑是冷战结束以来欧洲国防开支的最大增幅。"欧洲改革中心外交政策负责人伊恩·邦德说。

美国军火商是欧洲扩军行动的最大受益者。斯德哥尔摩国际和平研究所统计显示,近期许多欧洲国家的军费开支一半以上流向美国公司。美国国防部2022年8月专门成立一个工作小组,由五角大楼的政策办公室及其采办和保障部门共同领导,负责评估并加快执行对外军售。

"事实上,如果你冷静地看问题,(就会发现)这场冲突中获利最多的是美国,美国人正在以更高价格出售更多天然气,而且他们正在出售更多武器。"一名欧洲高官向美国《政治报》抱怨。

在能源市场上,美国收割欧洲盟友利益毫不手软。"欧洲能源危机的大赢家:美国经济。"《华尔街日报》一篇文章对此一针见血地说。

市场研究机构克普勒公司数据显示,2022年,欧盟液化天然气进口量达到9473万吨的历史最高水平,其中超过四成来自美国。受欧洲需求激增提振,美国一些能源企业的业绩"咸鱼翻身"。2022年1月至9月,美

2022年10月31日,比利时布鲁塞尔一家超市售卖平价鸡蛋的货架空空如也。

新华社记者 郑焕松 摄

国页岩油气企业切萨皮克能源公司盈利达到13亿美元，而在2020年该公司一度申请破产保护。

法国总统马克龙曾公开抱怨，美国卖给欧洲的天然气价格比美国本土市场售价高出3至4倍，美国从地缘政治争斗中获取了超额利润。法国《回声报》在社论中质问："我们怎能接受欧洲人为得克萨斯汽油支付比美国消费者高五倍的价格？这是不可容忍的抢钱，何况我们还首当其冲承受着对俄制裁的后果。"

不仅如此，美国还推出《通胀削减法案》，用补贴诱使企业将生产基地从欧洲转移到美国。这将严重削弱欧洲在汽车、电池、清洁能源等领域的产业竞争力，引发欧洲强烈不满。比利时企业联合会欧盟事务负责人奥利维尔·约里斯说："我们非常担心，也很震惊，这些补贴是保护主义，是美国人在背后捅了我们一刀。"

欧洲经济正"缓慢失血"

"我多穿了一件毛衣，只能如此。"102岁高龄的法国老人苏珊无奈地说。

2022年欧洲冬季温度高于往年，但对法国德格雷养老院的老人们来说，这个冬天却格外寒冷。按照法国政府的节能规定，位于第戎的这家养老院活动大厅室温最高不能超过20℃，年老体弱者不得不靠增添衣物来御寒。养老院负责人弗雷德里克·默尼耶对此非常头疼：一方面，很多人抱怨不够暖和；另一方面，能源费用还在上涨。"我在去年7月重新签了用电合同，电费增加了20%。"

自乌克兰危机升级以来，欧盟追随美国对俄天然气和石油产品实施禁运或限价，由此引发明显反噬效应。能源等领域产业链供应链受阻，全面推高物价水平，民众实际工资缩水。

受能源紧张影响，法国企业的能源账单金额一度上涨，铝、塑料和化工产业受到的影响最为严重。法国摩泽尔河畔吕镇一家纺织厂为了节省电力,每周只工作三天。在德国北部卢布明经营餐厅的克劳斯·鲁道夫说,当地天然气价格曾涨至平时的3倍左右,导致餐厅经营成本增加。在意大利罗马,咖啡馆老板劳拉·拉莫尼告诉新华社记者,2022年用电高峰期,咖啡馆电费猛增,她不得不解雇两名员工并提高咖啡价格以维持经营。

法国国际关系研究所能源和气候中心顾问塞茜尔·迈松纳夫指出,随着春季到来,欧洲能源价格有所回落,但欧洲的外部能源供应依旧紧张,本土的核电等新能源发展仍存在不确定性,加之石油输出国组织决定减少原油生产,欧洲的能源困境仍将持续。

欧盟一次次跟随美国加码对俄制裁,国际能源署署长法提赫·比罗尔警告,一场比1973年石油危机更严重的危机正在逼近。经济合作与发展组织2023年经济预测报告称,如果能源危机恶化,欧洲将面临非常严峻

2022年3月24日,工作人员在比利时布鲁塞尔的欧盟总部整理美国国旗。北约、七国集团和欧盟三场峰会24日在比利时布鲁塞尔召开。

新华社记者 张铖 摄

的经济形势。匈牙利总理欧尔班指出，欧洲经济在大规模能源危机下正"缓慢失血、濒临死亡"。

为何陷入如此严重的困境？欧洲人其实很清楚答案是什么。欧洲《现代外交》网站一篇题为《美国如何摧毁欧洲》的文章指出，欧洲与美国合作制裁俄罗斯，"反而导致欧洲衰落"。

美国不希望看到一个团结自主的欧洲

"有这样的朋友，谁还需要敌人？"欧洲理事会前主席图斯克曾经对美国的这番感叹，如今越发引起共鸣。

冷战结束后，美国推动北约不断东扩，在挤压俄罗斯战略生存空间的同时，也加强了对欧洲政治、军事和经济上的控制。如今，美国利用乌克兰危机升级，进一步把欧洲绑定在自己的战车上，通过紧扼欧洲战略自主的咽喉，源源不断地从这些盟友身上榨取利益。

美国从来不希望看到一个团结、自主的欧洲。在华盛顿的政客们看来，弱化欧洲、使之不得不永久依附于美国，最符合美国的利益。法国国际关系与战略研究所所长帕斯卡尔·博尼法斯认为，美国的这一目标正伴随着乌克兰危机升级逐渐成为现实。他说，在美国人眼中，北约是对欧洲施加影响的一个工具。2019年，马克龙曾说北约处于"脑死亡"状态，而如今"脑死亡"的是欧洲战略自主，北约却愈加强势。

俄罗斯瓦尔代俱乐部项目主管安德烈·苏申措夫也认为，美国寻求打消欧盟国家战略自主的念头，而乌克兰危机为此创造了机会。美国及其东欧盟友设法在信息领域制造"道德恐慌时刻"，让人们无法清醒了解这场危机的前因后果。欧洲一些领导人和有识之士能够独立、清醒地思考欧俄关系陷入严重危机的后果，但如今却成了少数派，无法发声。

然而，越是在这种情况下，欧洲加强战略自主就越显得重要。正如西班牙《先锋报》网站一篇文章所说，欧洲应当从乌克兰危机中吸取的一个重要教训便是，必须增强自主性。英国政治分析师托马斯·福尔克指出，如果欧盟寻求保持或成为目前世界秩序中一个能够独立生存发展的参与者，而不仅仅是超级大国的附庸，那么它就需要有能力保护自己，并塑造和设计可执行的政策。

从推动北约东扩把俄逼到墙角，到策动"颜色革命"让俄乌反目成仇，再到谋求用"战斗到最后一个乌克兰人"的借刀杀人手段击垮俄罗斯，美国为了自身利益一步步把欧洲推入战乱冲突的火坑，也让世人进一步认清美国霸权霸道霸凌给世界带来的深重灾难。欧洲《现代外交》网站文章直言，美国是"帝国资本主义"，通过种种手段"剥削其他国家来生存和发展"，"越来越多人认识到，欧洲的真正敌人是美国"。

▶ "民主只是美国的说辞，
   他们眼中只有霸权"
   起底"美式民主"如何祸乱世界

"美国是世界上最霸道的国家！""满口'民主'的美国整天想的都是掠夺他国财富。""找工作那么难，缺医少药，夏天总是停电，孩子们在乞讨……这就是'民主自由'的生活？"

在美国入侵伊拉克20周年之际、美国举行第二届所谓"民主峰会"之前，多国民众接受新华社记者采访，以亲身经历诉说"美式民主"带给世界的混乱与灾难。

多年来，美国以输出"民主"为名，在世界各地或拉帮结伙挑动对抗，或制造"颜色革命"颠覆政权，或武力入侵肆意杀戮……事实证明，"美式民主"根本不是世界的福音，而是搅乱世界的祸根，是美国霸权的"画皮"。

阵营对抗之祸
"借'民主'之名拉拢他国打压美国对手"

"民主意味着不干预……民主不能通过制裁或武力强加，民主不能输出。民主的基础是在共存的前提下进行对话……"

2021年12月，在美国举办的首届"民主峰会"上，阿根廷总统费尔南德斯的这番线上发言虽未点名美国，却句句指向美国，让华盛顿十分尴尬。

"民主"的本意是人民当家作主。选择怎样的国家治理方式，是各国民众自己的事。讽刺的是，美国偏要强行替别人做主，按照自己的定义将世界划分为所谓"民主阵营"和"不民主阵营"，这本身岂不就是最大的不民主？正如美国《时代》网站一篇文章标题所言："拜登的'民主峰会'虚伪至极。"

在俄罗斯政治研究所所长谢尔盖·马尔科夫看来，美国炮制"民主峰会"是为了"创造新筹码"，建立一个完全由美国控制的国际机制，以此对其他国家施压。阿富汗政治分析人士比拉勒·巴瓦尔对新华社记者说："这个峰会的真实目的是借'民主'之名拉拢他国打压美国对手，在全球范围内制造分裂。"

以意识形态划线拉帮结派分裂世界，这是美国一贯的霸权主义伎俩。2023年在洛杉矶举行美洲峰会时，美国就以"民主问题"为由，拒绝邀请古巴、尼加拉瓜和委内瑞拉领导人出席。此举遭到拉美诸国痛斥，最后约三分之一的美洲国家领导人未参加会议。国际舆论嘲讽：美国一意孤行排除异己，把美洲峰会开成了"美国峰会"。

冷战结束已30多年，而美国至今依然固守冷战思维，热衷阵营对抗。乌克兰危机升级的根源，就是美国主导北约不断东扩，对俄罗斯进行战略围堵，导致地缘政治矛盾不断积累并最终爆发。眼下，美国正推动"印太战略"、谋划"亚太版北约"、试图对华"脱钩断链"，这一系列破坏地区安全与稳定的举动也都打着维护"民主价值观"的旗号。

"美国本身就靠掠夺他国财富为生，他们还能举办'民主峰会'？"利比亚人奥马尔·谢里夫质问。伊拉克大学法学教授纳吉布·朱布里说："美国主办的任何'民主峰会'都不会得到全世界人民的认可。因为，人们都清楚美国是以'民主'为幌子来满足私利，而付出代价的则是他国民众。"

"颜色革命"之祸
"所谓'民主'并没有给人民带来任何好处"

"2011年发生政权更迭后，突尼斯人起初对未来满怀希望。但所谓'民主'并没有给人民带来任何好处，生活水平反而越来越低。"这些年，在突尼斯国家电视台工作的乌萨马·拉马尔生活日益艰难，只能靠做兼职维持生计。他在接受新华社记者采访时说，2011年突尼斯人均国内生产总值（GDP）超过4000美元，在非洲地区名列前茅。然而，十几年过去了，这个北非国家如今的人均GDP还不如2011年。

从2010年年底开始，一场所谓"茉莉花革命"席卷这个素有"欧洲后花园"之称的国家：抗议示威、暴力冲突、政府倒台、经济凋敝、治安恶化、收入下滑……这些年来，选举一场接一场举行，用突尼斯政治分析人士朱马·贾斯米的话说，"政府几乎一年一换，官员更替如同走马灯"，而百姓生活每况愈下。

这让拉马尔这样的民众对"美式民主"越来越感到厌倦：2022年年底和2023年年初突尼斯举行的两轮议会选举，投票率都只有10%左右，创下历史新低。许多突尼斯人在反思："当初为什么会出现那场政治动荡？如果没有发生那一切，大家的生活是不是会更好？"

以突尼斯的动荡为起点，埃及、利比亚、也门、叙利亚……一个接一个西亚、北非国家陷入内乱，而在幕后煽动这波"颜色革命"的美国等西方国家却美其名曰"阿拉伯之春"。如今，"美式民主会带来发展繁荣"的谎言早已被"阿拉伯之冬"的残酷现实所揭穿，世界上越来越多人由此进一步认清美国的罪恶与虚伪。就像利比亚法学教授贾拉勒·费图里所说："人们不再相信'美式民主'。"

这是2011年1月28日埃及开罗解放广场的骚乱现场。

新华社记者 才扬 摄

21世纪以来，美国披着"民主"画皮，肆无忌惮地在世界各地策动"颜色革命"：2003年年底，以议会选举计票"舞弊"为由发动"玫瑰革命"迫使时任格鲁吉亚总统谢瓦尔德纳泽辞职，亲西方的反对派领导人萨卡什维利上台；2004年10月，以乌克兰大选"舞弊"为由发动"橙色革命"把亲西方的尤先科推上总统宝座；2005年3月，为抗议议会选举结果，吉尔吉斯斯坦爆发"郁金香革命"，总统阿卡耶夫被迫辞职。美国国务院公开承认在这些"政权更迭"中发挥了"中心作用"。

2013年至2014年乌克兰发生"广场革命"，时任美国助理国务卿维多利亚·纽兰和时任国会参议员约翰·麦凯恩前往乌首都基辅的独立广场，公开向乌反对派表达支持。时任乌克兰总统亚努科维奇最终被迫下台，亲西方政府掌权。

鼓动抗议示威、操控民间组织、利用媒体炒作、外交渠道施压……这些年来，美国导演的"颜色革命"在多国轮番上演，相似的"剧本"背后，都暗藏着同一个"主题"——干涉别国内政、维护美国霸权。

对于由此给世界带来的灾祸，美国政客毫无愧色。美国前总统国家安全事务助理博尔顿竟然得意地宣称，他曾协助策划在别国发动政变，"为了美国的最大利益，这就是该做的"。

武装入侵之祸

"以'传播民主'为由对他国发动战争"

2021年8月30日，美军撤离阿富汗首都喀布尔，结束持续20年的阿富汗战争。就在此前一天，美军无人机炸死喀布尔一家十口人，其中包括7名儿童——生于战乱之中的他们，最终未能见到和平来临的那一天。

如今，受害者的照片被挂在他们生前所住小院大门上方，提醒着阿富汗人不要忘记美军在这里犯下的罪行。43岁的扎尔梅纳就住在小院对面，

这是2021年8月29日被美军无人机袭击的阿富汗喀布尔居民区（2021年9月2日摄）。

新华社发（塞夫拉赫曼·萨菲 摄）

这是2021年8月29日被美军无人机袭击的阿富汗喀布尔一个院落的大门口（2023年1月10日摄），门上是受害者照片。

新华社发（塞夫拉赫曼·萨菲 摄）

回忆起噩梦般的惨剧，她的泪水止不住涌出。"他们（美军）在时，我们每天都看到阿富汗人被杀害，包括儿童。"

发动阿富汗战争时，美国信誓旦旦宣称要帮助阿富汗建立"民主、繁荣"的国家。然而，他们最终给阿富汗人留下的却只有死亡和贫困。"养家糊口都靠我丈夫，他在街上帮别人搬重物，每天只能挣40至70阿富汗尼（1美元约合87阿富汗尼）。"扎尔梅纳早已记不清上次为家人买新衣服是什么时候，全家六口上一次吃肉已是6个月前。

说起美国在阿富汗的罪行，阿富汗政治分析人士比拉勒·巴瓦尔满腔怒火。他指出，美国发动战争根本不是为了给这个国家带来"民主和自由"，而是完全出于地缘政治考虑，"民主只是美国扩张霸权的借口"。

漫长的战争夺去17.4万阿富汗人的生命，近三分之一阿富汗人沦为难民或流离失所。不仅如此，美国在撤军的同时还蛮横霸道地冻结了阿富汗央行在美国的巨额资产，令阿富汗人的处境雪上加霜。

"自由民主繁荣"的大饼，美国在入侵伊拉克时也曾画过。可萨达姆政权被推翻后，伊拉克人民发现等待他们的只有无尽的灾难和伤痛。根据全球统计数据库的资料，2003年至2021年，约有20.9万伊拉克平民死于战争和冲突，约有920万伊拉克人沦为难民或流离失所。

伊拉克大学法学教授纳吉布·朱布里说："美国是一个战争帝国。它不顾国际社会反对，在未获联合国安理会授权的情况下发动了多场战争，借口是'传播民主'。所有这些战争都违反了国际法，包括阿富汗战争和伊拉克战争。美国占领这些国家，把它们变成暴力和恐怖主义盛行的动荡之地，酿成巨大的人道主义灾难。这是什么样的'民主'，竟然与国际法相抵触？"

"自1950年以来，全世界最残暴的国家一直都是美国。"美国哥伦比亚大学教授杰弗里·萨克斯在接受新华社记者采访时说，"民主只是美国的说辞，他们眼中只有霸权。"

▶ 扎入拉美"血管"的霸权利刃
起底美国"门罗主义"干涉拉美二百年

2009年4月,在第五届美洲国家首脑会议期间,委内瑞拉时任总统乌戈·查韦斯送给美国时任总统贝拉克·奥巴马一本书,名为《拉丁美洲:被切开的血管》。书中写道:"拉丁美洲的不发达来自他人的发达,现在它还在养活他人的发达。"

拉丁美洲,这片富饶的土地,在经历漫长的欧洲殖民统治后,曾于19世纪初迎来民族独立的曙光,但很快又成为近邻美国嘴边的"肥肉"。1823年12月,美国第五任总统詹姆斯·门罗发表国情咨文,宣扬"美洲是美洲人的美洲"。这一政策方针此后被称作"门罗主义"。

"在美国内部,'门罗主义'被解读为《独立宣言》的延伸,旨在防止欧洲均势政策染指西半球。但这一切没有与任何拉美和加勒比国家协商过。"美国前国务卿亨利·基辛格在《世界秩序》一书中写道。

200余年来,美国抱持"门罗主义",视拉美地区为"后院",一次次对拉美发动入侵、策动政变、强加制裁、实施渗透,从中掠夺资源、攫取利益、掌控命脉,一步步让美洲从"美洲人的美洲"变成"美国人的美洲"。时至今日,"门罗主义"的霸权利刃仍深深扎入拉美人民的"血管",给拉美政治安全、经济发展、社会稳定、人民生活带来严重伤害。

入侵
"所谓'正义事业'的背后是美国的利益"

1989年12月20日凌晨，巴拿马首都巴拿马城一阵剧烈的爆炸声让特里妮达·阿约拉神经一紧，她立刻担心起在机场奉命值守的丈夫。最终噩耗传来。她失去了丈夫，女儿再也见不到爸爸。"辨认丈夫遗体的时候，我伤心欲绝，他的背上都是弹孔啊！"

那一天，美国发起代号为"正义事业"的军事行动，悍然入侵巴拿马，推翻当时的诺列加政府。在这场入侵中，巴大量民宅被摧毁，五角大楼公开说巴军人和平民共500多人死亡，但实际死伤人数至今仍是一个谜。

作为巴拿马"12月20日死难者亲属协会"主席，阿约拉多年来致力

这是2023年12月15日在巴拿马首都巴拿马城拍摄的一尊雕像，雕像前的牌子写着"纪念1989年12月20日的遇难者"。

新华社记者 陈昊佺 摄

于将美军入侵的真相大白于天下。"美军入侵给我们造成了无法医治的创伤。可以说,整个巴拿马都是受害者。"

奥斯卡最佳纪录长片《巴拿马骗局》揭露了美军入侵巴拿马的原因:让美国长期驻军,扶植一个维护美国利益的新政府,维护美国财团在巴拿马和中美洲的利益,永久霸占巴拿马运河。事实上,巴拿马运河自1903年被美国强占后,直到1999年才被归还给巴拿马政府。

"所谓'正义事业'的背后是美国的利益,而不是我们的利益。'正义'二字被美国肆意玷污。"阿约拉说。

武力干涉是美国在拉美推行"门罗主义"最直接也是最简单粗暴的手段。发动美墨战争,吞并墨西哥约55%的领土;军事占领海地,大肆掠夺其国民财富;突袭格林纳达,推翻该国政府;派军舰"监督"多米尼加选举……200余年来,美国通过直接军事入侵或间接军事干预,实现吞并地

这是2022年9月11日,在智利首都圣地亚哥,民众在前总统阿连德雕像前献花,纪念他遇难49周年。

新华社发(豪尔赫·比列加斯 摄)

区国家领土、推翻地区国家政府、获取运河开凿使用权等一系列目标，以巩固其在拉美的霸权地位。

根据美国塔夫茨大学一份研究报告，自 1776 年美国独立到 2019 年，美国在全球发动了近 400 场军事干预，其中 34% 是针对拉丁美洲和加勒比国家。

"从一开始，'门罗主义'就基于这样一种理念：美国将拥有领导别国人民的'卓越'品质，即使这意味着军事干预、政变和殖民主义。"巴西圣保罗市阿曼多·阿尔瓦雷斯·彭特亚多基金会大学副教授卢卡斯·莱特说。

巴拿马大学国际关系学院教授欧克利德斯·塔皮亚指出，"门罗主义"的本质就是实现美国对美洲大陆的控制，将整个美洲大陆划入美国势力范围。"尽管'门罗主义'的表现形式因时因势发生着改变，但美国干涉拉美的本质却始终未变。"

政变

"历史上最黑暗的章节之一"

1973 年 9 月 11 日上午，麦哲伦电台里传来智利时任总统萨尔瓦多·阿连德的声音。"在历史的转变中，我将用我的生命来回报人民的忠诚。"很多智利民众听着阿连德的最后一次演讲，泪流满面。

当天，智利时任陆军司令奥古斯托·皮诺切特发动政变，推翻了阿连德政府。在生命最后时刻，阿连德通过广播向公众揭开了政变内幕：这是一场由外国资本、帝国主义与反动势力勾结而发起的政变。

"这场政变翻开了智利历史上最黑暗的章节之一。"古巴拉丁美洲通讯社这样评价。政变后，皮诺切特军政府长达 17 年的统治给智利造成了巨大伤害。智利官方数据显示，这一时期，智利有超过 4 万人因政治原因被捕，3000多人死在秘密警察手中或失踪，至少20万人被迫流亡海外。

英国《卫报》曾刊文评论说："美国的手上沾满智利人的鲜血。"这是因为，这场政变是美国为了避免拉美出现"第二个古巴"而策动的。据美国《纽约时报》报道，美国政府曾拨款81.5万美元，用于在阿连德政府内各党派之间制造分裂。1970年至1973年，中情局在智利一共花费超过800万美元，其中大部分用于资助右翼反对派团体组织的罢工、示威等活动。

200余年来，美国频频操纵拉美国家政变，迫害拉美左翼政党领导人。美国哈佛大学一项研究显示，从1898年至1994年，不到100年时间，美国政府就在拉美策划实施了至少41次政变，相当于每28个月就有一次。

近年来，司法政变成为美国屡试不爽的一种"门罗主义"新手段。在美国司法和情报部门介入下，巴西司法机关2014年启动了名为"洗车行

2019年11月，玻利维亚时任总统莫拉莱斯被指涉嫌在大选中舞弊，在军方与反对派压力下宣布辞职并到墨西哥政治避难。图为2019年11月10日莫拉莱斯在玻利维亚中部科恰班巴省举行新闻发布会被迫宣布辞职的电视截图。

新华社发

动"的大规模反腐调查。卢拉此后受到调查并被捕入狱,失去 2018 年大选资格。巴西最高法院 2023 年 9 月发布公告将此案称为"巴西历史上最大的司法错误之一"。阿根廷、玻利维亚等国左翼领导人也多次面临司法政变威胁,包括以腐败为由指控阿根廷前总统克里斯蒂娜,以选举舞弊指控赶走玻利维亚前总统莫拉莱斯等。

美国《外交政策》网站刊文说,美国多次策动拉美国家发动政变,扼杀了民主,导致了数不胜数的暴力和腐败。文章援引美国国会众议员格雷格·卡萨尔的话说:"美国外交政策太多时候导致拉丁美洲动荡不安。"

制裁
"一部新殖民主义的黑历史"

2024 年 1 月的一天,在位于古巴首都哈瓦那的家中,73 岁的退休中学教师玛利亚·马丁内斯晃了晃快要见底的药瓶。由于药店长期缺货,患有糖尿病和高血压的马丁内斯不得不向邻居和朋友求助,但得到的都是"药品已告急""自己都不够用"的回复。

"许多老年人和我一样,都患有慢性病,需要每天服用药物。但在美国的制裁之下,小到一粒药,大到医疗器械,古巴都很难通过正常途径从国外购入。"马丁内斯说。在她看来,美国的制裁措施给古巴人民日常生活造成的影响"等同于犯罪"。

非政府组织全球卫生合作伙伴组织驻古巴代表鲍勃·施瓦茨亲眼见证了美国制裁给古巴医药卫生系统带来的恶劣影响。"由于美国对古巴禁运,我们只能'曲线救国',把冷链药品先从纽约运往布鲁塞尔,转道马德里,绕一个大圈后,才能抵达哈瓦那。原本只需要 3 个小时,如今最快也需要几天的时间。"

古巴国家主席迪亚斯-卡内尔痛斥美国对古巴的封锁是"不道德、无耻且过时的",指出其目的就是"削弱古巴政府满足人民基本需求的能力,让古巴陷入崩溃"。

制裁、封锁等经济大棒是美国常用的干涉武器。200余年来,美国一贯将本国意志凌驾于国际法之上,对"不听话"的拉美国家采取经济制裁、贸易禁运、技术封锁、冻结资产等单边主义政策,对"不顺从"的拉美官员和企业家使用吊销签证、限制入境、没收财产等制裁手段,胁迫其服从美国意志,还试图通过"经济战"颠覆地区国家政权。

美国长期的封锁、制裁,不仅对这些拉美国家经济构成打击,更引发了严重的人道主义危机。古巴、委内瑞拉等国是美国制裁和经济封锁的"重灾区"。

美国自1962年起对古巴实施经济、商业、金融封锁和贸易禁运。数十年来,从燃料、食品、药品到日用品,美国对古制裁几乎覆盖一切,导致古巴长期面临物资严重短缺。尽管联合国大会连续多年通过要求美国终止对古巴封锁的决议,美国依然不收手,继续实施被古巴定义为"历史上延续时间最长的种族灭绝行动"。据古巴官方统计,自1962年以来,美国封锁已导致古巴累计损失超过1542亿美元,若计入国际市场上美元对黄金价格贬值因素,则该数字超过13911亿美元。

委内瑞拉是拉美地区重要的石油生产国和出口国,但由于未服从美国利益,多年来被美国视为"眼中钉"。美国自2006年对委实施制裁,包括禁止进口委原油、冻结委在美资产等。根据联合国单边强制措施对人权负面影响问题特别报告员阿莱娜·杜晗发布的报告,制裁导致委超过三分之一的人口陷入严重粮食危机,基本医疗用品和设备缺乏,医疗保健服务条件恶化,孕产妇、婴儿以及严重疾病患者死亡率上升。

委内瑞拉副总统德尔茜·罗德里格斯说,制裁委内瑞拉是"美国扰乱该国乃至整个拉美和加勒比地区的工具"。

"这些都是美国多年来对拉美施行'门罗主义'的具体体现,几乎成

2021年8月5日，数百名古巴青年在首都哈瓦那举行保卫国家和平、团结反美游行，要求美国解除对古巴近60年的封锁。

新华社发（华金·埃尔南德斯 摄）

为一部新殖民主义的黑历史。"玻利维亚前外长费尔南多·瓦纳库尼说，拉美已经意识到，"200年来，'门罗主义'没有给拉美带来任何好处。历史的后果告诉我们，受美西方强权控制不是正确道路"。

渗透

"这场闹剧持续多久，取决于白宫对自身利益的考量"

2020年2月4日，美国时任总统特朗普在国会发表国情咨文时，突然把头向左一转，向在场的国会议员介绍起了一位特殊来客。

"今晚，我们在这里迎来一位勇士，他承载着所有委内瑞拉人民的希望、梦想与抱负。他就是委内瑞拉真正并且合法的'总统'——胡安·瓜伊多。"特朗普说道。随之,全场报以热烈的掌声与欢呼。聚光灯下,瓜伊多享受着"政治明星"待遇。

瓜伊多被西方舆论普遍称为美国在拉美所扶持的代理人之一。2005年,瓜伊多等5名委"学生领袖"就曾接受美国国家民主基金会资助的所谓"起义"训练。训练结束后,瓜伊多等人回国推广极右翼思想,并策划了一系列街头暴力政治活动。2018年,尼古拉斯·马杜罗在委大选中赢得连任后,美国开始扶持委时任国会议长、自封"临时总统"的瓜伊多,试图推翻马杜罗政府。

在委内瑞拉政治分析人士赫苏斯·马卡诺看来,瓜伊多"临时总统"的存在是靠美国资助维持的,"这场闹剧持续多久,取决于白宫对自身利益的考量"。而随着瓜伊多2020年失去议会主席职位,其在委反对派内部声势渐微,利用价值大不如前,最终瓜伊多"临时政府"黯然终结。

2019年1月23日,在委内瑞拉加拉加斯,时任反对党成员、议会主席胡安·瓜伊多(中)在反对党支持者集会上发表讲话。

新华社发(鲍里斯·贝尔加拉摄)

长期以来，拉美是美国进行意识形态渗透的一块试验田。美国通过所谓培训、教育、文化产品输出、扶持代理人等方式，兜售"美式民主"，散布虚假信息，操控拉美人民认知，从而为其干涉拉美国家内政、甚至煽动"颜色革命"铺路。

美国这样做的例子比比皆是：生产影视和音乐作品进行宣传，策动"嘻哈革命"试图推翻古巴共产主义政权；通过社交媒体宣扬极右翼思想，策划"彼得·潘行动"导致大量古巴儿童流离失所；散布谣言抹黑危地马拉阿本斯政府和智利阿连德政府。在这个过程中，美国国际开发署、国家民主基金会等作为输出意识形态的"中间人"，充当掩盖美国恶行的"白手套"。

委内瑞拉历史学家阿米尔卡·菲格罗亚指出，美国对拉美国家的干涉不局限于军事"硬手段"，而是与外交、文化等"软手段"结合。"美国的干涉手段发生了变化，但霸权主义本质从未改变"。

"从美国来的纵火犯，丢下了金元和炸弹；联合果品公司撒开绳索，树立起它的商标——死亡。"智利诗人巴勃罗·聂鲁达写下的诗句，是美国打着"门罗主义"旗号长期操控、掠夺拉美的写照。

回望历史，美国提出"门罗主义"，服务其自身利益，维护其霸权地位。也正因此，近些年来，拉美地区一体化和联合自强的呼声越来越高，要求美国停止干涉拉美地区事务的声音越来越响亮。如美国《全球策略信息》杂志社华盛顿分社社长威廉·琼斯所说，世界应该是由一个个独立主权国家组成的，是时候让"门罗主义"成为历史了。

扫描二维码查看视频

▶ 抢夺资源　转移污染
起底西方气变政策背后的"碳殖民主义"

《联合国气候变化框架公约》第二十八次缔约方大会（COP28）于2023年11月30日至12月12日在阿联酋迪拜召开，应对气候变化的责任和义务是重要议题之一。

多年来，西方发达国家在应对气候变化的国际谈判中，不顾历史事实，不承认几百年来其工业化高度发展中的高能耗、高污染、高碳排放等对气候变化有不可推卸的历史责任，不承认应向受害的发展中国家做出必要补偿的道德责任和法律义务，反过来试图胁迫发展中国家接受其强加的

2023年8月22日，消防员在希腊首都雅典附近的查西亚村灭火。

新华社发（马里奥斯·罗洛斯 摄）

减排方案，严重损害了全球应对气候变化的决心和进程。

究其本质，乃是其罔顾全人类的生存安危，一方面肆意侵占大气公域资源为己所用，将碳排放转移到发展中国家来发展自身经济；另一方面试图利用碳排放议题将发展中国家绑定在全球产业链低端。这种行径堪称"碳殖民主义"。

"发家"
对大气层的"殖民"

全球温室气体大规模排放从西方工业化开始。发达国家在很长时间里都采取粗放发展模式，排放了大量的二氧化碳等温室气体。从工业革命到1950年，发达国家的排放量占全球累计排放量的95%；从1950年到2000年，发达国家排放量仍占全球的77%。截至2023年，发达国家二氧化碳排放量仍居高不下。一项由英国利兹大学等开展并于2023年6月发表在英国《自然·可持续发展》杂志上的研究显示，全球约90%的过量碳排放源自美国等发达国家。

按人均碳排放量计算，尽管发达国家的数量近年来有所减少，但目前这些国家的人均碳排放量仍远高于世界其他国家和地区。美国世界实时统计数据网站显示，2016年美国人均二氧化碳排放量为15.32吨，是全球人均碳排放量4.76吨的3倍多。

英国《柳叶刀》2020年9月发表的一篇研究分析了各国在可持续全球碳预算中的公平份额，超额的国家称为"气候债务国"，低额的称为"气候债权国"。研究结果显示，截至2015年，全球最大的"气候债务国"是美国，其超额排放量占全球总超额量的40%，即美国应对40%的全球气候变化负责。

论文作者贾森·希克尔将这一过程称为"大气殖民过程"。他说，少数高收入国家侵占了远远超过其应得的大气公域份额。就像从发展中国家

2021年5月29日，印度西孟加拉邦的一名女子站在被热带气旋"亚斯"毁坏的房屋废墟上。

新华社发

获取劳动力和资源来实现自身经济增长一样，通过侵占全球大气公域，这些国家对发展中国家造成了不成比例的伤害。

因此，率先进入工业化的美国等发达国家不仅必须承担气候变化的历史责任，而且应该承担全球气候变化的主要责任。他们不仅应尽早实现净零乃至负碳排放，还应设法偿还历史"欠债"。《自然·可持续发展》报告的研究人员提出了一项补偿机制，即低排放国家应获得总计192万亿美元的"公平份额被占用"补偿。美国、英国、日本等发达国家应支付补偿金的89%，即170万亿美元，其中美国需要支付的补偿金为80万亿美元。

然而，在应对气候变化的国际谈判中，发达国家避重就轻，片面强调当前和未来的排放水平，避而不提历史责任和"碳债"，并要求其他国家跟他们同等减排。他们的企图是：无视"碳债"，继续在未来有限的时间攫取全球大部分剩余"碳预算"，进一步加剧发达国家和发展中国家在气候变化问题中权利和义务的不平衡。

"洗绿"
对发展中国家双重盘剥

发达国家通过"殖民"大气层进行"发家"的同时，还致力于将其高排放高污染的"黑色"生产和消费"洗绿"。过去几十年来，他们把大量高耗能、高污染生产活动外包，借助全球化将直接的碳排放转变为间接排放，但在计算碳排放时却将其消费和投资中所包含的碳排放全部排除在外。

早在1972年，斯德哥尔摩人类环境会议就提出，发展中国家的环境问题"在很大程度上是发展不足造成的"。对于绝大多数发展中国家来说，解决生存和发展问题是第一要务。而碳排放与生产活动高度相关，碳排放许可额度相当于"发展权"。发达国家的这种"碳排放外包"行为不仅挤占了发展中国家的可持续发展空间，也增加了发展中国家应对气候变化时的负担和不对称义务。

英国研究机构"政策交流"2010年发布的一份气候变化报告说，如果算上从发展中国家进口的商品所对应的碳排放，发达国家的碳排放将比表面数字高得多。例如在1990年到2006年，美国碳排放的增幅表面上是17%，但加上从其他国家和地区进口的商品后应是43%；欧盟碳排放表面上只增加了3%，实质增幅达47%。英国《卫报》引用世界自然基金会数据说，如果考虑"碳排放外包"，英国的真实碳足迹可能会达到表面数字的两倍。

发达国家不仅在国际贸易中将本国碳排放转嫁给发展中国家，还企图通过单边碳边境调节机制等方式，把减排成本向发展中国家转移，"一只羊薅两回毛"，使发展中国家企业遭受污染和碳税壁垒的双重盘剥。

这是2022年8月18日在匈牙利帕科兹德附近拍摄的局部干涸的韦伦采湖。

新华社发（弗尔季·奥蒂洛 摄）

无论是2023年10月欧盟推出的碳边境调节机制，还是美国正在酝酿中的类似政策，都试图将发展中国家绑定在全球产业链低端，维护发达国家自身既得利益。卡内基国际和平基金会欧洲中心2023年5月发表一篇文章说，受碳边境调节机制影响最严重的国家，要么是非洲的低收入国家，要么是最不发达国家或欧盟周边的发展中国家。这不仅违背了发展权原则，也违反了共同但有区别的责任原则。

美国《麻省理工学院技术评论》2020年7月曾发表评论指出："发达国家一边惩罚发展中国家的碳排放，一边投资发展中国家的化石燃料开采，这是虚伪的。对发展中国家征收此类税收的决定反映了从发展中国家向发达国家转移财富的殖民做法……碳边境调节机制会使发展中国家因发达国家的行为而遭受损失的循环持续下去。"

2023年8月12日，人们在缅甸勃固镇被水淹没的道路上涉水前行。

新华社发（苗觉棱 摄）

"空谈"
对责任和义务毫无担当

发达国家对气候变化的历史责任巨大，本应由他们通过国内减排和对发展中国家提供资金、技术、能力建设等支持来承担历史和现实的义务。然而，发达国家对这些义务要么言而无信，要么推三阻四。

全球气候变化正在加剧干旱、野火和洪水等灾害，而资金问题是制约发展中国家采取相应行动的最大障碍。《巴黎协定》中有明确规定，无论是气候基金，还是适应资金，甚至是损失与损害基金，发达国家都负有出资的责任和义务。然而发达国家却连14年前作出的到2020年每年向发展中国家提供1000亿美元的气候资金承诺都未兑现，其承诺的全球适应资金翻倍的路线图仍不明朗。

联合国环境规划署最新发布的《2023年适应差距报告》指出，根据模型估算，目前发展中国家每年适应气候变化所需资金约为2150亿美元至3870亿美元，而2021年这些国家从发达国家收到的适应资金仅有约210亿美元，较2020年还下降了15%，资金缺口高达1940亿美元至3660亿美元。

本次COP28大会虽然启动了损失和损害基金，部分国家提出了共计数亿美元的捐资目标，但在巨大的资金缺口面前，这只是杯水车薪。正如联合国报告所说："鉴于气候变化的速度和影响，目前的努力并没有缩小适应资金缺口。"

除资金外，发展中国家获得长期可持续和清洁能源系统的技术资源也很重要，而这些技术的专利持有者通常是发达国家。在技术转让问题上，发达国家经常以保护知识产权为由，对向发展中国家转移绿色技术推三阻四。发展中国家只能从发达国家手中购买技术，或自己投入巨资研发，这进一步推高了发展中国家应对气候变化的成本。

气候变化无国界，努力推进低碳和绿色发展、积极应对气候变化是全球各国携手合作的应有之义。西方的殖民主义旧逻辑是行不通的，发达国家只有正视历史、履行应有之义务、真正承担起共同但有区别的气候责任，才能在全球范围内构建可持续发展的未来。

无情、无理、无差别的残害
起底美国非法制裁危害伊朗民众生命健康

伊朗男孩穆罕默德·雷扎伊有一个特殊身份:"蝴蝶宝贝"。

这个不到7岁的孩子遭受一种俗称"蝴蝶病"的罕见病折磨,水疱频发,满身疤痕。这种病之所以以"蝴蝶"命名,与其斑斓之美毫不相干,而是因为患者的皮肤像蝴蝶翅膀一样脆弱。

多年病痛让雷扎伊看起来远比同龄人憔悴、忧愁。当他掀起衣衫,遍布后背、四肢等处的猩红色疤痕令人触目惊心。"疼,很疼。"他声音虚弱,让人心酸。

缺医少药给伊朗"蝴蝶病"患儿带来的痛苦是这个中东国家民众深受美国制裁之害的一个缩影。没有国际法依据、未经联合国安理会授权,美国政府长期对伊朗实施非法制裁,无情、无理、无差别地持续危害伊朗民众的生命健康。

"你们正在被美国制裁"

"蝴蝶病"学名大疱性表皮松解症,患者皮肤容易受损并形成大疱,儿童期就可发病。伊朗民间组织"大疱性表皮松解症患者之家"目前服务着950个"蝴蝶病"患者家庭。创办者哈米德-礼萨·哈希米说,他女儿受"蝴蝶病"折磨21年,发病时坐卧不安。专业敷料对患者护理尤为重要,可以减轻对皮肤的刺激,取下时不会粘连伤口造成二次损伤。

曾经，伊朗"蝴蝶病"患者可以购买瑞典一家公司生产的专业敷料。然而，随着美国政府2018年单方面退出伊朗核问题全面协议并不断加码对伊制裁，这家瑞典公司不再向伊朗出售相关产品，他们回复患者家属的理由简单直白："你们正在被美国制裁。"

"美国官员能不能站在我们的角度想想，哪怕就一秒钟：如果是他们的子女或亲友正在为这种病遭罪，该怎么办？"一名患者的母亲阿克拉姆·阿伊特越说越激动，"病人只不过想要一片让自己好受点的敷料，连这也不允许吗？"

伊朗德黑兰大学亚洲研究中心主任好麦特质问："一个孩子得了病，急需用药，这与伊核协议有什么关系？但美国的制裁让人得不到这个药，这不就是压迫？"

地中海贫血症患者是另一个受美国制裁严重影响的罕见病群体。伊朗政府公布的数据显示，近年来，制裁使得该国地中海贫血症死亡病例逐年

2021年10月28日，联合国单边强制措施对人权负面影响问题特别报告员阿莱娜·杜汉在津巴布韦首都哈拉雷的记者会上发言。

新华社发（肖恩·朱萨摄）

增多，由 2018 年的 70 人增至 2021 年的 180 人。

2023 年 2 月 14 日，联合国人权高专办发表了联合国单边强制措施对人权负面影响问题特别报告员阿莱娜·杜汉和独立人权问题专家奥比奥拉·奥卡福尔的联合声明。两位专家指出，自美国 2018 年重启且不断加码对伊朗制裁以来，伊朗进口地中海贫血症药品受到很大影响。尽管美方针对相关药品有所谓的"制裁豁免"，但相关规定过于复杂，难以实施。"美方对向伊朗出口药品的医药公司处以高额罚款，导致全球医药生产、物流、保险等相关产业都唯恐面临制裁……这侵犯了伊朗患者的健康权，导致并发症和死亡率上升。"

伊朗政府发言人阿里·巴哈杜里·贾赫鲁米说，美国的制裁就是对伊朗罕见病患者无情的"杀戮"。

"大规模杀伤性武器"

国际舆论和多位专家指出，美国对伊朗的全面制裁是一种无形的"大规模杀伤性武器"，其受害者绝不仅限于罕见病患者。

2022 年 5 月，杜汉专程赴伊朗调查，发现美国的单边制裁严重影响了伊朗经济民生的方方面面。她在报告中指出，除"蝴蝶病"等罕见病外，伊朗艾滋病、癌症、糖尿病等疾病的患者以及残障人士也因美国单边制裁而难以获得进口的药品与医疗器械。

据杜汉了解，伊朗方面在进口医药物资时，经常遇到外国公司拒绝接单、严重延迟交货、提价销售等情况。与此同时，对外采购途径和支付渠道因美国的制裁受限，从而助推伊朗国内医疗成本大幅上涨，导致假冒产品、过期或临期药品走私增多，给伊朗民众增添了经济压力和健康风险。

德黑兰一家医院的手术室主管玛丽亚姆告诉记者，2018 年以来，伊朗医疗物资短缺现象日益严重，不少外国医疗设备公司撤离，导致医疗设备维修困难，病人成为受害者。制裁的影响在新冠疫情中更加明显，"许多

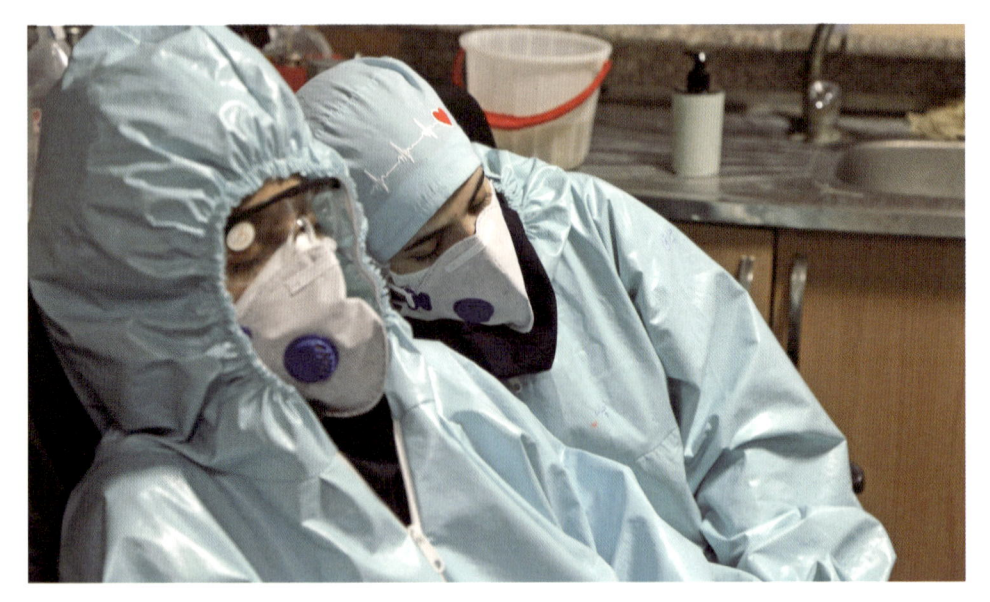

2020年3月28日,在伊朗一家医院,身穿防护服的医护人员在工作间隙休息。新华社发(伊朗国家通讯社供图)

人因制裁导致的物资短缺而失去生命"。

德黑兰一家医院的护士马莉哈·加里卜·沙阿说,在疫情肆虐之际,美国对伊朗的制裁也丝毫没有放松。不少国家的医药和医疗器械公司忌惮美国的"长臂管辖",不敢开展对伊业务,导致伊朗的药品、疫苗等抗疫物资进口严重受阻。

据美国智库布鲁金斯学会估计,在伊朗受新冠疫情冲击最严重时期,美国的制裁可能间接导致多达1.3万伊朗人死亡。

伊朗医疗用品进口商和制造商艾哈迈德指出了另一个严峻的现实:在美国制裁下,伊朗的医药生产受到严重制约,生产技术的发展也是个大难题。"制裁阻碍了(外国)向伊朗转让现代技术,拉大了伊朗与世界其他国家在这方面原本就存在的差距。"

美国制裁的严重危害体现在很多方面。

"德黑兰是全球污染最严重的城市之一,这不奇怪。美国的制裁迫使

2019年11月14日，在伊朗首都德黑兰，建筑物被笼罩在雾霾中。

新华社发（艾哈迈德 摄）

人们延长使用燃油效率低的老旧车辆，而伊朗又无法获得减少车辆尾气排放的设备和技术。"包括杜汉在内的多名联合国人权问题专家指出，美国还阻挠其他国家为伊朗提供空气污染治理技术，外国企业无法在伊朗开发太阳能项目，伊朗科学家参与国际环保研究项目也受到阻碍，就连相关数据库都无法访问。

这些专家认为，美国对伊朗实施长期制裁与美方承认享受清洁、健康和可持续的环境是基本人权的立场相矛盾。美国应该放松或解除对伊朗的相关制裁，"让伊朗人民享有清洁环境权、健康权和生命权，以及与有利环境条件相关的其他权利"。

"滥用经济胁迫和经济暴力"

长期以来，美国在没有国际法依据、未经联合国安理会授权的情况下，肆意对包括伊朗在内的多国滥施非法单边制裁，造成严重的人道主义灾难。

打开美国财政部网站，可以看到列有制裁政策的页面，注明由外国资产控制办公室"根据美国外交政策和国家安全目标对外管理和执行经贸制裁措施"。页面上第一条就是"特别指定国民和被封锁人员清单"（SDN 清单），长达 2000 多页。

在 40 多年前的美国驻伊朗大使馆人质危机中，美国开始对伊朗实施制裁，此后制裁范围逐步扩大、力度不断加码。20 世纪 90 年代，美国将对伊朗制裁扩大至外国能源企业，利用"长臂管辖"手段，对与伊朗有贸易往来的第三方外国个人或实体实施制裁。过去几十年来，美国国会陆续通过和修订了《对伊朗制裁法案》等 10 余项相关法案，历任美国总统总共下达了至少 26 道与制裁伊朗相关的行政令。

伊朗前总统鲁哈尼曾表示，仅美国特朗普政府实施的制裁就给伊朗带来至少 2000 亿美元经济损失，"美国对伊朗的制裁是非人道的，是犯罪和恐怖主义行为"。

2001 年"9·11"事件后，美国政府进一步强化制裁武器的杀伤力，将其使用范围从贸易扩大至金融领域，制裁黑名单也越拉越长。根据美国财政部《2021 年制裁评估报告》，截至 2021 财年，美国已生效的制裁措施累计达 9400 多项。

就连法国、英国、德国等欧洲盟友也沦为美国"长臂管辖"的"重灾区"，多年来对此怨声载道。欧洲企业对伊朗油气领域的投资因美方制裁而泡汤后，欧洲国家曾一度诉至世界贸易组织。2018 年，美国撕毁伊核协议并全面重启对伊制裁，再次严重损害欧洲利益，引发欧洲强烈反对。法国经济、财政及工业、数字主权部长布鲁诺·勒梅尔当时公开批评说，美国扮演"世界经济警察"的角色"令人难以接受"。"我们是抓着美国裤腿、做言听计从的美国'属国'，还是告诉对方我们也有自己的经济利益，想继续对伊贸易？"

美国塔夫茨大学教授丹尼尔·德雷兹纳在《外交事务》杂志发表文章指出，美国历届政府"滥用经济胁迫和经济暴力"，将制裁作为解决外交

2019年9月25日,在位于纽约的联合国总部,时任伊朗总统鲁哈尼在第74届联合国大会一般性辩论上发言。他重申伊朗拒绝在美国制裁压力下与之谈判。

新华社记者 刘杰 摄

问题的首选方案,非但起不到效果,还造成人道主义灾难。美国针对中东等地有关国家的单边制裁,最终伤害的是这些国家的民众。

美国中东研究所学者杰弗里·阿伦森说,华盛顿把制裁作为达成外交目标的首选手段,这表明美国的决策者和政客们如今都认为,巩固美国在全世界领导地位的最佳手段是采取一种被许多国家视为胁迫和单边主义的政策。但历史证明,"大国在最成功的时候都是通过扩大朋友圈来维持和巩固影响力的",而不是想方设法把那些国家排除在国际体系之外。

扫描二维码查看视频

▶ "没有美国，我们打不了这场战争"
起底美国战争经济学底层逻辑

美国东北部佛蒙特州小镇弗金斯，数十名抗议者挥舞着巴勒斯坦旗帜，拉出"停止武装屠杀""停止战争机器"横幅，堵住柯林斯航空航天公司厂房入口，阻止人员进入，试图让军工巨头雷神技术公司旗下的这座军工厂停止生产。

这是2024年1月以来美国民众抗议军工巨头军援以色列并从中牟利的一幕。"我们来这里是为了阻止武器生产，雷神公司正在从针对巴勒斯坦人民的大屠杀中牟利。"抗议活动组织者、犹太裔美国人阿普丽尔·菲舍尔说。

截至2024年2月，新一轮巴以冲突已持续近四个月，加沙居民死伤人数已超过9万，并且还在持续增加。与此同时，美国持续军援以色列，带动美国各大军火商业绩飙升，订单创新高。据美国国务院数据，2023财年美国对外出售的军事装备金额增长16%，达到创纪录的2380亿美元。

在这强烈的对比背后，正是美国军工复合体带血的利益链条：军工企业资助国会议员实现个人政治目标；议员们批准巨额军费投桃报李并借机牟利；国防部高官提供源源不断的军购合同，通过政商之间的"旋转门"穿梭套利……

美国作家、律师约翰·怀特黑德认为，军工复合体是美国内部的敌人，"在贪婪的国防承包商、腐败的政客和无能的政府官员的共同操纵下，不断扩张的军事帝国正让美国枯本竭源"。

这边无路可走,那边盆满钵满

"我们真的已经无路可走,前方一切都是未知。"30岁的巴勒斯坦人海塞姆·拉迪在位于加沙地带联合国机构临时营地的帐篷里向新华社记者倾诉。

截至2024年1月30日,以色列在加沙地带的军事行动已造成巴勒斯坦方面超过2.67万人死亡、逾6.5万人受伤。另有约190万人流离失所,占加沙总人口的约85%。

世界另一端,则是另一组数据。美国军工巨头日前相继发布2023年第四季度和全年财报。雷神公司第四季度销售额近200亿美元,优于第三季度,比上年同期增长10%。"2023年业绩优异稳健,超出预期。"首席执行官格雷格·海斯表示。

这是2024年1月27日在加沙地带南部城市拉法的一处临时营地拍摄的巴勒斯坦人。受连日低温降雨的影响,拉法临时营地大量帐篷被淹,当地人道危机持续。

新华社发(里泽克·阿卜杜勒贾瓦德 摄)

洛克希德-马丁公司同样表现"卓越",其2023年第四季度净销售额远超市场预期,达到189亿美元,较前一季度增长20亿美元。"这体现了市场对我们防务产品的强劲需求,预计2024年营收将持续增长。"首席执行官詹姆斯·泰克利特自信满满。

洛克希德-马丁、雷神和通用动力公司的财报均显示,其未交付订单都达到创纪录水平。这意味着它们未来一段时间的业绩增长后劲很足。

这些"优异"业绩,离不开美国军工巨头在政府支持下,将武器弹药源源不断提供给以色列。以色列空军使用大量由雷神公司生产的空对地导弹,波音公司为以军提供大量小直径炸弹、联合直接攻击弹药套件等,洛克希德-马丁公司为以军提供"地狱火"导弹。据彭博社报道,仅在加沙冲突开始后的一个多月内,就有约2000枚"地狱火"导弹从美国运往以色列。

通用动力公司向以军提供MK-80系列炸弹及155毫米口径炮弹,这

2024年1月9日,以色列总理内塔尼亚胡(右)在特拉维夫会见美国国务卿布林肯。

新华社发(以色列政府新闻办公室供图)

两类弹药在加沙冲突中被以军广泛使用并造成大量平民伤亡。然而，通用动力执行副总裁贾森·艾肯关注的却是，加沙冲突导致需求激增，给公司生产带来压力。他在本轮冲突刚爆发时就毫不避讳地说："冲突最显著的潜在需求增长可能就是在火炮方面。"

美国是以色列最大的军事援助方。出于对战略利益、国内政治等因素的考量，美国自以色列1948年建国以来已为其累计提供超过1300亿美元的安全和武器援助，以军武器装备进口约八成来自美国。近年来，美国每年向以色列提供约38亿美元军事援助。拜登政府近期又向国会提出追加超过140亿美元的对以援助。

"我们所有导弹、弹药、精确制导炸弹，所有飞机和炸弹，都来自美国。"以色列退役少将伊扎克·布里克日前接受媒体采访时说，"大家都明白，没有美国，我们打不了这场战争。"

权钱交易环环相扣

从位于弗吉尼亚州阿灵顿县的美国空军纪念园向东眺望，远处的国会大厦清晰可见。在近处的五角大楼南边，一栋不显眼的建筑便是洛克希德－马丁公司的办公楼。在这幅军工复合体的全景图中，"旋转门"、政治捐款、游说拨款、购持股份等环环相扣，形成一个庞大的利益链条。

多年来，美国高层官员和高级将领频繁出入政界军界与军工企业间的"旋转门"，出则为商，入则为官，官商勾结，穿梭套利。拜登政府多位高官曾与军工企业关系密切，国防部长奥斯汀曾是雷神公司的董事会成员，国务卿布林肯曾为波音公司提供政策咨询，国家情报总监海恩斯曾在为军方提供人工智能技术支持的帕兰蒂尔技术公司担任顾问……

近年来，这种传统的"旋转门"套路在技术变革和资本运作中又玩出新花样。据《纽约时报》报道，2019—2023年，包括前国防部长马克·埃斯珀、前陆军部长瑞安·麦卡锡在内的至少50名美国国家安全官员在离职后进入风投和私募行业。他们定期与五角大楼官员或国会议员"互动"，要求推动某些政策或增加军费开支，从而使其投资的公司获利。

美国国会民主党籍参议员伊丽莎白·沃伦办公室2023年4月发布的《五角大楼炼金术》调查报告显示，截至2021年，美国前政府官员、高级军官和国会议员等被发现为大型国防承包商工作的案例有近700起，其中超过九成的人通过"旋转门"成为注册说客。

据美国"公开的秘密"组织公布的数据，美国国防承包商及相关人员仅在2023年上半年就花费近7000万美元用于游说联邦政府，其中很大一部分涉及"2024财年国防授权法案"的款项。国防承包商的目标大多是要求国会议员支持把更多军费开支用于采购其产品和服务。作为回报，他们会在议员所在选区开设工厂以增加就业，或者直接提供政治捐款。

美国《民族》周刊网站2023年5月刊文说，军工企业在过去两个选举周期向政治竞选人捐款超过8300万美元，捐款对象集中于参众两院军事委员会和有关防务拨款的小组委员会成员。

国会议员购持军工股份也是美国军工复合体利益链条上一环。议员批准高昂的国防预算，让大量金钱流入国防承包商，推动军工企业股价上涨，反过来国会议员个人从投资中获利不菲。美国商业内幕网站曾披露，至少有20名国会议员或其配偶持有雷神或洛克希德－马丁公司股份，一些议员更是在关键节点精准"建仓"或"加仓"。

2022年2月俄乌冲突升级前一天，美国国会共和党籍众议员玛乔丽·泰勒·格林从洛克希德－马丁公司购入股份，此后股价大涨。而格林在社交媒体上却表现出对鼓吹战争者"义愤填膺"的姿态："可悲的是，美国过去20年的外交政策更多是为了企业的利润……战争对于我们的领导人而言是一笔巨大的生意。"她的言与行暴露了美国政客的虚伪面目，却也道出了美国军工复合体的利益本质。

吞噬民生的军费开支

美国 2024 年总统选举新罕布什尔州共和党党内初选日前举行。在该州北部的科尔布鲁克镇，黑熊餐吧老板比利在同记者聊到大选时表示，希望下任总统不要再让战争持续消耗国家资源。

2023 年 12 月 22 日，美国总统拜登将"2024 财年国防授权法案"签署成法。该法涵盖创新高的 8860 亿美元国防支出，远高于非国防支出的 7040 亿美元。

美国 2024 年总统选举竞选人小罗伯特·弗朗西斯·肯尼迪在社交媒体上就这两个数据发问："国防开支超过了所有其他可自由裁量支出的总和，我们国家的优先事项到底是什么？"

美国真实的军费支出可能还远不止这些。美国哥伦比亚大学可持续发展中心主任杰弗里·萨克斯最近撰文说，如果加上情报机构预算、退伍军人事务部预算、能源部核武器项目预算、国务院的对外军事援助等，美国 2024 年与军事相关的支出将达到 1.5 万亿美元左右，约合每个家庭要承担 1.2 万美元。"这 1.5 万亿美元的军事开支造福了军工复合体和华盛顿政客，却让美国和全球陷入危险"。

对于军工企业而言，高昂的军费是重大利好。研究数据显示，过去 10 年，美国 55% 的军费最终都流向国防承包商。美国智库政策研究所 2023 年公布的一份报告显示，2022 年，美国纳税人为五角大楼承包商人均支付了 1087 美元，而用于美国基础教育的人均税款只有 270 美元。

美国布朗大学 2021 年发布的一项研究显示，过去 20 年，美国国防开支累计高达 14 万亿美元，其中有三分之一至一半流入了国防承包商口袋。美国美利坚大学教授戴维·瓦因指出，这些开销足以为生活在贫困线以下的 1300 万美国儿童提供持续至其成年的医保以及两年的学前教育。

美国艾奥瓦州前众议员格雷格·丘萨克指出："有这么多人缺乏足够的食物和药品，而美国却将巨资花费在军备上，这是多么丑陋。"

这些事实再度印证了 20 世纪 50 年代时任美国总统艾森豪威尔发出的警告："制造的每一门火炮，下水的每一艘战舰，发射的每一枚火箭，归根结底都是从那些饥寒交迫、食不果腹的人那里偷来的。这个'武器世界'花费的不仅仅是金钱，更是劳动者的汗水、科学家的才智和儿童的希望。"虽然艾森豪威尔看到了风险，但他以及他的继任者们从未阻止这头"怪兽"的膨胀。

扫描二维码查看视频

▶ 伸向亚太的黑手
起底美国主导北约加速东进亚太之害

1949年4月4日，在美国主导下，北大西洋两岸的12个西方国家签署《北大西洋公约》，北大西洋公约组织成立。这个以防御"苏联入侵"为由而建立的军事联盟，在冷战结束后不断越界扩权，突破自身条约规定的地理范围，近年来加速东进亚太。

美国是"北约亚太化"的幕后推手，为一己私利将北约作为推行"印太战略"、贩卖安全焦虑的霸权主义战略工具，加剧地区紧张局势。北约已经搞乱了欧洲，现在又开始威胁亚太数十年来繁荣稳定的局面。

加速染指亚太

日本首相岸田文雄出席2023年7月在美国华盛顿举行的北约峰会，这是岸田连续第三年参加北约峰会。

2022年6月，日本、韩国、澳大利亚、新西兰四个亚太国家领导人首次出席在西班牙马德里举行的北约峰会。2023年7月，在立陶宛维尔纽斯举行的北约峰会上，北约成员国领导人同亚太四国领导人会晤，向外界展示其关系变得更加紧密。

2006年，时任美国驻北约大使维多利亚·纽兰首次提出"全球伙伴关系"概念，试图通过与日韩澳新四国建立联系国机制，扩大北约的全球影响力。2012年至2014年，北约与日韩澳新分别签署个别伙伴关系与合作计划（IPCP）。2014年，北约为让其他国家参与北约领导的军事行动，提出"伙伴关系互操作性倡议"，日韩澳新均加入该倡议框架下的互操作性平台。近年来，特别是美国拜登政府上台以来，北约东进亚太的步伐明显加快。

2021年，北约出台"2030年议程"，提出要积极介入全球事务，特别是"印太事务"。2022年4月，北约外长会邀请四国外长参加。随后，便有了四国领导人同年6月首次参加北约马德里峰会的一幕。2023年7月，北约与日韩澳三国将合作关系由IPCP升级为"量身定制的合作伙伴项目"（ITPP），合作范围进一步扩大。北约还试图在日本东京设立联络处，作为其在亚太地区的首个办事机构，只是由于法国反对才不得不搁置。北约一些下属机构也积极吸纳亚太国家。韩国和日本2022年加入北约联合网络防御示范中心。澳大利亚和印度也已加入该机制。

近年来，北约国家增加了在亚太地区的军事活动。2021年，英国派遣"伊丽莎白女王"号航母打击群赴亚太，其舰队中还包括美国和荷兰舰艇。美国海军学会新闻网站刊文称，这赋予了这支舰队"真正的北约特征"。英国在该航母打击群赴亚太期间还宣布，在亚太地区永久部署两艘军舰。同年，德国派遣"巴伐利亚"号护卫舰前往亚太。加拿大军舰近年来也多次在西太平洋地区活动。

北约国家不断加强与一些亚太国家的军事合作。比如，英法德分别与日本建立外长和防长"2+2"对话机制，英国2023年与日本签署《互惠准入协定》，德国2024年与日本签署《物资劳务相互提供协定》，法国2021年与美日首次在日本境内展开联合军演，德国2023年首次参加美澳主导的"护身军刀"联合演习等。

一系列举动表明，北约正加快向亚太地区扩张的步伐。

服务美国霸权

北约的历史就是不断扩张的历史。冷战结束后,失去对手的北约不仅没有解散,反而不断东扩,成员国从冷战结束之初的16个增加到如今的32个。

北约东扩挤压俄罗斯的战略空间,直接导致乌克兰危机升级。俄罗斯陷入战事并遭受西方制裁,欧洲国家发展受到冲突外溢效应严重冲击。分析人士指出,美国成为危机最大的赢家,既打击了对手俄罗斯,又强化了对欧洲盟友的掌控。

比较北约"亚太化"和北约东扩,不难发现其手法几乎如出一辙,那就是通过树立一个"假想敌",煽动地区国家对这个"假想敌"的焦虑和恐惧,使它们不得不站队美国,获得所谓的安全感。在亚太,美国操控下的北约将中国视为"系统性挑战"。

近年来,美国为维护全球霸权,越来越不掩饰其遏制中国的意图。自奥巴马政府提出针对中国的"重返亚太"和"亚太再平衡"战略以来,美国对华遏制打压逐步升级,北约在亚太地区也动作频频。

在2019年北约伦敦峰会上,中国首次被正式列为重要议题,会议公报称中国"既带来机遇,也带来挑战"。在2021年北约布鲁塞尔峰会的公报中,中国被进一步定义为对"基于规则的国际秩序"和北约相关安全领域的"系统性挑战"。2022年北约马德里峰会通过新版战略概念文件,除指责中国"危害北约安全"、构成"系统性挑战"外,还首次提到"印太地区"的重要性,称该地区的事态发展可能直接影响欧洲－大西洋地区的安全。2023年北约维尔纽斯峰会公报再次对中国进行无端指责和言论挑衅,刻意渲染所谓"中国威胁"。

到底是谁在威胁谁的安全?

美国在全球拥有约 750 个军事基地，其中 300 多个在中国周边。相比之下，除参与联合国安理会授权的维和行动外，中国在美洲或欧洲没有任何军事力量存在。自冷战结束以来，美国和北约发动和参与了一系列对其他国家的军事行动，其中大多数未获得安理会授权。而中国没有发动过任何对他国的侵略战争。

瑞典跨国和平与未来研究基金会创始人扬·奥贝里表示，中国的外交政策没有威胁到美国，中国也没有把军舰开到美国附近，反而是西方用军舰"包围"了中国。

分析人士指出，北约近年来对华歪曲抹黑，背后推手正是美国。美国马里兰大学副教授乔舒亚·希弗林森表示，美国试图将其在欧洲和亚洲的安全力量整合起来以应对中国，推动北约进一步介入亚洲事务正是该计划的一部分。俄罗斯政治分析家铁木尔·福缅科说，美国日益将中国视为最大竞争对手，因此推动北约将力量延伸至亚洲，与美国在该地区的盟友联手。新加坡《海峡时报》一篇文章写道："几乎没人怀疑它（北约）始终是美国可以随意支配的全球军事工具。"

制造对抗分裂

首次美日菲三边峰会于 2023 年 4 月中旬在美国举行。据日本共同社报道，三边峰会的联合声明写入了有关美日英澳菲五国安全保障合作关系的内容，2023 年 6 月，美日菲在南海首次实施三方联合海上巡逻。

美国一边推动"北约亚太化"，一边加紧拉拢亚太地区一些国家，加速建立地区盟友体系，打造"亚太版北约"。

美国推动美日印澳合作升级，炮制所谓"四边机制"，将其作为"印太战略"的核心平台；美国 2022 年 8 月举办美日韩三国领导人戴维营会晤，力图将美日和美韩两个军事同盟整合为美日韩三边军事同盟；美国拉英国介入亚太事务，与澳大利亚共同组建所谓"三方安全伙伴关系"，无视地区国家对军备竞赛和核扩散的担忧，帮助澳大利亚建造核潜艇。

美国正在对亚太地区的盟友加强整合，挑动阵营对抗，进一步遏制中国。

不论是"北约亚太化"还是"亚太北约化"，其底层逻辑都是霸权主义和冷战思维。从欧洲到中东，从南联盟、乌克兰到阿富汗、利比亚，美国及其主导下的北约给许多国家带来深重灾难，如今又试图把黑手伸向亚太。在台海，美国及其北约盟友派舰机穿越台湾海峡，为"台独"势力撑腰打气。在南海，美国及其北约盟友不断开展所谓"航行自由行动"，怂恿菲律宾在南海问题上频繁挑衅滋事。

柬埔寨前首相洪森警告，"北约亚太化"趋势令人担忧，这对亚洲安全稳定构成威胁。马来西亚前驻华大使马吉德表示，"北约亚太化"对本地区发展而言是负面的，这显然会破坏长期以来东盟的立场，即该地区不应有外部势力的军事存在。澳大利亚前总理保罗·基廷撰文说，如果北约向亚洲扩张，亚洲的发展前景将受到影响，北约"将这种恶意'毒药'（阵营对抗）出口到亚洲，无异于让亚洲迎接'瘟疫'的到来"。印尼国际战略研究中心研究员韦罗妮卡·莎拉斯瓦蒂认为，"北约亚太化"将令不少亚太国家面临选边站队的压力，必然导致地区安全局势混乱，严重危害地区国家利益。

正如美国《国际政策文摘》网站文章写道的那样，冷战结束后，北约已"变成华盛顿的斧头、长矛和铁锹"。"北约扩张到哪里，哪里就最可能会发生战乱。亚太国家要警惕了。"

多年来，美国一些政客打着"自由、民主、人权"等旗号，对许多国家肆意诽谤诋毁，制造战争动乱，把侵略干涉美化成推进所谓"民主"，把巧取豪夺粉饰成"维护正义"，把生灵涂炭描绘成"保护人权"。这样的例子比比皆是。

事实证明，美国的所作所为充分暴露其对华政策破坏规则、逆潮流而动的反动性，凸显其试图转移矛盾而进行"内病外治"反智特征，最终导致搬起石头砸自己的脚、加速霸权衰落，反噬其自身利益。

美国所谓"国家利益"和全球霸权地位被视为最高目标，所谓"主义""价值观"和国际规则，只是其实现目标的工具手段而已。理解了这一点，也就看清了美国政治双面游戏的真相。

PIECE 03

第三篇

美式话术

> 我们撒谎、我们欺骗、我们偷窃。我们还有一门课程专门来教这些。这才是美国不断探索进取的荣耀。
>
> ——美国前国务卿迈克·蓬佩奥

▶ 祸害世界的美式谎言

"芬太尼"近日在美国涉华"谎话榜"上成为热词。美国国会参议院部分议员再次拿芬太尼问题向中国发难,将这种阿片类药物在美国国内的滥用问题甩锅中国,上演又一场"谎言秀"。

分析人士指出,美国芬太尼危机的根源在自身,一些美国政客却编造谎言甩锅推责他国,这已成为他们处理国内棘手难题的惯用套路,实际上美国企图"内病外治"根本行不通,只会害人害己,也使得国际社会日益看清美国"谎言帝国"的真面目。

"谎言成为国家安全政策特征"

美国前驻苏联大使乔治·凯南曾在一次演讲中承认,必要的谎言是美国二战后外交的重要组成部分。

多年来,美国一些政客打着"自由、民主、人权"等旗号,对许多国家肆意诽谤诋毁,制造战争动乱,把侵略干涉美化成推进所谓"民主",把巧取豪夺粉饰成"维护正义",把生灵涂炭描绘成"保护人权"。这样的例子比比皆是。

1964年,美国政府宣称美军军舰在北部湾遭到越南民主共和国鱼雷艇袭击。美国国会随后通过所谓"北部湾决议案",批准政府全面介入越南战争。2005年,美国国家安全局发布报告承认,当时美国军舰附近"有很大可能"根本没有越南民主共和国的军舰。

2003年，美国基于所谓"拥有大规模杀伤性武器"的理由对伊拉克发动战争。时任美国国务卿鲍威尔在联合国安理会会议上拿出一个装有白色粉末的试管，信誓旦旦地声称这是伊拉克正在研制的"大规模杀伤性武器"。如今20年过去，美国在伊拉克从未发现"大规模杀伤性武器"的踪影。

在苏丹，美军轰炸制药厂，称该厂正在"生产化学武器"，后来调查发现该厂在为苏丹民众生产药品；在叙利亚，美国资助"白头盔"组织制作虚假视频，捏造叙利亚拥有化武的证据，武装干涉叙内政；美国还宣称古巴等国使用"秘密武器"使美驻外使领馆人员患上怪病，美情报部门经联合调查于2023年3月承认该事件"极不可能"由外国敌对势力造成。

澳大利亚"对话"网站文章指出，几十年来，隐瞒、欺骗和彻头彻尾的谎言一直是美国国家安全政策的特征，一届又一届政府试图借此误导对手，或掩盖错误和失败。

这是鲍威尔2004年7月28日在埃及首都开罗回答记者提问的资料照片。

新华社记者 金林鹏 摄

把说谎当做"课程"

曾任美国中情局局长的前国务卿迈克·蓬佩奥曾在2019年一次讲话中"交底":"我们撒谎、我们欺骗、我们偷窃。我们还有一门课程专门来教这些。这才是美国不断探索进取的荣耀。"

美国确实将编造谎言变成了不断重复练习和实操的"课程"。从"强迫劳动""新冠溯源""间谍气球"到"芬太尼"问题,美方无视自身严重问题,在涉华议题上捏造大量谎言,变换花样给中国扣帽子、泼脏水。这些谎言在事实面前不堪一击。

2020年,蓬佩奥启动"清洁网络"计划,谎称中国企业对美国家安全和公民隐私"构成重大威胁",企图在5G领域打压华为等中企。为兜售这

这是2023年1月3日在美国首都华盛顿拍摄的国会大厦。

新华社记者 刘杰 摄

一计划,蓬佩奥和时任副国务卿克拉奇前往多个国家游说。迄今,欧美国家未发现华为等中国企业的电信设备存在安全隐患,但这并不妨碍一些美国政客进行诋毁抹黑。

近期,美国官方和媒体又就所谓中国在古巴修建"间谍设施"散布一系列自相矛盾的信息,无视自己对多国进行大规模、无差别窃听窃密的劣迹。

在禁毒问题上,美方无视中方对毒品的"零容忍"态度及采取的最严格管控和最严厉处罚,多次对中国横加指责,却不愿在国内将药物监管落到实处。

尼加拉瓜外交部长蒙卡达指出,美国试图利用人权等问题破坏中国稳定,目的"就是为了阻碍中国的发展"。这实际上是在侵犯他国主权,以维护自身霸权。

国际信誉严重滑坡

"我对美国的未来深感忧虑,因为我们看到自己身处一个将谎言正常化的时代。"2023年6月,美国国家过敏症和传染病研究所前任所长福奇指出,虚假信息和阴谋论在美国盛行,将严重破坏社会秩序的基础。

近年来,美国国内经济增长乏力,中产阶级收入停滞,贫富差距不断增大。面对自身结构性问题,美国政府选择把国内深层次结构性矛盾甩锅到他国身上,寻找"替罪羊"。

《南华早报》评论文章指出,要让人们害怕一种抽象威胁并将其变成直接威胁,需要最非同寻常的虚假信息宣传。对美国政客来说,中国是一个转移注意力的重大因素,会让美国民众分散对自己社会所面临严重问题的注意力。

但谎言是有反噬作用的,美国国际信誉因此不断下滑。德国联邦议院

2023年6月29日，顾客在美国旧金山湾区福斯特城一家超市购物。

新华社记者 吴晓凌 摄

左翼党议员塞维姆·达代伦撰文指出，越来越多的民众受够了美国这种好战、道德说教和新殖民主义剥削延续的混合体。越来越多的国家决定不再用美元进行贸易。这意味着美国的霸权模式正处于生死存亡的危机之中。

尼加拉瓜外交部长蒙卡达认为，面对美国的抹黑和诋毁，广大发展中国家一方面必须揭露美国的国际罪行和谎言，另一方面应努力捍卫真理、独立、国家主权和人民尊严。

扫描二维码查看视频

▶ "活在自我设计的经济模型中"
起底美西方"预期绑架"套路

近期,某些美西方机构借所谓"首席经济学家""市场分析师"名义,对中国经济展开新一轮"唱空"表演:先拉高增长预期,而后再以"不及市场预期"为由,进行"预期绑架"。

相关机构无视中国确定的合理增长目标,脱离中国经济基本面,满足于"活在自我设计的经济模型中",对中国经济走势抹黑唱衰。英国学者马丁·雅克一针见血地指出,如果以西方棱镜观察中国,那么永远无法看到中国的整体状况,同时也无法对中国作出正确的判断。

先拉高后唱空
"预期绑架"是西方常见的套路

"有增长,但增长不及预期;有成绩,但效果还不及预期……"先高捧,后狠杀。这是美西方机构针对中国经济的唱衰套路,

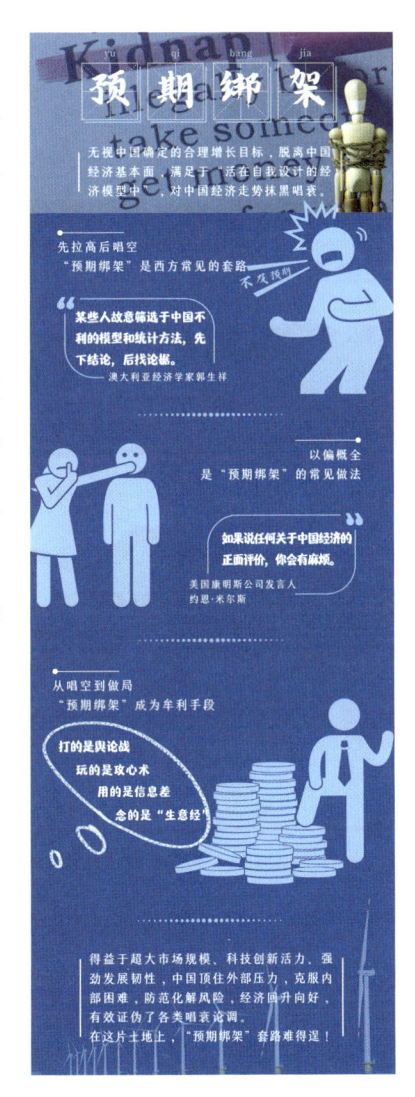

屡见不鲜。

近日,中国国家统计局发布前11个月经济数据,显示国民经济持续回升向好。其中,2023年11月,中国社会消费品零售额同比增长10.1%,比10月加快2.5个百分点,凸显中国扩内需促消费政策持续显效。

然而,包括美国《华尔街日报》、路透社在内的一些西方媒体机构却给这一数据加上了"不及预期"的标签。

路透社称,数据"未达分析师预期的12.5%"。也就是说,这些机构认为,中国11月数据要比10月加快近5个百分点才算"达标"。其给出的理由是,之所以有这样高的预期,是因为2022年基数较低。

回拨一下时间轴,就会发现,上述说辞不过是老调重弹。

早在2023年年初中国优化调整疫情防控政策时,这些机构就营造了完全相同的叙事:即中国消费市场应立即"报复性"上涨,中国经济应持

2023年7月3日,在位于广东省广州市的广汽埃安第一智造中心,第2000万辆中国新能源汽车下线。

新华社记者 邓华 摄

续"强劲反弹"。而二季度数据公布时,它们就四处叫嚷"中国经济有了大麻烦"。

分析人士认为,要求 2023 年 11 月中国社会消费品零售额同比增长率比 2023 年 10 月大幅提升,缺乏实证论据支撑。"相关机构提出 12.5% 的过高预期,更像是专门为得出'不及预期'这一结论服务的。"澳大利亚经济学家郭生祥说。"某些人故意筛选于中国不利的模型和统计方法,先下结论,后找论据。"

谈及美西方机构的此类套路,西班牙《起义报》网站近期刊文指出:"基于毫无根据的估计来预测中国经济混乱的新闻,无疑带有意识形态和宣传偏见。"

以偏概全
是"预期绑架"的常见做法

"路透社对多个分析师单独进行的调查预计,中国经济将放缓""彭博社对 78 名经济学家的调查显示,应下调中国 2023 年经济增长预期"……

在美西方机构频繁出炉的报告中,时常能看到此类无具名信源。这类信源经常会被冠以专业人士的名头,被奉为"高质量样本"。为增加可信度,美西方机构通常还会估算不同样本的"平均值"或"中间值",进一步证明其"预期"的合理性。

不同分析人士掌握信息各异、分析工具不同、利益取向有别,对特定经济体做出多空不一的预测非常自然。而投资者对相关机构的期待无非是,客观平衡报道各类信息和观点,为受众提供多元理性的资讯产品。

然而,某些西方机构却一味滥用话语霸权,封杀与其意图相悖的观点,刻意把"唱空中国经济"的单一声音,夸大为代表"市场预期"的唯一声音,企图以此左右市场情绪,误导市场预期。

2023年11月23日,在浙江杭州举行的第二届全球数字贸易博览会丝路电商馆,跨境电商进行直播销售。

新华社记者 徐昱 摄

除媒体和商业机构外,美西方政界更深谙"预期绑架"之道。

不久前,美国国会众议院"中国特设委员会"把冷战中常用的"兵棋推演"搬到华尔街,向金融机构高管展示"假想状态下"中国给美国经济带来"系统性风险"。在"兵棋推演"中,这些充斥意识形态偏见的政客断言,中国是"风险之源",已经"不适合投资"。

美国国会众议员迈克·加拉格尔近期撰文"喊话",要求华尔街与华盛顿"统一口径"应对"中国威胁"。

美国康明斯公司发言人约恩·米尔斯告诉媒体:"如果说任何关于中国经济的正面评价,你会有麻烦。"

从唱空到做局
"预期绑架"成为牟利手段

西方舆论的"唱空"表演,不是孤立的,往往与国际热钱,乃至西方政治势力紧密互动,牵涉复杂的灰色利益链条。

其操作方式包括但不限于:美西方机构和媒体做"唱空"先锋,赚取流量;国际评级机构调降信用评级水平,吸引客户关注;国际热钱跟进,做实质性"做空"布局,或同步操作"看空做多"的抄底买卖;政客借势为自身谋取各种利益,增加本国参与国际事务的博弈筹码。

打的是舆论战,玩的是攻心术,用的是信息差,念的是"生意经"——几十年来美西方相关机构把这套组合拳玩得溜熟,给自身带来滚滚财源和战略利益。

1991年苏联解体后,俄罗斯在西方媒体和机构的舆论攻势下,抵不住"预期绑架",决定全盘西化,接受"休克疗法",肢解现行体制。然而,这一做法不仅没能为俄罗斯扭转经济颓势,反而导致物价失控,贫困率陡增,本国资产大幅贬值。那些为俄罗斯"出谋划策"的美西方势力及其代理人成功抄底,并一度掌控了不少俄罗斯经济命脉。

20世纪90年代,美国金融大鳄乔治·索罗斯做局绞杀泰铢,惯用手段正是通过媒体释放唱衰消息。通过在"专业"媒体机构放大泰国等经济体面临的困难,制造市场恐慌情绪,为做空这些经济体做铺垫。

2023年1月,美国媒体爆料,美国有线电视新闻网、哥伦比亚广播公司、全国广播公司、全国公共广播电台、彭博新闻社、《华盛顿邮报》等媒体巨头的记者都接受过索罗斯资助,以便在工作中"正确抓住重点",为其金融投机"鸣锣开道"。

如今,"预期管理"在美西方已经变成一桩生意。众多从业者笃信,想要浑水摸鱼,首先要把水搅浑。

一些西方投行、机构一边高调唱衰中国经济和中国企业，另一边悄悄在外汇、证券、期货等市场做多中国概念，通过信息不对称获取暴利；一些国际组织以"不及预期"作为理由，提出与中国国情脱节的"改革方案"；还有一些"经济学家"，以唱衰中国经济为业，通过媒体包装炒作，沽名钓誉，出版畅销书，云游四方，演讲获利……

所谓"积羽沉舟，群轻折轴"。经济学中有一个概念叫做"预期的自我实现"，即预期导致行为改变，而行为的改变进一步验证了原先预期的"正确"和预期者的"高明"。而实际情况是，悲观的预期更容易通过打压市场信心、"金融加速器"效应等传导至实体经济，造成严重后果。

中国经济是一片大海，而不是一个小池塘。随着中国经济高质量发展动能持续集聚，一个更加开放的中国正不断创造新机遇，为世界经济贡献宝贵的确定性，有力提振了全球发展信心。

得益于超大市场规模、科技创新活力、强劲发展韧性，中国顶住外部压力，克服内部困难，防范化解风险，经济回升向好，有效证伪了各类唱衰论调。

在这片土地上，"预期绑架"套路难得逞。

2023年9月13日拍摄的辽宁大连庄河海上风电项目。

新华社记者 杨青 摄

▶ 发展中国家不相信美国炮制的"债务陷阱"谎言

一些美国媒体日前再度翻炒所谓"债务陷阱论"的陈词滥调,企图把一些发展中国家债务问题甩锅给中国。但经采访调查,美方诋毁中国的言论根本站不住脚。广大发展中国家根本不相信美方谎言,而且高度认可中方为帮助发展中国家经济发展作出的积极贡献。

中国贷款占比不高

西方媒体近年来反复翻炒的所谓"债务陷阱论"是诋毁中国向发展中国家提供大量贷款,这些国家无力还贷后便落入"陷阱",其资源乃至主权被中国控制。美联社最近就抛出这样一篇文章,宣称非洲的肯尼亚、赞比亚,以及南亚的巴基斯坦和斯里兰卡,都是"债务陷阱"的"受害者"。

事实果真如此吗?

巴基斯坦经济事务部向新华社提供的数据显示,截至 2022 年 4 月,巴外债总额为 1257.02 亿美元,其中来自中国的贷款为 203.75 亿美元,占巴外债总额的 16.2%。巴外长比拉瓦尔本月初访问日本期间对日媒表示,有关巴基斯坦陷入中国"债务陷阱"的指责是"政治宣传",巴方既接受中国的贷款,也接受其他国家贷款。中国向巴方提供的帮助大部分都是投资或条件优惠的软贷款。比拉瓦尔强调,巴基斯坦债务问题不会导致其重要基础设施被他人掌控。

这是位于巴基斯坦西南部的瓜达尔港（2018年1月29日摄）。

新华社发（艾哈迈德·卡迈勒 摄）

斯里兰卡央行数据显示，截至2023年3月，斯现有外债276亿美元，其中私人债权人占比最大，为53.6%，多边债权人占比20.7%，中国占10.9%。斯外长萨布里多次驳斥中国"债务陷阱论"，指出中方尊重斯方请求，从来没有强迫斯贷款；没有中国的帮助，斯不可能实现发展。

再来看非洲。肯尼亚财政部数据显示，截至2023年3月，该国外债总额为366.6亿美元，其中46.3%的债务来自国际货币基金组织和世界银行等多边金融机构，来自中国各种实体的债务占17.2%。赞比亚情况与肯尼亚相似。根据非洲政策研究所2022年的一份报告，2011年以来，撒哈拉以南非洲国家约四分之三的偿债资金支付给了债券持有人和商业贷款人。它们才是非洲最大的债权人。

2023年4月，时任尼日利亚副总统奥辛巴乔在伦敦国王学院发表演讲时说："在我看来，大多数非洲国家对同中国的密切关系无怨无悔。中国在西方不愿出现的地点和时间出现，非洲需要贷款和基础设施，而中国提供了它们。"

尼日利亚中国研究中心主任查尔斯·奥努纳伊朱说，所谓中国制造"债务陷阱"是一种"政治污蔑"，被用来转移注意力，以免除西方理应承担的责任。"我们希望外界关注到非洲债务更多来自西方国家机构和民间金融机构"。

美国智库兰德公司 2020 年 5 月在一份关于"一带一路"的报告中也指出，多项研究显示，"没有任何例证表明中国故意使另一个国家债务缠身，以此获取某种不公平的优势或采取没收债务国资产等行动"。

西方高息才是问题

美联社报道称，巴基斯坦等 10 多个"对中国负债最重"的国家"发现偿还债务正在消耗越来越多的税收收入"，"这些收入是维持学校开放、提供电力以及支付食品和燃料所需的"。"在巴基斯坦，数百万纺织工人被解雇，因为该国外债过多，无力维持电力供应和机器运转。"

巴基斯坦纺织厂协会秘书长沙希德·萨塔尔驳斥了这一毫无根据的指责。他表示，现阶段巴纺织业面临的流动性短缺问题有几个原因，包括巴基斯坦卢比对美元汇率大跌导致电厂难以购买燃料发电、消费税退税延迟以及棉花歉收等。将纺织业遭受的重挫归咎于中国"荒谬可笑"，"中国一直在与巴基斯坦合作，持续地帮助我们解决经济问题"。

巴基斯坦亚洲生态文明研究与发展研究所首席执行官沙基尔·拉迈说："我们真正的问题是来自西方金融机构的外债。这些外债现在给我们造成了真正的问题。巴基斯坦没有能力偿还这些债务，因为这些贷款的利率很高。"

巴基斯坦前规划、发展与特别项目部长阿萨德·奥马尔 2021 年曾表示，中巴经济走廊能源项目贷款的平均利率低于世界银行、亚洲开发银行和其他西方机构给出的平均利率。

事实上,发展中国家债务问题与美国等西方国家有很大关联。发展中国家自身经济"造血"功能较弱,要发展离不开借外债。为追求高回报,西方金融机构经常鼓动发展中国家发行大量短期高息债券,让一些债务国面临巨大偿债压力,不得不举新债还旧债,"雪球"越滚越大。

英国"债务正义"组织2022年发布报告说,根据世界银行数据测算,非洲国家政府外债中12%来自中国,35%来自西方尤其是私营机构。中方贷款的利率为2.7%,而西方贷款则为5%,几乎是中方的2倍。

赞比亚就是一例。赞比亚中国友好协会副会长奇贝扎·姆富尼指出,在赞比亚外债中,来自西方和多边金融机构的债务占比远大于中国,而且西方和多边金融机构的贷款利率高于中国提供的贷款利率。

"非洲各国长期疲于支付西方金融机构贷款的利息。"姆富尼说。

"西方国家才是非洲每一次'债务陷阱'的制造者,"津巴布韦执政党津非洲民族联盟－爱国阵线信息与宣传书记克里斯托弗·穆茨万古瓦最近

2023年6月29日,在长沙国际会展中心,参会嘉宾从中非高质量共建"一带一路"成果展展厅前经过。

新华社记者 陈晔华 摄

在北京参加活动时对新华社记者说,"在中国(提供帮助)之前,对于非洲来说,如果想要资本,去巴黎,那里的资本很贵;去纽约,那里的资本更贵;如果去伦敦,那里的资本'贵翻了天'。"

美国金融霸权也是一些发展中国家陷入债务危机的重要原因。美国利益集团和金融机构联手,数度在新兴市场国家制造债务危机,从这些国家巧取豪夺巨大经济利益。20世纪90年代,阿根廷利用国际低利率环境大幅举债,还被美国灌下"新自由主义"迷魂汤,到2001年金融危机爆发时负债额高达千亿美元,因无法还债被迫于2005年和2010年两次进行债务重组,至今仍受债务问题困扰。

广东外语外贸大学副教授、非洲研究院特聘研究员叶剑如指出,美国不负责任的货币政策是发展中国家债务问题集中爆发的导火索。美国先是实行超宽松的货币政策,让低息美元大量涌入非洲及新兴市场国家,然后激进加息,吸引美元回流美国,导致发展中国家流动性不足、资金链断裂、货币贬值,以美元计价的偿债压力飙升。

中国是摆脱"贫困陷阱"的伙伴

发展中国家债务问题的本质是发展问题。解决发展中国家债务问题不仅要通过债务处理等手段治标,也要治本,提升其自主可持续发展能力。中国在"一带一路"合作中为发展中国家提供贷款,主要用于发展中国家基础设施和产业建设,有利于其改善发展经济的基础条件,增强经济"造血能力"。

有关统计显示,共建"一带一路"倡议提出10年来,拉动近万亿美元投资规模,形成3000多个合作项目,为沿线国家创造42万个工作岗位,让将近4000万人摆脱贫困。这些项目给发展中国家带来实实在在的利益:中老铁路让老挝从"陆锁国"变成"陆联国";斯里兰卡普特拉姆电站点亮了万家灯火；蒙内铁路拉动肯尼亚经济增长超过 2 个百分点……

中国对外合作项目是否有助于当地发展、改善民生，当地民众最有发言权。2022 年 6 月，南非黑尔堡大学一项研究定量分析了中国贷款对 15 个非洲国家发展的影响，认为中国帮助非洲发展基础设施的努力切实促进了非洲经济增长，中国一直是帮助非洲发展的重要力量。

南非驻华大使谢胜文最近在参加第三届中非经贸博览会时说："南非自 2015 年参与共建'一带一路'以来，基础设施得到很大提升，这对我们的经济发展起到重要作用。"他表示，越来越多中资企业加大对南非各领域投资，不仅帮助南非改善交通基础设施，还创造大量就业岗位，对推动南非经济现代化发挥重要作用。

此外，中国还履行职责有效执行缓债措施。世界银行研究指出，2008 年至 2021 年，中国对低收入国家债务进行 71 次重组。2020 年，中国积极响应二十国集团缓债倡议，仅当年缓债额便超过 13 亿美元，占二十国集团缓债总额的近 30%，是二十国集团中贡献最大的国家。

"事实是中国没有令任何人陷入所谓的'债务陷阱'，我们非洲大陆知道自身需要什么，"加纳智库非中政策咨询中心执行主任保罗·弗林蓬 2023 年 6 月在一个媒体论坛上说，"以基础设施领域为例，中国总是给我们提供效率更高、成本更低的替代选项，这使非洲人民受益无穷。"

"我们期待获得更多来自中国的投资，"曾担任津巴布韦驻华大使的穆茨万古瓦说，"因为来自中国的投资正在使非洲实现现代化，将非洲带入全球经济舞台，这是西方国家之前从未做到过的。"

2023 年 4 月，中国外交部发言人曾就非洲债务问题回应说："中国不是非洲国家'债务陷阱'的源头，而是帮助非洲等广大发展中国家摆脱'贫困陷阱'的伙伴。一些美西方政客编织各种话语陷阱，企图干扰破坏中国同发展中国家合作，他们的伎俩已经被广大发展中国家和国际社会看穿，越来越没有市场。"

▶ 虚假叙事　误导预期
起底美西方抹黑中国经济的惯用套路

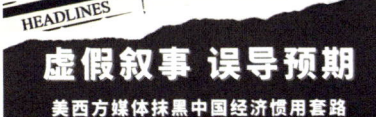

HEADLINES

虚假叙事　误导预期
美西方媒体抹黑中国经济惯用套路

在报道中国经济时，美西方"严肃"媒体不严肃惯用各种套路出现一系列反智反常、煞有介事的报道

套路一

双重标准

一贯坚持"双重标准"，呈现"集体斜视"症状，报道常常陷入角度雷同、持论极端的窠臼；长期在"中国崩溃论"和"中国威胁论"之间横跳。

套路二

数字游戏

玩弄"数字游戏"即用看上去光鲜但不够真实全面的统计工具为美西方国家粉饰太平，用具有低估效应的统计工具抹黑中国经济。

套路三

选择性失明

抹黑中国经济，对中国经济的好消息不报或者少报，动辄造谣带节奏、制造恐慌。某些"专业人士"由此得出的结论往往显得一惊一乍、荒诞可笑，公信力式微。

套路四

虚假叙事

人为拉高市场预期，再以"不及预期"的负面消息打压市场信心；给中国经济场景加滤镜、摆拍照片、公然扯谎；从虚假证据推导出虚妄结论。

这些套路的背后，一方面是长期的意识形态偏执，使西方媒体记者基本丧失了以客观眼光观察中国经济的能力；另一方面，是某些媒体受利益驱动，通过炒作抹黑收割流量，扩大收益。

"中国经济将要崩溃""中国经济增速远低于美国""中国关键经济数据消失""上海变成鬼城"……近期,一系列反智反常、煞有介事的报道频频出现在美西方所谓"严肃"媒体上,令人匪夷所思。

对这些报道稍加梳理,便可发现,此类说辞破绽百出,了无新意,都跳不出"双重标准""数字游戏""选择性失明"和"虚假叙事"等美西方抹黑中国经济的惯常套路。

这些套路的背后,一方面是长期的意识形态偏执,使西方媒体记者基本丧失了以客观眼光观察中国经济的能力;另一方面是某些媒体受利益驱动,通过炒作抹黑收割流量,扩大收益。

"双重标准"下的"集体斜视"

美西方媒体报道中国经济时,一贯采用"双重标准",呈现"集体斜视"症状,导致报道常常陷入角度雷同、持论极端的窠臼。

在"双标"魔怔下,美西方媒体长期在"中国崩溃论"和"中国威胁论"之间横跳:一旦中国经济出现周期性调整或阶段性挑战时,"中国崩溃论"便活跃起来;当中国经济加快恢复或某些行业取得较快发展时,"中国威胁论"便粉墨登场。

近日,部分美西方媒体宣称,中国经济放缓正波及亚洲邻国。美国《华尔街日报》报道称,日韩等国的经济困境源于中国经济形势不好;英国《金融时报》则报道说,韩国、澳大利亚等国经济短期内难以复苏,是因为中国经济低迷。

然而,这些媒体均未提到,美国以"脱钩断链""去风险"为名,扰乱全球市场秩序,阻挠对华贸易是相关国家遭遇困境的首要原因;也没论及,美西方极端财政货币政策对全球金融和贸易的严重冲击。此外,美西方媒体对美债危机、美国信用评级遭下调、美欧银行业危机等事件均刻意

2023年4月30日，游客在上海外滩游玩。当日是"五一"假期第二天。

新华社记者 辛梦晨 摄

淡化，对其全球溢出效应直接表现为失声失语。

2023年以来，美国《纽约时报》等媒体与政客联手，密集抹黑中国经济，一方面称中国经济增速放缓给全球经济带来"令人担忧的风险"，是"终极未知数"；另一方面声称中国新兴产业依靠政府补贴获得"不当竞争优势"。这种把"中国崩溃论"和"中国威胁论"相提并论的做法，根本不顾忌公众对他们的信任危机。

他们刻意忽略2013年到2021年中国对世界经济增长的平均贡献率超过七国集团总和，以及中国经济近年来年均增长率远高于世界经济、发达经济体的平均增速等基本事实。他们在攻击中国经济政策时，对美国推出包含高额补贴条款的《通胀削减法案》等保护主义措施，均绝口不提。

深陷双标思维的美西方媒体，不仅对不同主体无法做到一视同仁，对

2023年9月14日晚，游客在新疆喀什古城景区游览购物。

新华社记者 郝建伟 摄

同一主体不同时期的报道，也无法保持一致，以至于经常出现前后"穿帮"的状况。

2022年6月，英国《经济学人》报道称中国严格的防疫政策导致经济"失去活力"；半年多后，这家媒体又称中国优化调整防疫政策会扰乱世界经济，带来"痛苦副作用"。

可见，众多美西方所谓"主流媒体"的大量涉华议题设置，本质上已沦为一遍遍重复"都是中国的错"和"中国做什么都是错"之类的陈旧话术。

玩弄"数字游戏"欺骗公众

美西方媒体往往自诩为专业、公正,喜欢旁征博引数据佐证观点。不过,仔细分析后却会发现,其所谓"专业性"主要体现在玩弄"数字游戏"方面,即用看上去光鲜但不够真实全面的统计工具为美西方粉饰太平,用具有低估效应的统计工具抹黑中国经济。

一个值得解剖的典型是,2023年8月26日《经济学人》在杂志封面报道中说:"(中国)经济二季度年化增长率只有令人失望的3.2%,而让(中国)情况看起来更糟糕的是,一项重要预期显示美国经济年化增长率近6%。"

须知,疫情前的十年间,美国经济年均增速仅为2.25%,如今怎么可能达到6%?而中国经济3.2%的增速又从何而来?《经济学人》之所以得出如此违背常识的论断,是因为刻意不使用中国国家统计局二季度经济同比增长6.3%的数据,而是根据二季度环比增幅0.8%,用"环比折年率"的方法,即假定未来三个季度保持同样环比增幅,折合得出年增长率。环比折年率得出的数据显然低于同比数据。

值得注意的是,如果同样使用环比折年率法衡量美国经济,那么按年率计算美国二季度经济增幅是2.1%,仍然低于中国经济增幅。然而,《经济学人》偏偏没有对中美经济数据做同口径估算。

新华社记者注意到,这一报道中所谓"美国经济年化增长率近6%"的说法,来自美国联邦储备委员会下属亚特兰大联邦储备银行一个计算模型作出的预测,其预测值最高时接近6%。亚特兰大联储专门说明,由于该模型把第三季度的部分数据也纳入了计算公式,其预测并不可靠,比市场普遍预期平均值高出一倍以上。

用不具可比性的统计口径,选择性衡量中外经济数据,得出骇人论断

杭州奥体中心体育游泳馆（左）与杭州奥体中心体育场（右）（2023年4月26日摄，无人机照片）。

新华社记者 江汉 摄

后，再高调炒作。《经济学人》这套扭曲数据欺骗公众、揣着明白装糊涂的做派，实在跟"专业"搭不上边，只会令人不齿。

"选择性失明"伴随"习惯性造谣"

2023年8月30日，美国商业内幕网站援引美奇金投资咨询公司发布的一份报告称，找不到中国水泥、玻璃等关键产品近期的生产数据，指责中国拒不发布重要经济指标，并以此推测中国经济形势不妙。

这让不少经济分析人士感到诧异。因为，早在2023年8月15日，中国国家统计局发布中国规模以上工业增加值数据时，已详细公开主要产品产量数据，其中就包括水泥、玻璃等产品的数据。

作为专业市场咨询服务商和财经媒体，上述机构是真没看到这些数据，还是"选择性失明"？人们不得而知。然而，对中国经济的好消息不报或者少报，动辄造谣带节奏、制造恐慌，正是美西方抹黑中国经济的另一套路。

譬如，不少美西方媒体热衷于报道中国海关进出口数据，却往往无视国际收支数据。分析人士表示，海关数据存在各国口径不一、季节性波动较大的特征，其可比性和参考价值都不如全球标准统一的国际收支数据。

美西方媒体对这两项数据厚此薄彼的深层原因在于，中国近年来国际收支数据一直保持基本稳定，占国内生产总值（GDP）的比例也处于合理区间，不便炒作，而海关进出口数据季节性波动较大，是唱衰中国经济的理想材料。

2022年中国国际收支报告显示，2022年货物贸易顺差较2021年增

武汉阳逻港一期码头（2023年7月5日摄，无人机照片）。

新华社记者 伍志尊 摄

长 19%，凸显中国产业链、供应链韧性以及出口新动能的快速成长；服务贸易逆差收窄 9%，主要是新兴生产性服务贸易收入增长。该报告还指出，直接投资仍是境外资本流入的稳定渠道，国内经济发展前景和广阔的市场空间继续吸引国际长期资本投资。当然，这些积极数据直接被美西方媒体无视。

在"选择性失明"影响下，美西方某些"专业人士"得出的结论往往显得一惊一乍、荒诞可笑。

《纽约时报》专栏作家保罗·克鲁格曼近日发表文章说，中国经济正处在"危机的边缘"。事实上，他十多年来反复撰文预言中国经济即将崩溃。只是中国经济不仅没有崩溃，反而持续向好发展。

以虚假叙事误导预期

随着中国优化调整疫情防控政策，美西方媒体在报道中刻意营造出这样的叙事：即中国消费市场应立即"报复性"上涨，中国经济应持续"强劲反弹"。一旦不及所谓"预期"，就意味着中国经济有了大麻烦。

澳大利亚经济学家郭生祥认为，上述叙事方式是脱离实际和常识的臆想。其实质是人为拉高市场预期，再以"不及预期"的负面消息打压市场信心，进而继续误导预期。

中国英国商会副主席陶克瑞近期接受新华社记者专访时表示，中国处在调整防疫政策后的第一年，市场各方面指标已经逐步恢复并向好发展，而西方国家从调整防疫政策到经济复苏都经历了较长过程，至今困难重重，外界应对中国经济有信心、有耐心。

除先入为主式的报道外，美西方媒体虚假叙事还表现在给"市面""人气"等直观反映中国经济状况的场景加滤镜、摆拍照片和公然扯谎。

美国《新闻周刊》近日刊登照片，显示上海街道空旷，星巴克咖啡馆顾客稀少。在没有核实的情况下,这家媒体引用了照片发布者的评论,称上海成了"鬼城","中国(经济)有麻烦了"。

这种从虚假证据推导出虚妄结论的叙事方式,基于"莫须有"的抹黑逻辑,即或许某些批评的真实性存疑,但关于中国经济的担忧是有依据的。这充分暴露了西方媒体抹黑中国经济的反智本质。

一名香港金融机构高管告诉新华社记者,西方媒体炒作中国经济负面消息的手法过于浮夸,一味渲染恐慌氛围,毫不顾及基本面,"令人越来越感到失望"。

▶ 中国投资海外港口构成威胁？
美国谬论尽显霸权逻辑

美国政客与媒体近来抹黑中国与其他国家的港口合作，散播所谓"中国投资全球港口威胁论"，声称中国投资海外港口使其"更容易为中国海军提供支持"，是"隐藏于众目睽睽之下的地缘政治风险"。

美国的指控纯属无中生有。大量事实证明，中国与相关国家的港口合作旨在推动中外经贸发展，并在发展当地经济、改善基础设施、增加当地就业等方面发挥了积极作用。中国在港口合作中尊重相关国家意愿，不干涉别国内政，遵守当地法律法规，赢得各方肯定。

相反，在全球各地建立军事基地、不断破坏世界和平稳定的恰恰是美国自己。美国不反思自身问题，贼喊抓贼、抹黑中国，尽显霸权逻辑的荒诞与虚伪。

港口合作造福各国

在希腊比雷埃夫斯港（简称比港），埃菲·瓦雷拉亲眼见证了这个希腊第一大港接受中国公司投资后摆脱困境、重新焕发活力的过程。

比雷埃夫斯在希腊语中意为"扼守通道之地"，一直是希腊的重要港口。多年前，比港经营陷入困境。中国远洋海运集团（中远海运）2008年与希腊方面签署特许经营权协议，2010年接管比港二号、三号集装箱码头，2016年收购比港港务局67%股权并接手港务局经营。十多年来，中远海运对码头建设和升级投资已超过6亿欧元。如今比港已成为地中海第一、欧洲第四大港口和全球发展最快的集装箱港口之一，2022财年营收达1.95亿欧元，较上一财年增长26.2%，净利润5290万欧元，较上一财年增长43.9%，为当地创造约3000个直接就业岗位和数以万计的间接就业机会。

2010年加入中远海运港口比雷埃夫斯码头有限公司的瓦雷拉是比港复兴历程的见证者，更是受益者。她攻读航运业方向工商管理硕士学位，实现了个人成长。她希望未来能够利用学到的知识帮助比港实现进一步腾飞。

比港项目得到当地广泛认可。2022年，比港分别获得希腊旅游部颁发的"旅游业突出贡献奖"、希腊航运报评选的"经济贡献钻石奖"，并被雅典证券交易所纳入可持续发展公司指数。希腊总

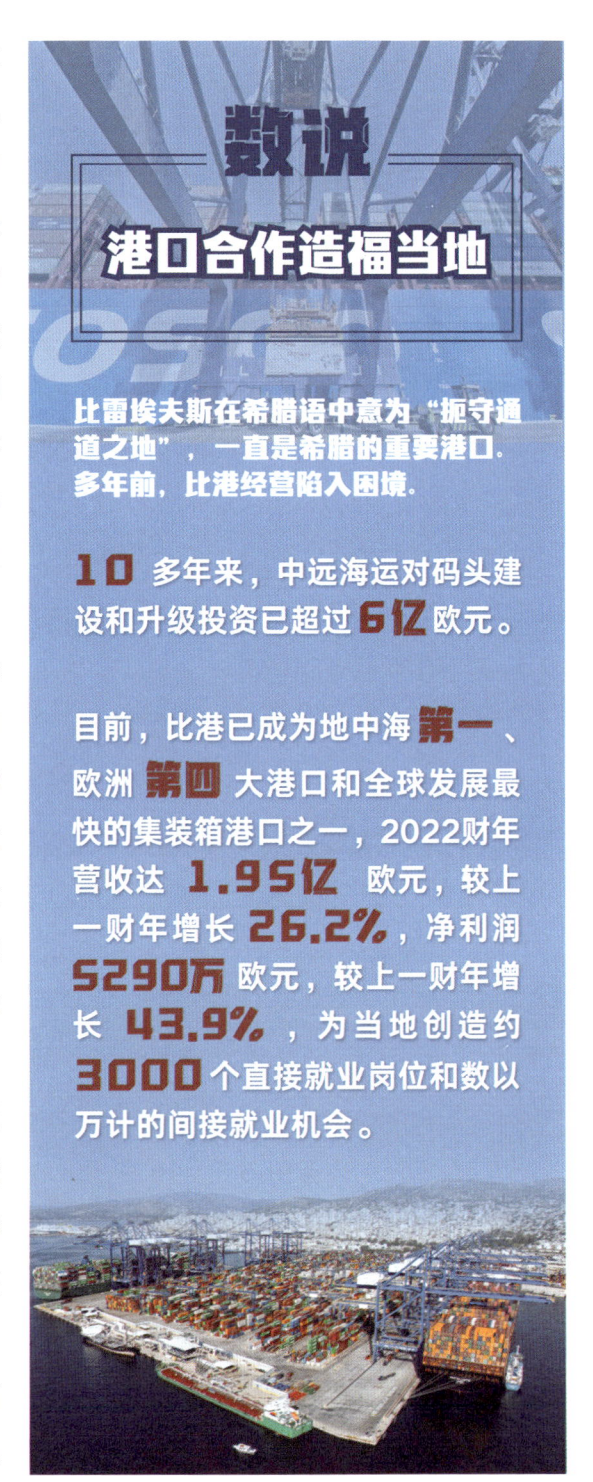

数说
港口合作造福当地

比雷埃夫斯在希腊语中意为"扼守通道之地"，一直是希腊的重要港口。多年前，比港经营陷入困境。

10多年来，中远海运对码头建设和升级投资已超过**6亿**欧元。

目前，比港已成为地中海**第一**、欧洲**第四**大港口和全球发展最快的集装箱港口之一，2022财年营收达**1.95亿**欧元，较上一财年增长**26.2%**，净利润**5290万**欧元，较上一财年增长**43.9%**，为当地创造约**3000**个直接就业岗位和数以万计的间接就业机会。

理米佐塔基斯称赞，在希中双方共同努力下，比港合作取得巨大成功，打造了双赢的标志性合作项目。

中国同其他国家港口合作的类似成功案例还有很多。

在巴基斯坦，作为中巴经济走廊旗舰项目的瓜达尔港已建成拥有3个两万吨级泊位的多用途码头，具备全作业能力，可处理散货、集装箱、滚装货物、石油液化气等各类业务。与港口配套的道路、医院、学校、新机场等基础设施项目有序推进，各项功能日趋完善，市场吸引力不断增强。

在斯里兰卡，中企在海外开发运营的首个经济特区科伦坡港口城被美国《福布斯》杂志评为"影响未来的五座新城"之一。管理咨询公司普华永道评估，该项目在开发运营过程中将为斯里兰卡吸引超过97亿美元外国直接投资，为斯政府增加超过50亿美元财政收入，为当地创造总计超过40万个优质就业岗位。

在沙特阿拉伯，中企在当地实施水工、路桥、基础设施等项目超过50个，陆续修建起海尔港、达曼港、延布工业港码头、吉达集装箱码头、吉赞港口等，有效带动当地经济社会发展，为沙特石油经济转型和实现"2030愿景"提供助力。

在尼日利亚，由中企投资、建设和运营的莱基深水港是该国首个现代化深水港，也是西非地区最大的港口之一，将有力推动尼日利亚产品尤其是农产品出口，预计未来几年将为该国提供近20万个直接和间接工作岗位。

中国企业多年来积极投入共建"一带一路"国家港口等基础设施建设，给相关国家带来了实实在在的利益。阿尔及利亚－中国友好协会主席伊斯梅尔·德贝什说，中国帮助许多国家建设铁路、港口等基础设施，推动了这些国家经济的可持续发展。瑞典"一带一路"研究所副所长侯赛因·阿斯卡里认为，通过共建"一带一路"，中国公司在海外参与建造大量铁路、公路、港口、发电厂等，共建国家民众从中受益匪浅。

美方指责无中生有

中国与相关国家港口合作的成果有目共睹，在国际上获得广泛称赞，但在美国一些人口中却成了"可能成为军事基地"和"带来地缘政治风险"。这样的指责毫无事实依据。

中国与斯里兰卡合作开发的汉班托塔港就被美国长期抹黑为"有军事意图"。对于这一谎言，斯里兰卡政府多次澄清。斯总统维克拉马辛哈2023年6月再次强调，目前中国企业在管理汉班托塔港，但该港安全仍由斯里兰卡政府控制。"我们与中国没有军事协定，未来也不会有任何军事协定，我也不认为中国会签订这样的协定。"

西班牙《起义报》网站刊文指出，"一带一路"是开放且不断发展的实践的综合，对于这种与其他国家互相接近和共同建设的一体化进程，不能用国际关系中传统的现实主义或地缘政治观点来理解。美国将中国视为威胁，导致"越来越多的猜疑和不满蒙蔽了他们的双眼"。"按照他们想象的权力游戏，可以轻松预测他们对中国'崛起'的反应，那就是贸易战、敌对行动和歧视。"

包括港口合作在内，中国与其他国家开展共建"一带一路"合作以共商共建共享为原则，充分尊重相关国家意愿，积极寻求发展战略对接，以实现共同利益最大化，创造更多共同发展的机遇。有关合作从不干涉别国内政，从不针对第三方，从不对任何国家构成安全威胁。

近年来，中国政府发布一系列规定，要求中国企业开展境外投资和运营应遵守业务所涉国家和地区政府关于外资准入、贸易管制、国家安全审查、行业监管、劳工权利保护、环境保护、反贿赂、数据保护、知识产权保护、反洗钱、贸易管制等方面的法律法规和监管要求，尊重当地风俗习惯，依法合规开展境外投资活动。中方同有关国家的合作在阳光下运行，光明磊落、坦坦荡荡。

美国自身也是中企参与海外港口建设的受益者。中远海运是波士顿港的重要客户和合作伙伴，自2002年3月开通从中国大陆到波士顿港的直航航线以来，双方深耕和拓展务实合作，不仅保住了波士顿港原有的9000个就业岗位，还累计创造了40万个就业机会，受到当地政府和民众高度评价。波士顿港务局前负责人迈克·梅朗表示，波士顿港同中远海运合作20年来，给马萨诸塞州及新英格兰地区创造了大量就业岗位，是美中经贸合作的完美例证。

美国霸权逻辑尽显荒诞与虚伪

美国在港口问题上无端指责中国，却完全无视一个事实：美国才是拥有最多海外军事基地的国家。根据美国智库昆西治国方略研究所2021年的数据，美国在海外80个国家和地区设有约750个军事基地，遍布亚洲、欧洲、中东、非洲、拉美等地区。

正是凭借这些基地的支撑，美国到处炫耀武力、干涉内政、发动战争。从军事入侵阿富汗、伊拉克，到武装干涉叙利亚、利比亚，美军的行动造成大量平民伤亡，破坏了这些国家的原有秩序，为极端势力、恐怖组织的滋生提供了温床。可见，真正对世界和平稳定构成严重威胁的是美国自身。

近年来，美国沉迷于"大国竞争"，将中国视为"最主要竞争对手"和"最重大地缘政治挑战"，不断强化在中国周边的军事存在，导致地区局势日益紧张。美国民主党籍总统竞选人玛丽安娜·威廉森2023年6月在参加美国WMUR-TV电视台一档对话节目时指出，美国在中国周边有313个军事基地。威廉森直言："世界其他国家在关注伊拉克，世界其他国家在关注过去20年间在阿富汗发生的事情。你觉得，他们是会将中国视作对全球安全更大的军事威胁，还是将美国视作对全球安全更大的军事威胁？"

对于中国同其他国家正

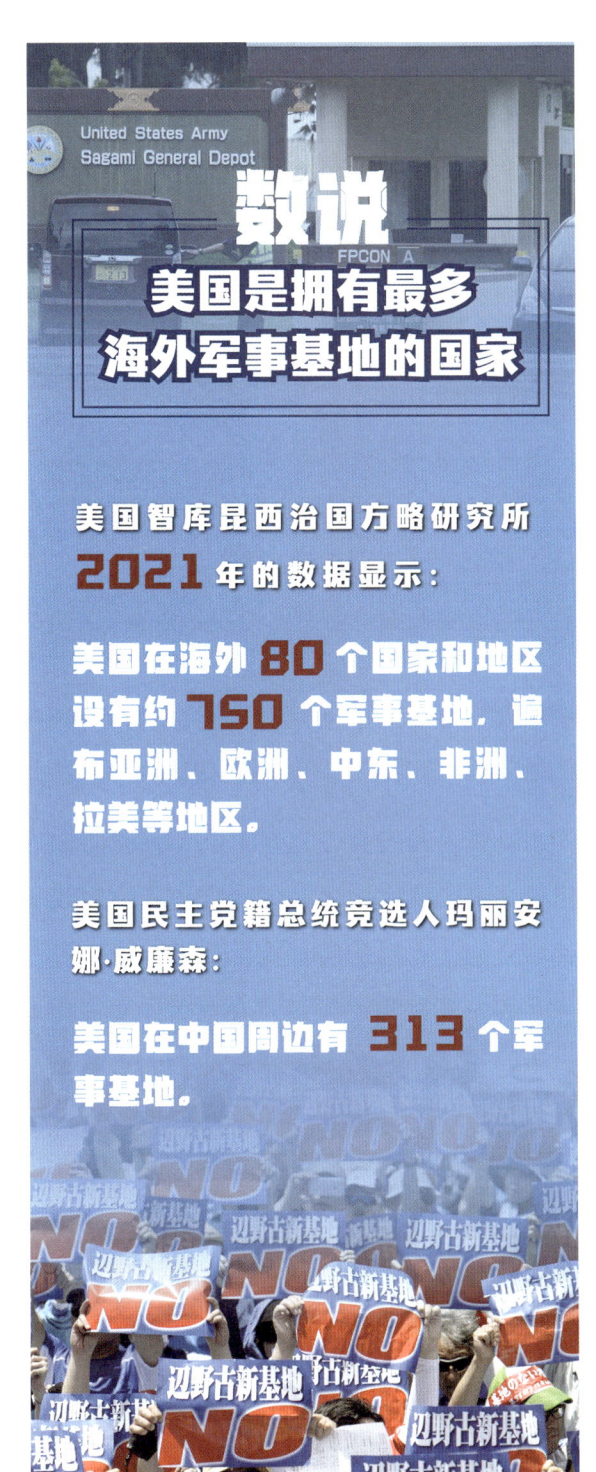

数说
美国是拥有最多海外军事基地的国家

美国智库昆西治国方略研究所 **2021** 年的数据显示：

美国在海外 **80** 个国家和地区设有约 **750** 个军事基地，遍布亚洲、欧洲、中东、非洲、拉美等地区。

美国民主党籍总统竞选人玛丽安娜·威廉森：

美国在中国周边有 **313** 个军事基地。

常的港口合作，美国不仅造谣抹黑，还用种种手段破坏阻挠。经常鼓吹"中国投资全球港口威胁论"的美国《华尔街日报》就曾刊文，详细描绘了美国政府如何利用外交、情报等手段进行"幕后运作"，最终阻挠中企竞标克罗地亚里耶卡港升级改造项目的过程。报道称，美方的行动"提供了一扇窗口"，让人得以了解美国官员如何在更广泛的战略下"对抗中国在欧洲的影响力"。这番不以为耻反以为荣的报道引发不少网民批评，很多人直斥美方举动"可耻"。

美方在自身军事基地和中国港口投资问题上表现出的逻辑，与它在其他问题上的双标做派一脉相承。在美国口中，美国的智能设备、操作系统、社交媒体平台就是可靠的"高科技产品"，中国企业的5G技术和设备就是"安全威胁"；美国提供贷款就是"帮助发展中国家"，中国提供贷款就是"债务陷阱"和"新殖民主义"；美国反恐就是"正义之举"，中国反恐就是"践踏人权"；美国国会山发生骚乱就是"危害民主"，中国香港发生暴力活动就是"美丽风景线"……

美国的荒唐言行充斥着"我可以而你不能"的霸权逻辑，目的就是要阻碍中外交流和中国发展，维护美国霸权。古巴拉美社发表评论指出，在美国看来，中国的所有成就都是罪过，美国必须加快遏制中国，削弱其经济实力，确保华盛顿维持在世界上的主导地位。但美国的战略难以成功，因为它充斥着集团对抗、冷战思维以及自私的地缘政治算计。

扫描二维码查看视频

▶"去风险"难掩遏华本质

警惕"去风险"的话术陷阱系列评论之一

在对华关系问题上，美高官近期多次表态，对华不寻求对抗、冷战或"脱钩"，而是聚焦所谓"去风险"，但是看看他们是如何推动"去风险"的就会发现，变的只是口径，不变的是行径——将对华经贸活动贴上"风险"标签、推动重点产业链供应链"去中国化"、打造破坏正常中外技术交流的"小院高墙"……这不是"脱钩"又是什么？以"去风险"之名行对华"脱钩"之实，继续遏制孤立中国，才是美国话术陷阱背后的真实图谋。

风险是所有经济活动固有的，防范风险不是什么新鲜事。在遭遇新冠疫情、乌克兰危机等事件后，一些国家主张加强产业链建设、提升供应链韧性，提出"分化风险"等。合理的安全关切可以理解，但美国却利用这种心态泛化安全风险，贩卖安全焦虑，将"去风险"的概念扩大化工具化，并通过不断地炒作、利用、异化这一概念，将其与中国关联，意图将中国与"风险"画上等号，将"去风险"路径简化为"去中国化"，以此为对华遏制战略换上新装。世界报业辛迪加网站刊文说，"去风险"这一新话术"暗示与中国的贸易存在固有风险"，中国认为"去风险"与"脱钩"之间没有实质性区别是"有道理"的。

话术变了，背后的目的却一点没变。美国总统国家安全事务助理沙利文一边说寻求"去风险"不是"脱钩"，一边却大谈美国要在关键技术领域设置所谓"小院高墙"战略。在自身遭受巨大损失，严重干扰全球产业链供应链稳定招致大量批评之后，美国一系列操作的目的还是要将中国排除出关键供应链之外，限制中国向产业链价值链更高端攀升，遏制打压中国发展壮大，以维持自己的霸权垄断优势。

韩国大邱大学经济金融系教授金良姬说，如果在"脱钩"前加上修饰语"选择性"，与"去风险"之间的实质性差异就会消失。《南华早报》刊文说，不管美国使用何种话术，背后动机仍是敌视其他地区发展愿望、维持美国霸主地位。

美国为了"脱钩"耍出了"四板斧"：对中国企业进行制裁，扩大美国对中国投资限制的范围，加强对先进芯片技术等领域的贸易限制，阻碍中美科技合作交流。如今美国虽表态不愿"脱钩"而要"去风险"，但相关政策一项都没有松动，反而变本加厉。美国国会参议院多数党领袖舒默2023年5月初宣布一项名为"中国竞争法案2.0"的跨党派提案，试图通过限制投资和技术流向中国赢得对华"竞争"。2023年6月12日，美国商务部将主要涉及航空相关领域的31家中国实体列入原则上禁止出口的"实体清单"。美国不仅自身滥用出口管制措施，还不惜损友自肥，胁迫诱拉一些盟友加入对华出口限制的小圈子。

此外，在所谓"印太地区"力推"印太经济框架"和"芯片四方联盟"；在大西洋地区强化美欧贸易和技术委员会机制；在美洲地区发起"美洲经济繁荣伙伴关系"……在这些"小圈子"中，美国塞进了诸多排他条款，频频炒作所谓中国"经济胁迫"，绑架诱拉盟友组建"供应链联盟"，打造把中国排除在外的"平行体系"，美国与中国的"脱钩"或"选择性脱钩"步伐实际上正在加快。

不管措辞怎么变，美国以冷战思维看待美中关系的做法没有变，将经贸、科技问题政治化、意识形态化的取向没有变，围堵打压遏制中国的目标更没有变。美国为了维护自身霸权，违背各国意愿推进"阵营化"，破坏全球产业链供应链，给世界繁荣稳定构成真正的风险。

实际上，美国"去风险"的战略忽悠已经引起广泛警觉。在美国工作的英国籍学者尼亚尔·弗格森撰文说，欧洲人对美版"去风险"提出质疑，原因有三：一是他们将美国《通胀削减法案》视为拜登版"美国优先"；二是他们意识到沙利文的"高墙"也会使欧洲无法参与人工智能竞赛；三是他们担心美国技术上遏制中国的政策将产生意料之外的后果。美国卡内基国际和平研究院发布报告警告说："美国的技术基础与中国密不可分地连入一个覆盖全球的技术网络，如果随意切断并重组这一网络，后果将是可怕和危险的。"

报告作者乔恩·贝特曼认为，如果切断与中国的技术联系，将伤及美国自身：一是苹果等美国企业不可能在中国之外以类似成本复制供应链，"脱钩"将对美国重要科技公司带来极大伤害；二是美国在部分领域需要中国的科技产品和原材料，"脱钩"将给美国应用相关技术、制造相关产品造成巨大困难；三是"脱钩"将阻碍两国科技人才交流，对美国科研、

2023年4月26日，观众在第二届中国（安徽）科技创新成果转化交易会上拍摄"九章"光量子计算原型机模型。

新华社记者 黄博涵 摄

教育等领域带来巨大挑战。

美国财政部长耶伦 2023 年 7 月 9 日总结访华之行时说，听到了中方认为"去风险"相当于"脱钩"的关切，并表示解决相关问题非常重要。在与美国打交道的过程中，中国向来听其言观其行，希望美国是真听懂了中方的意思，以实际行动证明自己并不寻求与中国"脱钩"，从根本上纠正其对华错误认知，改变其错误对华政策。

▶"去风险"背后是美国霸权焦虑
警惕"去风险"的话术陷阱系列评论之二

"脱钩"也好,"去风险"也罢,说到底都体现了美方坐立不安、难以自处的惶恐纠结心态。面对中国的快速发展,美国的霸权焦虑症愈发严重,想尽一切办法对华遏制打压。当前,美国需要做的不是编织话术陷阱,构建"去中国化"的所谓联盟,而是摆脱冷战思维、痴迷霸权的心魔,摆正与其他国家相互尊重、平等交往的心态,顺应时代和平发展潮流,走合作共赢的大道,否则"去风险"去到最后,只会让自己陷入更加困难的境地。

所谓对华"去风险",不过是去除威胁美国霸权的"风险"。美国对中国的歧视和偏见根深蒂固,对中国的发展怀有成见和戒心。美国一贯以意识形态偏见、二元对立的冷战思维看待中国。从"亚太再平衡"到"印太战略",从贸易战到产业战、科技战,从"竞争、合作和对抗"的"三分法"到"投资、联盟、竞争"的"三点论"……美国近年来将中国塑造成了挑战其霸权的"假想敌",把围堵打压中国当作第一要务,遏制中国这一政策主线从未发生变化。当冷战思维充斥头脑,美国看待中国的一举一动都充满"敌意"和"风险"。"间谍气球""间谍冰箱""间谍起重机""间谍农田"……这些荒谬的言论、草木皆兵的行为皆反映出美国对华遏制打压的扭曲和狭隘心态。英国48家集团俱乐部主席斯蒂芬·佩里指出,对美国来说,通过"妖魔化"中国来解释中国的快速发展,似乎比正视现实、公平竞争更加容易。

美国视中国为威胁，是在以己度人，拿"国强必霸"的模板硬套在中国身上，犯了战略认知的错误。冷战结束后，美国独霸全球，开启了恃强凌弱、巧取豪夺的"霸权霸凌霸道"模式。凭借在军事、经济、科技等领域的优势，美国四处煽风点火，策动战争，制造对抗，武力推翻他国政权；奉行"美国例外"，无视国际法和国际规则，严重破坏国际秩序；操纵国际金融体系，收割全球财富；蛮横实施长臂管辖，到处挑起贸易争端；操弄国际舆论，强行输出美式价值观。对照美国所作所为，也就不难理解美国为何会把共建"一带一路"倡议与带有明显意识形态、地缘政治色彩的马歇尔计划相提并论，会抹黑中国电信企业给各国带来"国家安全风险"……美国臆想的所谓"风险"，正是自身劣迹的投射，这些"有罪推定"件件在美国自己身上有迹可循。然而，美国误判了中国的发展目标。中国的目标光明正大，就是让人民过上更好日子，为世界作出更大贡献，而不是

2023年2月19日，在美国首都华盛顿，一名抗议者手举标语在林肯纪念堂前参加集会。

新华社记者 刘杰 摄

去挑战或取代谁。中国坚持走和平发展、互利共赢的道路，给世界带来的是机遇不是危机，是合作不是对抗，是稳定不是动荡，是保险不是风险。

视中国为"风险"，源于自身竞争力下降，对霸权终结的恐慌。美国长期沉醉于"历史终结"，执迷于"一超独霸"，浑然不知世界格局已经发生了深刻变化。卡塔尔半岛电视台网站刊登分析师马尔万·比沙拉的文章指出，在过去20年里，美国的政治和经济衰落对其全球影响力和威信造成了损害，由美国主导的世界秩序正在崩溃的迹象已变得日益明显。近年来，发展中国家群体性崛起，勇敢对霸权行径说不，越来越多国家讨论"去美元化"，在美国的压力下拒绝"选边站队"，对美国兜售的"普世价值"不再买账，甚至不少美国盟友都不再盲从美国的意志。与国际社会绝大多数成员一样，中国主张反对霸权主义和强权政治，推动国际秩序朝着更加公正合理方向发展。让美国恐慌的是，随着中国国际影响力不断提高，这种力量在不断壮大，霸道规则和霸权秩序将再也行不通，美国翻手为云、覆手为雨的日子也将不复存在。美国国家情报委员会前副主席格雷厄姆·富勒撰文指出，美国一直沉迷于维持"世界唯一超级大国"的地位，为了孤注一掷地证明仍然能够对世界发号施令，便不惜一切阻止中国在世界上的影响力。

心魔不除，必遭反噬。对华"去风险"去不了美国的心魔，缓解不了美国的霸权焦虑。正如美国经济学家杰弗里·萨克斯所说，这个世界不需要任何霸权，美国应该放弃"领导世界"的念想。奉劝美国，从黑屋子里走出来见见阳光，睁眼看清世界大势，放下唯我独尊的执念，放弃对华遏制打压，秉持相互尊重、合作共赢的心态，投身和平与发展的时代潮流，这才是真正的降低风险、走向繁荣之道。

▶ 炒作中国"经济胁迫"是混淆视听贼喊捉贼

起底美国抹黑中国话术系列评论之一

近期,美国撺掇其他少数发达国家给中国扣上"经济胁迫"的帽子并以此为借口对华"反制"。这是一出典型的贼喊捉贼戏码。炮制借口、乱扣帽子是美国打压抹黑中国的一贯做法。谁是搞经济胁迫的惯犯,谁是经济胁迫的受害者?事实是最好的证明。

2022年5月1日,古巴民众在哈瓦那参加"五一"国际劳动节集会游行,反对美国对古封锁,表达爱国情感。

新华社发(华金·埃尔南德斯 摄)

美国智库新美国安全中心在一份报告中直言,经济胁迫措施一直是美国外交政策的工具。倚仗美元霸权,通过切断其他国家的美元供应和交易渠道,限制美元融通渠道、交易汇路等施压和制裁其他国家;使用包括制裁、限制进出口、加征关税等各种贸易管制措施,设立名目繁多的贸易管制清单;大搞"长臂管辖",制定《反海外腐败法》《敌国贸易法》等国内法直接对特定国家、组织或个人实施制裁……美国经济胁迫手段花样繁多,运用纯熟。美国用实际行动向世界表明,自己才是经济胁迫的"集大成者"。

对于经济胁迫,包括七国集团其他成员在内的美国盟友们有切身体会。他们多年来时常成为美国下手的"被胁迫者"。迫使日本签订《美日半导体协定》,先后对日本半导体、计算机等多种产品实施贸易制裁,削弱日本产业竞争力和发展;以"经济人质"为手段肢解法国阿尔斯通公司;以维护国家安全为由,对欧盟等多个国家和地区的钢铁和铝产品加征关税……在利益面前,美国对盟友丝毫不手软,把各种胁迫手段使了个遍。

近年来,美国泛化"国家安全"概念,动辄将别国企业拉入"实体清单",搞贸易禁运、技术封锁,实施单边霸凌打压。无论是《芯片和科学法案》《通胀削减法案》,还是所谓"友岸外包",都违反世贸规则,扰乱破坏全球产业链供应链,遭到广泛谴责乃至反制。2022年年底,世贸组织裁决美国对进口钢铝产品加征关税等做法违反世贸规则,美国非但不予纠正还滥用上述权利为相关裁决执行蓄意制造障碍……有人形容美国是"单边主义霸凌行径实施者、多边贸易体制破坏者、全球产业链供应链扰乱者",这生动刻画了美国"胁迫者"的国际形象。

美国之所以要给中国扣帽子,一是为其对华无理打压寻找托词,二是企图混淆视听、蒙蔽世人,将自己霸道行径包装成"正当"的"反胁迫措施",将自己粉饰成为"受胁迫国家"出头的"仗义大哥"。然而,这个

上图：2016年9月1日在肯尼亚蒙巴萨拍摄的建设中的蒙内铁路蒙巴萨特大桥项目。

新华社记者 潘思危 摄

下图：2022年7月28日，在肯尼亚察沃，一匹斑马在蒙内铁路行驶的列车附近吃草。

新华社记者 董江辉 摄

2022年7月5日，在中车株洲电力机车有限公司城轨事业部总成车间，工人在生产线上作业。

新华社记者 陈泽国 摄

"仗义大哥"人设却是一碰就碎。美国往往是让盟友冲锋在前，自己渔利在后。就以被美国官员拿来炒作所谓"中国经济胁迫受害者"的澳大利亚来说，美国一方面鼓动澳积极充当反华急先锋，另一方面却在澳对华出口煤炭、葡萄酒、棉花等产品减少之际增加了相应产品对华出口。《南华早报》评论，美国对中国的出口增长以"牺牲"澳大利亚为代价，美国一直在稳步"回填"其盟友留下的空白。

澳大利亚的遭遇让美国的盟友们意识到，美国炮制所谓中国"经济胁迫"，为的是美国的一己私利；美国鼓吹所谓"联合应对"，其实是要盟友们分担大国博弈的政治经济成本。美国兰德公司的一份报告揭露了美国的"盘算"：无论是对中国产品加征关税还是完全封杀，美国消费者将承受更高成本；但如果推行"联合应对"，这些成本将由所谓的"联盟成员"分担。对美国而言，只有永恒的利益，没有永恒的朋友。

"经济胁迫"这顶帽子戴在美国头上再合适不过，怎么都不该扣给中国。

众所周知，中国坚持走和平发展道路，坚定奉行互利共赢的开放战略。2013年到2021年，中国对世界经济增长平均贡献率超过七国集团总和。中国在推动"一带一路"合作时坚持共商共建共享原则，从不附加任何政治条件，从不谋取任何政治私利，将各国视为平等伙伴，开展互利互惠合作，迄今已吸引世界上超过四分之三的国家和32个国际组织参与其中。这充分证明，美国贼喊捉贼的拙劣把戏蒙蔽不了世人。

谁是"风险"，谁是"机遇"，世人自有公论。所谓"去风险"不过是蒙骗世人的幌子而已，其本质是把经济科技问题政治化、武器化，大搞排他性"小圈子""小集团"。打着"去风险"旗号鼓动对华"脱钩"悖逆大势，这种抹黑中国、给中国贴标签的做法绝不会得逞。

一帮政治骗子向全世界撒谎造谣，到头来会耽搁人类的发展与进步。

▶ 捏造中国"打压外资论"
是唱衰中国沉渣泛起

起底美国抹黑中国话术系列评论之二

近来,一些美国媒体阴阳怪气地发表文章,称中国对外企"不友好"、一些公司和投资者开始寻求与中国"脱钩"云云。基于事实、依法实施的举措,在他们眼里却成了妖魔化中国营商环境的"黑料"。这样的话术并不新鲜,且一再被现实打脸。与中国坚定推进高水平开放、携手全球企业书写共赢故事不同,美国漠视市场经济规则,为自由贸易设障,给外来投资筑墙。哪个搞双标,哪个搞霸凌,哪个背离市场原则,答案不言自明。

2023年以来,中国经济稳步回升,发展新动能表现强劲,外资企业追加新投资、落地新项目、开设新店铺,用行动给中国市场投下"信任票"。看事实,特斯拉储能超级工厂项目落户上海临港新片区,空中客车公司宣布在天津建设第二条生产线,生物制药企业阿斯利康拟投入约4.5亿美元在青岛建设生产供应基地;看数据,2023年前4个月,中国实际使用外资同比增长2.2%,其中高技术产业实际使用外资增长12.8%;看政策,在要"更大力度吸引和利用外资"指引下,"投资中国年"招商引资系列活动启动,各地纷纷加大招商引资力度。众多跨国公司高管紧锣密鼓展开"中国行",除了实地考察,还有一个重要目的就是"做多"中国……从中国发展高层论坛到博鳌亚洲论坛,从广交会到消博会,中国释放扩大开放的鲜明信号、搭建互利共赢的合作平台,不断以自身新发展为世界提供新机遇、新动力。

中国投资环境究竟好不好？比起那些隔着太平洋戴着有色眼镜的美国媒体，扎根中国的外企更有发言权。多年来，大批跨国企业与中国市场携手共进，为中国经济带来养分，分享中国发展红利，与中国"共成长"是许多跨国企业的共同心声。对很多外企来说，今日中国不仅是生产基地、巨大市场，更是战略要地和创新源泉。扎根中国20年的宝马集团，和众多外资车企一样，其经营策略已从"在中国、为中国"向"在中国、为全球"转变。面对世界经济增长乏力、国际局势复杂多变等多重因素，大量外资企业不仅没有放慢布局中国的脚步，而且积极抓住新产业新风口乘势而上，从制造到研发，外资在华战略的持续升级与本土化深耕，逐渐形成了中外企业齐头并进的共赢局面。中国欧盟商会发布最新报告显示，近六

浙江绍兴：营造良好涉外营商环境。2022年11月22日，在新昌县万丰航空特色小镇，当地出入境管理大队工作人员为一名英籍华人专家（右二）送去永久居留证。

新华社记者 翁忻旸 摄

成受访企业表示未来五年将"适度增加"或"显著增加"在华研发支出。

在跨国企业眼里,中国有着庞大且活跃的市场,完备的产业链、供应链配套体系,以及不断增强的研发创新能力,正展现出巨大的发展活力和投资潜力。与此同时,中国政府不断出台利好政策,为营造良好的外资营商环境、优化外商投资的自由化和便利化水平保驾护航:中国先后在全国范围内建立21个自由贸易试验区和海南自由贸易港,实施更大范围、更宽领域、更深层次对外开放;外商投资准入负面清单逐步做"减法",由最初的190项缩减到现在的27项,制造业条目已经归零,服务业开放持续扩大;《鼓励外商投资产业目录》持续做"加法",增加了多条高技术制造业条目……美国《国家利益》双月刊网站近期刊文指出,中国无可匹敌的"结构性竞争优势",源于其独特的经济和政治制度、庞大的体量以及具有竞争力的商业生态系统、世界级的人力资本和基础设施、创新网络等要素相互作用。

反观美国,惯以"市场经济捍卫者"自居,现实中却奉行"美国优先",于己有利就大谈"公平自由",于己不利就叫嚣"国家安全",限制投资、出口管制以及发布行政令直接干预等手段美国用起来"得心应手"。

市场经济以规则为准绳,其活力源于对市场主体经营、投资决策的尊重,源于合理高效的资源配置和分工合作。看看美国的所作所为:将国内法凌驾于国际规则之上,滥用贸易保护工具挑起贸易摩擦,用"实体清单"对别国企业搞技术封锁和供应链隔离,通过签署行政令强制叫停跨国企业在美运营;泛化"国家安全"概念,无理打压他国企业,从对华为的全方位封堵到对TikTok的疯狂围猎,步步紧逼搞有罪推定;收紧投资审查,对包括中国企业在内的外资企业投资设障,先后叫停多起外资并购交易;在半导体等高科技领域,美国以应对全球芯片危机为名,向全球多家芯片相关企业强索商业机密数据……近期,美国手段又有翻新,企图用"专利陷阱"来绊倒中国无人机企业。

2022年2月16日，在华晨宝马沈阳铁西工厂车身车间，机器臂在焊接车身。
新华社记者 杨青 摄

事实已经证明，抹黑唱衰中国不会让美国"再次伟大"。以零和思维打压外国企业经营、损害他国正当利益、扰乱全球经贸秩序，只会适得其反地打击全球企业对美国投资环境乃至国家信用的信心，为"负和经济学"平添注解而已。

美国贸易战损招造成多输局面
起底美国贸易战反智本质述评之一

英国《金融时报》近日发表评论文章说,美国发动的贸易战是一场"负和游戏",将被证明得不偿失。美国智库彼得森国际经济研究所也将美国贸易政策归为其"零和经济学"的一部分,认为美国对华贸易敌意可能逆转多年来令美国取得巨大成功的政策,结果将适得其反。这表明,美国贸易政策损人不利己的反智本质,正引发越来越多的反思。

这是2022年3月4日在美国首都华盛顿拍摄的美国总统拜登。拜登当天宣布提高联邦政府采购的"美国货"中美国制造零部件的比重,以促进美国制造业发展和增强国内供应链。贸易专家批评此举具有鲜明的贸易保护主义色彩,不利于推动市场竞争,将推高联邦政府采购成本和通胀压力。

新华社发(沈霆 摄)

近年来，美国肆意挥舞制裁大棒，不但未改变美国产业对外依赖程度，难使制造业回流美国，更使全球供应链更加复杂和脆弱，对全球经济造成深层次伤害。且其本国企业也成本提高、创新和竞争力下降，消费者利益受损。事实证明，在世界经济高度融合的今天，任何国家都无法凭一己之力取得持久发展。无论是"负和游戏"还是"零和经济学"，都与合作共赢的全球共识相悖，必将造成各方皆输的恶果。

据统计，美国上届政府累计实施逾3900项制裁措施，相当于平均每天3项。拜登政府延续了特朗普政府的贸易政策，还宣布将联邦政府采购的"美国货"中美国制造零部件的比重提高至75%，这是70年来"买美国货"政策的最大变化。这些做法具有鲜明的贸易保护主义色彩，严重伤害全球贸易信心。

"美国的'零和经济学'在现实经济领域不可能实现，经济关系中的逻辑要么是双赢，要么是双输，不存在单方面赢而另一方输的结果。"日本佳能全球战略研究所研究主任濑口清之表示，美国把零和思维用在经济

这是2021年10月28日在美国首都华盛顿拍摄的商务部大楼。

新华社记者 刘杰 摄

上，试图通过各种限制措施，达到抑制别人、自己胜出的目的，最终一定会付出代价。

经济合作与发展组织预计，若美国提高关税引发他国反制，将导致全球贸易成本上涨10%，全球贸易量减少6%。美国布鲁金斯学会研究表明，若全球爆发严重贸易战，世界经济将重现20世纪30年代的大萧条。

美国贸易战损招违背经济规律，侵蚀全球高效合作根基。当前全球产业格局是国际贸易和投资长期发展的结果，集中体现了经济学的比较优势原理，各国基于本国优势生产，从相互贸易中获利。经济活动跨越国界和区域，全球化提供时代红利，各国经济相互依赖程度不断加深。

新加坡国立大学李光耀公共政策学院副教授顾清扬说："如今美国违反公平竞争原则，推行'零和经济学'，是在与全球共识相背而行。美国从意识形态和国际地缘政治出发，通过贸易保护主义政策以及'长臂管辖'措施促使制造业回流是违背市场经济原则的。"

美国推动去全球化，造成回归自给自足经济的风险，正在加深国际社会忧虑。《金融时报》首席经济评论员马丁·沃尔夫发表题为《贸易战得不偿失》的评论文章说，世界贸易放缓、某些国家诉诸"经济民族主义"，以及西方（尤其是美国）内部甚嚣尘上的"脱钩"言行，正在重创全球经济。这毫无疑问是一个重大转折，其结果不可预测，而且很可能是破坏性的。

美国贸易战损招罔顾"全球民生之账"，亏蚀民生福祉，损害全球民众切身利益。

沙特阿拉伯财经专家瓦力德·优素福认为，美国制造业回流政策虽然会使该国部分群体受益，但代价是将资源错配到低效部门，总体上沿产业链向下倒退，这将拖累经济发展潜力。制造业回流导致成本增加，必然使产品价格高昂，缺乏竞争力。回流产业得以生存的保障，无非是政府补贴或者消费者买单，这都将损害纳税人和民众利益。

对世界而言，美国贸易保护主义措施导致供应链紊乱，推升全球通胀，造成各国民生成本骤增，脆弱国家民生困境加剧。

巴西瓦加斯基金会金融专家夏华声表示，特朗普政府时期，美国试图通过对多国产品加征关税以及对跨国公司提供更大税收优惠，将利润和股息带回美国进行再投资和工业化。拜登政府继续实施这种以激励和直接补贴为主的产业政策，结果助推高通胀并波及全球，让全世界承受其反智政策的后果。

在美国贸易保护主义政策和此前巨量"放水"的货币政策、财政政策外溢效应综合影响下，全球通胀升至40年来高点，超过60%的低收入国家面临债务困境。

▶ 美国"脱钩断链"
威胁全球供应链安全

起底美国贸易战反智本质述评之二

近来,美国为维护自身霸权私利、遏制中国发展,加紧在经贸、科技等领域推动对华"脱钩断链"。这种损人不利己的昏招,既背离客观现实,又违逆发展规律,损害了包括中美在内的各国企业利益和民众福祉,是一条注定走不通的死路,暴露了美国政客的自私算计和反智嘴脸。

近年来,美国推动所谓"友岸外包""近岸外包",寻求供应链"去中

2020年1月28日,在英国伦敦,一名工作人员从华为5G创新体验中心走过。
新华社记者 韩岩 摄

国化",人为割裂全球产供链,严重破坏市场规则和国际经贸秩序,给相关国家和企业造成损失和困难,损害支撑世界经济持续发展繁荣的技术创新和投融资活动。

2020年7月,英国政府追随美国制裁中国科技企业华为,以英国国家网络安全中心认为华为技术和设备存在"安全风险"为由,宣布禁止在5G网络建设中使用华为设备。时任英国数字化、文化、媒体与体育大臣奥利弗·道登对此表示,英国5G建设将因拒绝华为推迟2—3年,电信公司将因此损失多达20亿英镑。成本增加费用尚可计算,但英国因此进入数字化发展的"慢车道",并可能在全球科技竞赛中一蹶不振,这样的损失恐怕是很难用数字算清的。

在"美国优先"宗旨下,美国出台大规模排他性歧视性产业政策,破坏全球产业合理分工格局的形成。例如,美国出台《通胀削减法案》,试图通过高额补贴推动电动汽车及其他绿色技术在美国本土生产和应用;推出《芯片与科学法案》,试图通过巨额产业补贴和遏制竞争的霸道条款,推动芯片制造"回流"本土。

德国伊弗经济研究所报告说,美方做法给德国带来"去工业化"威胁,德国工业结构将受到损害。韩国京畿大学国际产业信息学教授金周焕表示,《通胀削减法案》和《芯片与科学法案》都透露出美国霸权思维本色。欧洲政策研究中心研究主任钦齐娅·阿尔奇迪表示,生产系统在全球范围内已高度整合,无论是想要打破还是关闭现有体系,都要付出高昂代价。

国际货币基金组织警告,如果全球经济陷入严重碎片化,总体经济产出可能萎缩多达7%;如果加上技术"脱钩",一些国家的损失可能高达国内生产总值的12%。

美国滥施单边制裁和"长臂管辖",刺激本国产业对华"脱钩",违逆产业分工大势,推动制造业回流,这些行径人为扭曲市场选择,大幅增加

2023年5月3日，美国联邦储备委员会主席鲍威尔在华盛顿出席新闻发布会。
新华社记者 刘杰 摄

生产和经营成本，不仅难以重振制造业，反而会削弱产业竞争力，拖累美国经济发展和增长潜力。

迄今，美国制造业回流进展有限。在美国政府重点扶持的芯片制造领域，项目建设步履蹒跚。对于芯片制造巨头台积电投下巨资在美国亚利桑那州建厂，《纽约时报》报道说，由于建筑、劳动力等成本过高，该项目困难重重，前景不被看好。

制造业未见起色，"脱钩断链"反噬作用却日益显现。2022年6月，美国消费者价格指数同比涨幅达9.1%，刷新1981年11月以来最大值。迄今，美国通胀仍居高不下。马来西亚观察人士罗道华指出，美国想遏制中国，却导致自身经历近几十年来最严重通胀，美国民众尤其是低收入人群，正被迫付出代价。

"脱钩断链"还致使美国对华出口中制造业产品占比不断下降，半导体和半导体制造设备出口大滑坡。美国半导体设备制造商泛林集团预计，美国对中国的出口限制措施将导致集团 2023 年销售额减少 20 亿—25 亿美元。半导体企业遭受重击，间接影响其他科技企业增长潜力和预期。近期美国高科技企业掀起"裁员潮"，科技行业暗流涌动将损害美国科技创新能力，给美国经济前景蒙上一层阴影。

美国政府推动对华"脱钩"，其中既有国内政治需要，也有国际格局变化诱因；既出于维护经济利益目的，也包含巩固全球霸权动机。美方做法忽视并违逆经济全球化"大势"，这种反智行为不得人心，注定失败。

欧盟委员会主席冯德莱恩说，同中国"脱钩"不符合欧方利益，不是欧盟的战略选择。法国总统马克龙表示，欧中双方应共同努力，不掉入"脱钩断链"陷阱。

"脱钩论"甚嚣尘上之时，中西方经贸关系仍在不断深化。美国商务部数据显示，2022 年美中货物贸易总额达 6906 亿美元，创历史新高。欧

2022 年 11 月 9 日，空客天津总装线的首架空客 A321 飞机上线开始总装。

新华社记者 赵子硕 摄

盟统计局数据显示，2022年欧中货物贸易总额达8563亿欧元，同样创下新高。

从中国发展高层论坛2023年年会，到博鳌亚洲论坛2023年年会，从第三届消博会，到第133届广交会，近期一系列经贸活动吸引了众多跨国企业负责人访华，成为经济全球化在保护主义逆风下展示韧性与生命力的注脚。

不少跨国企业持续加码对华投资，对中国经济投下信任票。空中客车公司近期宣布将在天津建设第二条生产线，特斯拉宣布将在上海新建储能超级工厂，大众计划在华投资10亿欧元开发纯电汽车……路透社文章说，对华投资正在淹没"脱钩"言论。奥纬咨询董事合伙人贝哲民说："中国在未来很长一段时间仍将是全球制造重心。"

数十年来，经济全球化促使产业链、价值链、供应链不断延伸拓展，生产要素全球流动，为世界经济提供强劲动力，汇聚成不可阻遏的全球化潮流。"脱钩断链"损人害己，悖逆大势，其本质是与机遇和未来"脱钩"。这样的逆流必将湮没于一往无前的时代大潮之中。

美国"悔棋翻盘"破坏多边经贸秩序
起底美国贸易战反智本质述评之三

美国曾是二战后国际贸易规则的主要制定者和国际经贸秩序的重要建构者。然而近年来,美国频频使出歪招,包括滥用"长臂管辖"制裁他国、拉帮结派推行"伪多边主义"、蛮横破坏多边贸易体制的权威性和有效性等,试图强行更改现有多边规则以维护自身霸权、遏制他国发展。

这些行径不仅背弃国际道义和美方承诺,也严重破坏国际贸易规则和多边经贸秩序;不仅给世界经济带来巨大损失,也终将反噬美国自身。

美国滥用"长臂管辖"谋取一己私利。

2018年3月8日,美国宣布对进口钢铁和铝产品征收高关税,这是当天在美国华盛顿拍摄的白宫外景。

新华社发(沈霆 摄)

美国时时要求别国遵守"基于规则的国际秩序",自己却唯我独尊,奉行"美国优先",将国内法凌驾于国际法之上,用"家法帮规"取代国际规则,长期滥施"长臂管辖"打压别国、谋取私利。

2018年3月,特朗普政府根据美国《1962年贸易扩展法》第232条款,以维护国家安全为由对多个国家和地区的钢铝产品加征高额关税,引发全球贸易争端。此后,美国高频度"复活"世贸组织成立前的"僵尸"贸易救济工具,扰乱国际贸易秩序。

2022年10月,美国商务部升级半导体等领域对华出口管制。2023年2月,美国将与半导体相关的对华出口管制扩大到日本和荷兰的企业。在日本佳能全球战略研究所研究主任濑口清之看来,美国不仅限制本国企业的海外经济活动,不断升级出口管制,还胁迫别国加入制裁队伍,逼别人做于己不利的事,"这是黑社会行径"。

根据美国财政部报告,截至2021财年,美国已生效的制裁措施累计达9400多项。其数量之多、花样之繁,令人震惊。

在"美国优先"原则驱使下,美国大行单边主义、保护主义和极端利己主义等霸权行径,恣意违背国际规则的信誉基础和契约精神,成为国际经贸秩序的破坏者。

"'美国优先'政策就像一头横冲直撞的野牛。"巴西瓦加斯基金会国际法专家埃万德罗·卡瓦略指出,美国正在破坏世界秩序稳定。

美国拉帮结派推行"伪多边主义"。

在上届政府不断上演"退群""毁约"的闹剧后,美方如今又不断宣扬"回归多边主义",这看似与此前大打贸易战、赤裸裸的单边主义政策不同,实际上却是以意识形态划界搞小圈子、以阵营之间选边来割裂世界的"伪多边主义"。

2022年5月,美方宣布启动所谓的"印太经济框架",一方面宣称该框架目标是促进地区内的合作、稳定、繁荣、发展与和平,另一方面又表

2022年5月18日，美国总统国家安全事务助理沙利文在华盛顿白宫例行记者会上回答提问。

新华社发（沈霆 摄）

示该框架旨在重建美国在地区的经济领导力、提供取代中国方案的选项。对此，巴基斯坦伊斯兰堡和平与外交研究所主任穆罕默德·阿西夫·努尔认为，美方此举实际上是想在现行区域合作架构外炮制出一个平行机制，目的在于操纵全球供应链。

美国不仅在亚太地区拉帮结派，还持续在全球多个地区推行"伪多边主义"，大搞排他性经贸小圈子，推销霸凌贸易条款，对全球经贸秩序构成威胁。

在美国推动下，七国集团发起所谓的"重建更美好世界"全球基础设施倡议，宣称这是由"主要民主国家领导的价值观驱动、高标准和透明的基础设施合作伙伴关系"。2022年6月，美国总统拜登在出席七国集团峰会期间宣布启动"全球基础设施和投资伙伴关系"，并宣称将在未来五年筹集6000亿美元，为发展中国家提供发展基础设施的资金。

分析人士指出，美国往往以"开放"之名美化此类倡议，但其真正图谋却是围堵、遏制中国等国家的发展。所谓高达上千亿美元的投资，不过是服务于美国自身地缘政治目的的口头承诺，到头来只是一张"空头支票"。

"美国的多边合作，主要取决于美国国内在多大程度上认为这些多边组织是促进美国目标有效达成的合适工具。"英国牛津大学出版的《美国霸权与国际组织》一书这样写道。

美国肆意妄为破坏现有多边体制。

美国对国际规则的态度向来是"合则用，不合则弃"，不管这个规则由谁制定、是否得到绝大多数国家的认可和遵循，以及美方自身做过怎样的承诺、应承担何种义务，只要不利于维护美国的利益和霸权，都可以肆意践踏、抛弃。

2019年12月，世界贸易组织争端解决机制中的上诉机构因美国阻挠法官遴选而停摆，令多边贸易仲裁机构瘫痪，使多边贸易体制面临前所未

这是2023年4月5日在瑞士日内瓦世贸组织总部拍摄的世贸组织标识。

新华社记者 连漪 摄

有的危机。在 2023 年 2 月举行的世贸组织争端解决机构会议上，由 127 个世贸组织成员提出的重启上诉机构新法官遴选程序的提案，再次因美国反对而未获通过。

美国堪萨斯大学法学教授拉杰·巴拉表示，美国曾是世贸组织上诉机构创立的"驱动力量"，如今却将其"扼杀"，令多边贸易体制遭遇重大挫折，实属"巨大讽刺"。

世贸组织报告显示，美国是迄今为止最"不守规矩者"，世贸组织三分之二的违规由美国引起。

强行阻挠国际货币基金组织份额改革、阻挠世贸组织上诉机构成员遴选，干扰多边机构正常运转……美国歪招频出，严重破坏国际贸易规则和多边经贸秩序，给世界经济带来难以估量的损失和破坏，最终也会因与全球经济无法割裂的紧密联系而伤及自身。

"美国所做的一切都是为了维护垄断和霸权。"埃及投资者协会联合会经济顾问穆塔西姆·拉希德表示，美国试图对其他国家实施出口和投资限制的行为将适得其反，并最终影响美国自身经济增长。

从对华"脱钩"到"去风险"
起底美"政治骗子"的"风控"谎言

在经济全球化的时代潮流中,不时遇到逆流阻挡;在共赢合作的发展主旋律下,常会出现聒噪杂音。

"我们不寻求对华'脱钩',而是寻求'去风险'。"当"脱钩论"遭遇事实破产,美西方一些政客近来又把所谓对华"去风险"挂在嘴边,兜售其对华政策上的新说辞。"脱钩"是赤裸裸的反华政治鼓动,"去风险"则暗藏祸心,图谋用经过偷换、泛化的经济概念包装遏制中国的政治企图。

美西方所谓"去风险"的本质，是通过自定义的"风险"实现有选择的"脱钩"，既垂涎贪图中国红利，又企图遏制中国发展。其目的是拉更多国家下水，用挑拨对立、推动割裂、阻挠发展来缓解内心竞争恐慌，维系一己私利和霸权；其后果，将是扰乱全球产业链供应链安全稳定，破坏国际经济正常交往与合作根基，阻滞世界经济发展和人类进步。

偷换概念
"脱钩论"的"借尸还魂"

短短数月，"去风险"从经济术语变身为地缘政治热词，背后是美西方政客不遗余力的高光站台和摇旗呐喊。

2023年5月，七国集团在日本举行峰会，以联合公报形式将对华政策口径正式统一为"去风险"，声称西方国家"不寻求'脱钩'"，而希望通过"去风险"和"多元化"增强经济韧性。

峰会前后，美方官员明显加大对"去风险"概念的兜售力度。2023年4月中下旬，美国财政部长耶伦、总统国家安全事务助理沙利文先后在多个场合就美中关系发表演讲，强调所谓"维护国家安全"底线，言辞上淡化掩盖"脱钩"意图。用沙利文的话说，"去风险"意味着美国"保持有韧性、有效的供应链"，确保不受他国"胁迫"。美国国务卿布林肯声称，"去风险"和"脱钩"有着重要区别。

美西方抛弃"脱钩"，高喊"去风险"，看似立场有所"软化"，开始从"经济"层面考虑问题，但细究概念本质、理念方向和行为实质，"去风险"实则是"脱钩论"的"借尸还魂"。在体面外衣下，美西方对华政策方向没有实质变化。

——从"脱钩"到"去风险"，美西方对华经济议题"政治化"趋势未变，意识形态考量始终是其开展对华正常经济交往的拦路石。

此番被西方国家"启用"之前,"去风险"特指金融机构的越位管辖,一直被美国、欧盟及世界银行等机构诟病,作为贬义词长期置于西方经济教科书的阴暗角落。

直到 2023 年 4 月,美国财政部报告仍将"去风险"描述为金融机构出于反恐和洗钱制裁担忧而无差别终止或限制商业关系的行为,认为这一做法对推动美国对外政策构成挑战,减少"去风险"相关壁垒不仅是美国也是国际"优先事项"。

翻手为云,覆手为雨。近几个月,在西方部分政客推动、造势下,被世界银行归类为"商业决策"的"去风险",开始被赋予更多政治内涵,形成西方对华"脱钩论"的补位。防范风险的主导权由企业上升到国家层面,"商业决策"演变为"政治决策"。欧盟委员会主席冯德莱恩表示,"去风险"既包括消除"经济风险",也包括减少"外交风险"。

——从"脱钩"到"去风险",美西方对华经济交往所谓"雷区"未变,"去风险"实际上是"化整为零"的"脱钩"。

根据英国《金融时报》的说法,美西方眼中的对华经济交往风险主要涉及两类:一类是西方国家从中国获得的东西,如新能源技术和重要矿物供应;一类是中国从西方获得的东西,如半导体技术。

可以说,美西方所谓"去风险"涵盖需求和供应两端,既害怕需求方面被中国"卡脖子",又害怕供应方面将来无法对中国"卡脖子"。这些与推动对华"脱钩"无异,完全无视相互依存是经济全球化的必然结果,把与中国的正常经贸往来与不安全简单画等号。

西澳大利亚大学珀斯美国-亚洲中心首席执行官戈登·弗莱克认为,在与中国整体"脱钩"被认为很荒谬的情况下,西方开始转向特定行业、特定企业乃至特定产品和技术的"脱钩"。世界报业辛迪加网站刊文认为,美西方正推动与中国"以不同方式'脱钩'"。

——从"脱钩"到"去风险",美西方推动保护主义的政策导向未变,

"去风险"给了"重商主义"更体面的借口。

2023年4月，沙利文在布鲁金斯学会演讲时为"去风险"造势，声称美国将"理直气壮"地推进产业政策，同时要搭起"小院高墙"保护其先进技术。

在美国彼得森国际经济研究所高级研究员加里·克莱德·赫夫鲍尔看来，美国忽视经济成本，以所谓"国家安全"为由试图对中国实施"技术封锁"，措辞上无论是"脱钩"还是"去风险"，都是美国向"新重商主义"错误道路转变、保护主义走向纵深的标志。

新加坡《海峡时报》认为，美国推动制造业回流的产业政策正在加剧保护主义倾向，其分别斥资数千亿美元的《通胀削减法案》和《芯片和科学法案》，正激起欧盟、日、韩等国跟进对绿色技术、半导体产业的补贴。这些保护主义做法如果以"去风险"名义"洗白"，恐进一步侵蚀世贸组织基本规则。

力不从心
美西方的恐慌之源

美西方一些人渲染对华"去风险",本质还是"去中国化",根本目的是阻断中国与世界的经济联系、维护其自身霸权。换个马甲、另造说辞继续遏制中国发展,暴露出美西方对华"脱钩"的力不从心、对华竞争的恐慌心态以及对不同发展道路的狭隘偏见。

——"去风险"是回避"脱钩论"破产的话语陷阱。

从官方文件到公开表态,西方政客数月来频频强调"不寻求'脱钩'",也从侧面证明了"脱钩论"破产。布林肯此前访华时表示,美中完全脱钩将是"灾难性的"。欧盟委员会副主席博雷利在新加坡出席香格里拉对话会时说:"我们每天的对华贸易额是27亿欧元!要'脱钩'?想都别想。我们如果这么做,将制造全球危机。"

"脱钩论"提出的几年中,中国与包括西方国家在内的主要贸易伙伴经贸关系仍在深化。美国、欧盟官方数据显示,2022年美中、欧中货物贸易总额分别达6906亿美元和8563亿欧元,均创新高。

"脱钩论"被现实"打脸",让美国开始寻找新的幌子。"去风险"符合人类趋利避害的本性,看似客观,实则藏有祸心:一方面,迎合当下国际社会渴望规避风险的普遍心理,企图以"去风险"拉拢更多国家"入坑";另一方面,借"去风险"给中国贴上"风险之源"标签。这一话术背后,是美国既希望从中国身上谋利、又不愿放弃遏制中国的自私霸道心态。

美国亚洲协会政策研究所中国问题分析中心执行主任季北慈说,"去风险"只是以更隐晦措辞描述美西方正在做的事情。

——"去风险"是掩饰"恶意竞争"的"遮羞布"。

过去几十年,中美经济发展势头对比鲜明。美国将中国视为"风险",根源在于抱持错误对华认知,拿国强必霸的模板来镜像中国,用西方传统大国走过的轨迹来误判中国。

从速度和规模看,中国经过四十多年改革开放,已成为全球第二大经济体、第一制造大国、第一货物贸易大国和第二大消费市场。从质量和成色看,中国科技研发和创新能力不断增强,价值链地位持续攀升,在5G技术、绿色能源技术等领域不断缩小与美国差距,甚至有所超越。

在此过程中,美国经济经历产业空心化、互联网泡沫、次贷危机、债务剧增,当前更面临衰退风险。在中国担当世界经济增长重要引擎时,美国内在的"竞争恐慌"不断滋长,打压中国成为其主要手段。

美国知名国际政治学者格雷厄姆·艾利森认为,20多年前,美国"很难在后视镜中看到中国",而现在中国紧跟其后、并跑或在某些领域实现超越,令美国恐慌并把中国当作"全方位匹敌的竞争对手"。

"美国总是倾向于指责他人。"英国48家集团俱乐部主席斯蒂芬·佩里认为,对美国来说,通过"妖魔化"中国来解释中国的快速发展,似乎比正视现实、公平竞争更加容易。

——"去风险"是对新兴发展范式的"傲慢与偏见"。

中国经济成功的关键在于走出符合自身国情、经得起实践检验、不同于西方的发展模式。视中国为"风险",反映出美国以"灯塔国"自居的傲慢心态,只认可于己有利的所谓规则和价值观,毫不掩饰对新兴力量的偏见。

英国社会科学院院士傅晓岚认为,拥有政府和市场两个驱动器的中国创新发展道路,为过去十年中国经济发展不断注入新动力,也为其他国家树立了榜样。

美国显然对此不以为然,执意把不符合美国价值观视作挑战和安全威胁。耶伦近期关于美中经济关系的讲话明确表示,美国将维护国家安全利益和人权,即使针对性措施可能在经济方面产生负面影响。

美国前国务卿亨利·基辛格在《大外交》一书中写道,美国人自认为有义务向全世界推广美式价值观,"没有国家像美国一样,既绝对不容许

外国干预内政,又一厢情愿地认定美国价值观放诸四海而皆准"。

美国以价值观划线,泛化国家安全概念,滥用出口管制措施,人为干扰正常经贸往来,企图打击、削弱中国发展势头,同美方一贯标榜的市场经济和公平竞争原则背道而驰。

贼喊捉贼
"去风险"的真正风险

市场经济中,一切经济活动都存在风险。美西方无法正确看待风险的含义,却将对华正常经济交往歪曲、渲染为所谓"风险",美其名曰"风险控制",最终结果可能是"风险失控"。

——以"去风险"之名行对华"脱钩"之实,无视中国经济贡献事实,将给西方自身带来更大经济风险。

"人们通常不会为减少对死亡的恐惧而去自杀。"瑞典前首相卡尔·比尔特就"去风险"发出质问,"难道仅因为害怕将来可能的风险,我们就有理由从现在起不做对华贸易?"

美国耶鲁大学高级研究员斯蒂芬·罗奇认为,美国企业多年来从在华投资中获得提高效率和开发市场的双重收益,"但随着我们将目光转向'安全问题',这些优势正悄然消失"。

欧洲外交关系协会2023年6月初公布的一份最新民调显示,来自11个欧盟国家的大多数受访者不认同欧盟推行"去风险"政策,46%的人认为中国是"盟友或必要合作伙伴",只有约三成认为中国是"竞争对手或对手"。

——以"去风险"之名行对华"脱钩"之实,无视中国与世界深度融合现状,将给世界发展和人类进步带来风险。

经济全球化是世界发展的必然趋势,各国通过分工合作紧密联系,你中有我、我中有你。中国在这一体系中占有重要地位,经济总量占比约18%,2012年到2021年的十年间对世界经济增长平均贡献率超过30%;制造业规模连续13年居世界首位,是全球产业门类最齐全、产业体系最完整的国家,为世界提供大量质优价廉的工业原材料和制成品。与此同时,中国拥有全球规模最大、最具成长性的中等收入群体,成为全球主要的新兴中高端市场。

美国世界大型企业研究会预计,根据购买力平价计算,到2035年,发展中国家将占全球经济的60%左右,其中大多数国家将中国作为最大贸易伙伴。

不合作才是最大的风险。美西方企图将中国排除在国际经济体系之外,不仅将极大削弱全球经济增长动力,更会破坏全球贸易规则,撕裂全球经济、科技体系,让世界遭受巨大损失。新加坡《海峡时报》评论认为,"去风险"的负面影响将远远超出美国、欧盟和中国,也影响到其他贸易伙伴。"去风险"正将所有相关方置于危险之中。

——以"去风险"之名行对华"脱钩"之实,反映美方颠倒黑白的一贯套路,试图掩盖自己才是最大风险和全球乱源。

美国凭借在全球经济、金融领域的优势长期肆意妄为,多次给他国乃至世界经济带来灾难。近些年的世界经济危机史，很大程度上是"美国作乱史"。

1997年亚洲金融危机，美国对冲基金利用亚洲经济体金融体系缺陷疯狂"狙击"股市汇市，自己赚得盆满钵满，却让不少经济体泡沫相继破灭，发展受到严重冲击。

2008年国际金融危机，美国金融资本为攫取高额利润大搞次级贷款，号称金融市场"看门人"的信用评级机构顶着"权威""公正"光环，给美国"有毒"资产贴上"优质"标签，误导全球投资者。最终危机爆发并不断蔓延，重创世界经济。

新冠疫情暴发后，美西方疯狂印钞刺激经济，引发剧烈通胀，为应对通胀又激进加息，导致多国货币大幅贬值、债务负担激增、资金大量流出，经济陷入困境。

中国则以持续恢复的内需消费、高效运转的产业体系、有序推进的扩大开放，为全球经济疫后复苏注入信心和动力。

特斯拉、西门子、大众、花旗集团……就在美西方一些政客聒噪"去风险"之际，一众知名跨国企业纷纷派高管访华，推动增资扩产、拓展商机。在跨国企业眼中、在绝大部分国家看来，中国的发展绝非风险，而是巨大机遇；与中国交往合作也从来不是风险，而是共赢与进步。

不管如何包装，美西方一些政客所谓"去风险"最终将导致去机遇、去合作、去稳定、去发展。"去风险"也会与"脱钩论"一样以失败而告终。沉醉于对华偏执而无法自拔的那些政客们，终将受到现实的讽刺。历史终将证明，政治谎言欺瞒不了世界，也阻挡不了奔腾前行的全球化大潮。

扫描二维码查看视频

▶ 悖入亦悖出　害人终害己
起底美国对华政策的反动、反智与反噬

"那些想延缓甚至逆转中国发展进程的美国人犯了错误，他们的目的不可能实现，反而对美国自身有害。"美国前外交官傅立民最近在接受新华社记者采访时所说的这番话，在美国政坛当前生态映衬下，显得格外冷静客观。

近年来，面对中国的快速发展，美国一些政客患上了焦虑症，认为美国全球霸权地位面临挑战，频频炒作"中国威胁论"，将遏制打压中国视为头等大事：政治层面，利用"民主""人权""安全"等标签炮制谎言抹黑中国；经济层面，违背市场经济规律，大搞对华"脱钩断链"；科技层面，不择手段地对中国半导体等尖端产业进行围堵封锁。

事实证明，美国的所作所为充分暴露其对华政策破坏规则、逆潮流而动的反动性，凸显其试图转移矛盾而进行"内病外治"反智特征，最终导致搬起石头砸自己的脚、加速霸权衰落，反噬其自身利益。

反动
"华盛顿挑起'新冷战'的意图昭然若揭"

2022年10月，美国商务部升级半导体等领域对华出口管制。2023年2月，美国将与半导体相关的对华出口管制扩大到日本和荷兰的企业。美国总统国家安全事务助理杰克·沙利文说，这是为了给关键技术设置"小

院高墙"。

"小院高墙""脱钩断链""民主对抗威权"……一个个充满冷战色彩的词汇如今频繁出现在美国对华政策文件和智库报告中。巴西国际政治学者迭戈·保塔索在接受新华社记者采访时指出，随着中国崛起，一些美国人的心态发生了变化，将中国视为一个有强大竞争力、日益威胁美国霸权的对手。"无论是从意识形态角度还是从军事和技术的角度来看，华盛顿挑起'新冷战'的意图昭然若揭。"

"美国太害怕多极世界了。"美国哈佛大学国际关系学教授斯蒂芬·沃尔特说，早在1991年，美国政府就在一份国防指导性文件中要求努力防止世界上任何地方出现与其势均力敌的竞争对手。此后，各种国家安全战略文件都强调保持美国绝对优势地位的必要性。本届美国政府同样在大力宣扬"美国的领导地位"。

美国打压中国所用的手段，对苏联、欧盟、日本都曾用过。巴西里约热内卢州立大学经济学教授埃利亚斯·哈沃尔将其总结为"充满着军事、金钱、意识形态欺凌以及最肮脏的诽谤和污蔑"。

美国利用台湾问题，不断炒作"民主对抗威权"的虚假叙事，假"民主"之名支持鼓动"台独"分裂势力，搞"以台制华"，危害地区乃至世界和平稳定；美国利用南海问题，拿《联合国海洋法公约》说事，打着"航行自由"的旗号，频繁派军舰在南海挑衅侵权、炫耀武力，而自己却始终不批准该公约；在人权问题上，美国拒绝签署或批准联合国《儿童权利公约》和《消除对妇女一切形式歧视公约》，投票反对《移民问题全球契约》和《难民问题全球契约》，无视本国愈演愈烈的枪支暴力、种族歧视等严重侵犯人权的问题，却极力在国际上散布关于中国新疆、西藏等地人权状况的谎言，不断抹黑中国。

2023年3月底，美国举办所谓第二届"民主峰会"。日本《每日新闻》在一篇题为《美国理念未得到广泛响应》的文章中说，这次会议再次体现出美国与中俄"对决"的色彩,但美方"靠强调民主理念拉拢国际社会似乎有难度"。因为,"以民主名义干预他国内政和实施制裁的美国,在某种意义上是像呛人烟雾一样令人不舒服的存在"。

前不久,在中国积极斡旋下,沙特和伊朗走向和解,为世界各国通过对话协商解决矛盾提供了重要示范,赢得国际社会广泛赞誉。然而,美国中央情报局局长威廉·伯恩斯却秘密飞往沙特,对沙特在中方调解下与伊朗达成和解协议表示"失望""错愕"。

归根结底,美国根本没有是非观念,就是要遏制打压它眼中的一切"竞争对手",维护以美国为中心的"单极世界"格局,为此不惜破坏地区和世界的和平与稳定。

"美国的单极地位腐蚀了其外交政策精英。我们的外交政策常常是发号施令、威胁和谴责。我们几乎很少努力去理解对方的观点,或者进行实际的磋商。"美国有线电视新闻网主持人、时事评论员法里德·扎卡里亚说,"我们的外交政策由一群思想狭隘的精英掌管,他们靠夸夸其谈来取悦国内选民,而且似乎无法感受到外面的世界正在发生变化。"

反智
对华"脱钩""荒谬、无效且短视"

2023年年初,"流浪气球"话题引发全美关注。原本只是一艘失控的中国民用无人飞艇飘入美国上空,美国政客却争相给其贴上"间谍"标签。这种表演与炒作既违背常识,也不符合逻辑,但为何美国政客乐此不疲?美国社交媒体上的一项网络民调结果显示,超过78%的投票者认为,这是为了转移美国民众对俄亥俄州"毒列车"脱轨、总统拜登"文件门"等事件的关注。

多年来,美国一些政客不断用"中国威胁论"来转移美国民众对国内问题的不满。在这些人看来,真正解决美国社会的贫富悬殊、种族歧视、经济疲软、金钱政治等问题难度太大,也不符合他们的利益,似乎远不如"甩锅"中国来得简单,同时还能给竞争对手扣上"对华软弱""遏华不力"等帽子,为自身捞取政治筹码。

正是在这种政治算计的助推下,"间谍气球""间谍冰箱""间谍起重机"等荒唐言论不断涌现,并将美国经济脱实向虚、新冠疫情应对不力、毒品泛滥等问题统统归咎于中国。同时,以维护所谓"国家安全"与"民主价值观"为掩护,美国政客堂而皇之地对华进行贸易制裁和科技封锁,企图实现遏制中国发展的目标。

然而,这种反智之举背离事实、无视规律,其带来的结果必然与算计相去甚远。2018年以来,美国对中国商品持续加征高额关税,但2022年中美贸易额近7600亿美元,创下历史新高;美国试图以各种手段迫使外资撤离中国,但2022年中国实际使用外资以人民币计首次突破1.2万亿元,按可比口径同比增长6.3%;美国持续在芯片等高科技领域对中国企业进行围堵打压,但2022年中国在《专利合作条约》体系下国际专利申请量继续排名首位,占申请总量的四分之一以上,半导体专利申请量也居全球第一。

"美国对华'脱钩'的做法看似来势汹汹,实则荒谬、无效且短视。"香港《南华早报》这样评说。

英国《金融时报》首席经济评论员马丁·沃尔夫指出,"一般而言,贸易战对各国来说都会是一种负和"。美国前财政部长亨利·保尔森认为,对中国商品加征关税解决不了美国经济面临的问题,而只是使这些消费品对美国消费者来说变得更加昂贵。这些举动在经济上是荒谬的,"它们伤害了中国,但也伤害了美国的就业创造者。这包括一些普普通通的企业,它们依赖中国的供应商,几乎没有变通办法,被通胀和高价能源压得喘不过气来"。

从国际角度来看,新加坡国立大学亚洲研究院杰出研究员马凯硕指出,美国对华"脱钩"难以得到各国响应。世界上有120多个国家和地区与中国的贸易额超过其与美国的贸易额。对大多数国家来说，不可能为了取悦华盛顿而减少对华贸易。

在傅立民看来，美国政治极化导致美国政府无法制定有效的对华政策。他认为，当前中美关系到了关键时刻，发展方向具有高度不确定性。这既是美国选举政治造成的周期性现象，也越发成为一个长期问题。每当美国选举年临近，针对中国的煽动性言论和民粹主义就会大行其道。这些挑衅性言行往往会夸大中美分歧的覆盖范围和严重程度，为提出理性的对华政策倡议制造巨大困难。

反噬

"我们为放慢北京的步伐所做的努力正在放慢我们自己的脚步"

美国以自我为中心，违背客观规律，逆历史潮流而动，如此肆意妄为，必然招致反噬，自食恶果。

一方面，美国反智的对华政策无法阻止中国发展，反而阻碍其自身发展。

美国商会发布的报告显示，与中国"脱钩"严重威胁美国在贸易、投资、服务和工业等领域的利益：如果对所有中国输美商品加征关税，将令美国经济在 2025 年前每年损失 1900 亿美元；美国投资者可能因"脱钩"每年损失 250 亿美元资本收益，国内生产总值因此损失最多高达 5000 亿美元……

美国彼得森国际经济研究所所长亚当·波森认为，美国当前的贸易政策适得其反，在经济领域"自给自足"是愚蠢的目标，而竞争性补贴更是一种"负和游戏"。美国《大西洋》月刊网站刊文指出，美国保护主义的贸易政策增加了成本、降低了供应链韧性、损害了创新，对美国自身造成反噬。

美国康奈尔大学中国问题专家白洁曦认为，需要认真评估许多表面上旨在"保护美国"的政策实际上给美国造成的损失。"通常这些政策声称

'我们可以跑得更快'。我最担心的是，我们为放慢北京的步伐所做的努力正在放慢我们自己的脚步。每次与假想敌竞争或对抗的努力，都会形成自残式的国内政策，这些政策最终造成的伤害比给对手造成的打击更大。"

另一方面，美国对华政策让各国进一步认清美国霸权主义的危害，由此激发起日益强烈的独立自主意愿，动摇美国霸权的根基。

美国政治风险咨询公司欧亚集团总裁伊恩·布雷默日前接受美国《政治报》网站采访时说，几乎没有盟友真正支持美国与中国进行"冷战"。在美国，关于中国问题的政治氛围是"有毒且充满敌意"的，但在其盟国，情况通常并非如此。

法国总统马克龙近来多次表示，欧洲不能成为"美国的追随者"，必须"选择自己的伙伴，决定自己的命运"。欧洲理事会主席米歇尔说，虽然欧盟与美国结盟，但不能"因为这种联盟就假定我们会盲目、系统地在所有问题上都遵循美国的立场"。美国世界政治评论网站主编朱达·格伦斯坦认为，如果盟友们开始认为华盛顿的目的只是为了挽救美国的主导地位，而非为了更广泛的利益，那么联盟就不大可能继续存在。

广大发展中国家普遍期待一个更加公平合理的国际秩序，不愿被逼选边站队，更不愿成为美国对华博弈的棋子。近期，沙特不顾美方强烈不满，在中方调解下与美国的宿敌伊朗达成和解协议。同时，沙特在油价问题上与美国的另一对手俄罗斯保持沟通。委内瑞拉前外交官阿尔弗雷多·托罗·阿迪指出，拜登政府试图将美国与中俄的竞争归结为"民主与威权"之间的对抗，这种操弄意识形态工具的冷战手法进一步削弱了华盛顿对全球南方国家的吸引力。

"美国正试图组织一个由志同道合国家组成的联盟，以此来制衡中国并向中国施压，但这种战略没有奏效。它伤害了中国，同时也伤害了美国，从长远来看，对美国人的伤害很可能超过对中国人的伤害。"美国前财政部长保尔森说。

国际有识之士为何不相信美国涉华人权谎言

美国政府日前以所谓"强迫劳动"为由对一些中国企业实施制裁，再次凸显美国的霸道与霸凌。美方近年来在涉疆、涉港、涉藏等问题上频频干涉中国内政，编造各种谎言来抹黑中国人权状况。与此同时，美国政客对本国愈演愈烈的种族歧视、枪支暴力等严重侵犯人权问题却听之任之、无所作为。

华盛顿的政客们为何如此"关心"中国人权、漠视本国人权？难道是因为他们"爱中国"超过爱美国吗？

古巴外交部长罗德里格斯一针见血地指出："为操纵和恐吓不服从华盛顿利益的国家，美国正把人权当作一种工具。"

"就是为了阻碍中国的发展"

2022年10月6日，联合国人权理事会第51届会议对美国牵头提交的一项涉疆问题决定草案进行表决。美国试图将这份草案包装成一个程序问题，但国际社会的眼睛是雪亮的，草案遭到多数成员国反对，未获通过。当投票结果公布时，会场上响起热烈掌声，多国使节纷纷向中国代表表示祝贺。

玻利维亚代表玛丽亚·阿尔瓦雷斯说，这一草案的实质是试图把中国列为重点关注对象，以便以人权为幌子在今后的人权理事会会议上不断攻

这是2023年2月27日在瑞士日内瓦拍摄的联合国人权理事会第52届会议现场。
新华社记者 连漪 摄

击中国,这是美国试图"利用所谓程序问题实现自己的地缘政治目的"。

不久后,在2023年10月31日举行的联合国大会第三委员会会议上,60多个国家做共同发言,支持中方在涉疆、涉港、涉藏问题上的立场,反对以人权为借口干涉中国内政。另有30多个国家以单独发言、联合致函等方式支持中国。

这些年来,美方不断在国际场合炒作中国人权话题:围绕涉疆问题不断炮制各种谎言,企图给中国扣上"强迫劳动""种族灭绝"等帽子;2022年12月,借口所谓"西藏人权"问题,对两名中方官员进行非法制裁;2023年3月,发表所谓"2022年度国别人权报告",大肆抹黑香港人权法治状况……

美国不断抹黑中国的举动适得其反,让国际社会进一步认清了美国真实面目。

在美国耶鲁大学高级研究员斯蒂芬·罗奇看来,一些美国政客关于中国人权问题的言论"都是由阴谋论"构成,"缺乏基于事实的分析"。俄罗斯智库"俄罗斯-中国分析中心"主任谢尔盖·萨纳科耶夫说,美国美化反中乱港势力的暴力犯罪行为,表明其对香港居民的安全和福祉根本不感兴趣,满脑子想的是一己私利与维护霸权,所谓"人权""自由"只不过是美国干涉他国内政的一块遮羞布。

以美方所谓"强迫劳动"谎言为例,中国法律明确禁止强迫劳动,新疆各族群众劳动就业完全自由平等,劳动权益依法得到有效保障,生活水平不断提高。2014年至2021年,新疆城镇居民人均可支配收入由2.3万元增至3.76万元人民币;农村居民人均可支配收入由约8700元增至1.56万元人民币。到2020年年底,新疆超过306万农村贫困人口全部脱贫,3666个贫困村全部退出,35个贫困县全部摘帽,绝对贫困问题得到历史性解决。目前在新疆棉花播种的过程中,大部分地区综合机械化水平超过

2022年9月26日,新疆沙雅县塔里木乡其格格热木村村民驾驶采棉机采收棉花(无人机照片)。

新华社发(柳玉柱 摄)

98%，所谓新疆存在"强迫劳动"根本与事实不符。美国以"强迫劳动"为由实施涉疆产品全面禁令，其实质是剥夺新疆各族群众的劳动权、发展权。真正破坏新疆人权的正是挥舞制裁大棒的美国。

尼加拉瓜外交部长蒙卡达认为，美国试图利用人权等问题破坏中国稳定，目的"就是为了阻碍中国的发展"。这实际上是在侵犯他国主权，以维护自身霸权。

"美国对世界的人权说教是一场闹剧"

经常在人权问题上对他国指手画脚的美国，自身人权状况究竟如何？

还是以美国不断炒作的所谓"强迫劳动"问题为例，美国匹兹堡大学客座法学教授丹尼尔·科瓦利克说："如果美国真想解决强迫劳动问题，可以从国内着手，处理美国监狱中猖獗的强迫劳动问题。"

南北战争后，美国一些州在证据不足的情况下，把大批获得解放的黑人奴隶关进监狱，强迫他们收割庄稼、采矿和修筑铁路。20世纪80年代，美国政府又打着"缓解收容压力、降低监禁成本"的旗号将私人资本引入监狱体系。从此，以赢利为目的的私营监狱迅速扩张。据统计，截至2019年年底，超过10万人被拘禁在美国私营监狱中，长期从事高强度、低报酬的强迫劳动。

"这所监狱对利益的追逐，是以侵犯基本人权为代价的，这可真令人愤怒和鄙视。"曾被关押在美国私营监狱的法国阿尔斯通公司前高管弗雷德里克·皮耶鲁齐在《美国陷阱》一书中这样写道。

强迫劳动只是美国人权问题的冰山一角。

种族歧视问题根深蒂固。2022年8月，在非洲裔人口占多数的美国密西西比州首府杰克逊市，当地约15万居民和附近约3万人的自来水供应全部中断。调查发现，断水原因是系统性种族主义导致当地政府减少对有色人种社区供水设施的必要投资和维护，而这种情况在美国并不罕见。2023年5月，联合国"在执法工作中推进种族正义和平等的国际独立专家机制"工作组在访问美国华盛顿、亚特兰大、洛杉矶、芝加哥、明尼阿波利斯和纽约市后指出，奴隶制给美国留下了深刻而持久的创伤，种族歧视渗透到与执法部门的所有接触中。

枪支暴力问题愈演愈烈。2023年4月28日深夜，得克萨斯州圣哈辛托县发生枪击事件，造成包括一名8岁儿童在内的5人死亡。2023年6月6日，弗吉尼亚州首府里士满市中心一座剧院外发生枪击事件，造成2人死亡、5人受伤。6月9日晚，加利福尼亚州旧金山市发生枪击事件，导致9人受伤。美国"枪支暴力档案"网站数据显示，2022年截至6月13日，美国造成至少4人死伤的大规模枪击事件已有291起。

2023年5月24日，在美国得克萨斯州小城尤瓦尔迪，人们参加守夜仪式悼念一年前校园枪击事件的遇害者。

新华社记者 吴晓凌 摄

此外，美国还存在贫富悬殊、暴力执法、虐待移民、雇佣童工等人权问题。美国政客不解决自身问题，还对他国横加指责，正如《印度时报》评论所言："罔顾国内存在的一系列问题，美国用双重标准看待他国人权状况，其故作姿态令人生厌。"

从国际层面看，美国在人权问题上更是劣迹斑斑。仅 2001 年以来，美国非法发动的战争和军事行动就造成超过 80 万人死亡，数千万人流离失所。美国至今未批准《强迫劳动公约》《儿童权利公约》《消除对妇女一切形式歧视公约》等国际人权公约。用菲律宾"亚洲世纪"战略研究所副所长安娜·马林博格—乌伊的话说，"美国对世界的人权说教是一场闹剧"，鉴于其恶劣的人权记录，美国既没有道德优势，也没有诚信。

"中国为世界人权事业作出巨大贡献"

阿拉伯国家联盟代表团日前访问新疆乌鲁木齐、喀什等地，走进喀什艾提尕尔清真寺、新疆伊斯兰教经学院等地，实地参访学生们的教室、图书馆、礼拜殿等各项设施场所，并与宗教人士、经学院院长、学生等进行交流。新疆现有清真寺约 2.44 万座，平均每 530 位穆斯林就拥有一座清真寺。美国全国的清真寺数量还不及新疆的十分之一。

对于当地能够完整保存古老宗教场所并不断发展现代化宗教学习设施，代表团团长、埃及常驻阿盟代表穆罕默德·穆斯塔法·欧尔菲表示十分赞赏。新疆的脱贫成就也令他赞叹："可以看到中国政府所付出的巨大努力，让这么多人能够脱离贫困，安居乐业。"

对于中国真实的人权状况，许多了解中国的国际人士作出了积极、公正的评价。

全球未来研究所创始人兼首席执行官钱德兰·奈尔在拥有多种族、多元文化的马来西亚长大，20 世纪 90 年代移居中国香港后已走访大半个中

2023年5月31日，阿拉伯国家联盟代表团一行在新疆喀什古城参观访问。

新华社记者 高晗 摄

国。2022年开斋节前，他在社交媒体上发了一条关于不同国家穆斯林如何庆祝开斋节的视频，开头就是中国西安的场景。"当我把这个视频分享给一些朋友，他们竟然问，'这是中国？'"奈尔回复："你们真该去中国亲眼看看。"他在接受新华社记者采访时指出，西方媒体对新疆的负面报道"是彻头彻尾的谎言"，"识破这样的谎言并不需要火箭科学家的头脑"。

约旦中国问题专家、作家萨米尔·艾哈迈德曾十余次访华。在他看来，中国对人权的保障体现在坚持以人民为中心，切实提高人民生活水平。"从解决数亿人口的温饱问题到全面建成小康社会，中国实现了人民生活水平的跨越式提升。可以说，中国在尊重和保护人权方面为发展中国家树立了榜样。"

改革开放以来，中国人均可支配收入增长了180多倍，7.7亿农村人口摆脱贫困、全面进入小康,居民人均预期寿命提高到78.2岁。脱贫攻坚、危房改造、修路架桥、建设饮水工程……中国将人权保障落实到具体的民生实事上,扎实的发展成就令阿尔及利亚驻华大使哈桑·拉贝希钦佩。他说,中国历史性地消除了绝对贫困,不断提升人民生活水平,充分尊重和保障人权,"为世界人权事业作出巨大贡献"。

马来西亚新亚洲战略研究中心主席翁诗杰同样是中国人权事业发展的见证者。他说,中国的人权事业是从社会民生保障体系的基础性、普惠性和兜底性着手,以保障促发展,以发展促人权,实现了从贫困到温饱、从总体小康到全面小康的逐级进阶,进而迈向共同富裕的更高目标。

中国在推动自身人权事业持续健康发展的同时,秉持和平、发展、公平、正义、民主、自由的全人类共同价值,积极推动全球人权事业进步。中国先后批准或加入了30余项国际人权文书,其中包括6项联合国核心

2022年10月28日,在四川省凉山州越西县越城镇城北感恩社区,易地扶贫搬迁到此的居民沙马石各在配备了现代化炊具的厨房里准备晚餐。搬进楼房的沙马石各再不用在传统的火塘边做饭,生活条件有了很大改善。

新华社记者 沈伯韩 摄

人权条约，累计向166个国家和国际组织提供援助，派遣60多万名援助人员。世界银行研究报告预计，到2030年，中国发起的共建"一带一路"倡议将使相关国家760万人摆脱极端贫困、3200万人摆脱中度贫困。

日本前首相鸠山由纪夫指出，有些大国总认为自己百分之百正确，不断把自己定义的"自由""民主""人权"强加于他国，让世界面临分裂的危险。中国主张符合自身国情、顺应时代潮流的发展方式，这才是正确做法。

瑞士历史学家、伯尔尼艺术学院名誉教授贝亚特·施耐德认为，对于人权的保障应该有不同的道路，"我觉得中国做得很好。所以，即使是西方人进行的民意调查，都表明中国人民对政府的满意度非常高，而西方国家恰恰相反，人们对政府的不满意度正在逐渐攀升"。

▶ 是"自由主义"还是"原始资本主义"
起底美国政治双面游戏的真相

近来,美国政府将更多外国企业纳入出口管制"实体清单",对中国相关行业启动301调查并宣称要大幅提高中国钢铝关税。有美国媒体认为,政府滥用国家权力干预企业经营的"非市场行为"不断增加,预示着美国的"商业决策越来越取决于政治动机",这个国家正在"背离经济自由主义原则"。

与此同时,TikTok遭遇围剿、日企收购美国钢铁公司遇阻等事件持续发酵。对于熟悉美国历史的人来说,这些并不奇怪。美国表面上宣扬的是"自由资本主义",实际上信奉的却是"极端利己主义",也叫"美国优先"。

建国初期,为了不卷入"与自身利益无关的"欧洲大陆纷争,美国推出"孤立主义";后来为争夺美洲大陆控制权,推出"门罗主义";在成为世界第一大经济体后,为了"和平体面地征服海外市场",披着"普世价值"外衣的"威尔逊主义"粉墨登场;二战后特别是20世纪70年代以来,美国出于全球扩张和两极争霸的需要,将自己塑造为"自由主义的灯塔",在全世界推行所谓"新自由主义",为美国对外干涉和资本劫掠大开方便之门……美国历史上新旧"主义"相继登场,名称虽有不同,但其"美国优先"的霸权逻辑自始至终一脉相承。

随着世界多极化趋势加速演进,美国霸权衰落,战略焦虑日益加深,特别是面对发展中国家群体性崛起,各种打压遏制无所不用其极,甚至不惜"退群毁约",破坏战后国际体系。一时间,经济民族主义、贸易保护主义、政治保守主义以及民粹主义在美国甚嚣尘上。特朗普政府不停泛化国家安全打压他国高科技企业,滥施关税、制裁、长臂管辖等手段遏制他国发展,对国际规则"合则用、不合则弃",将国内法凌驾于国际法之上,把弱肉强食的"丛林法则"推行到极致,而拜登政府不断将科技和经贸问题政治化、工具化、武器化,人为"筑墙设垒",强推"脱钩断链",从推动所谓"友岸外包""近岸外包",到出台《通胀削减法案》《芯片与科学法案》等排他性歧视性产业政策,再到发布对外投资审查行政令,等等,种种违反市场经济和公平竞争原则的保护主义做法,严重破坏市场规则和国际经贸秩序,扰乱全球产业链供应链稳定。

美国曾一度高举"经济全球化"和"自由主义"市场原则大旗,但是随着全球化深入发展和"全球南方"崛起,特别是后发国家及其企业在自由主义全球化规则下,通过自身努力不断发展,在美国眼中却变成"威胁"。这让美国感到,"自由主义"话语体系与其谋求霸权利益难以继续契合,是忠于自己倡导的"主义"还是维护自身霸权?美国的政客们总是毫不犹豫选择后者。

这让国际社会——无论是发展中国家还是其西方盟友,都认识到,美国接纳自由主义秩序或经济全球化从来都不是无条件的,区间仅限于其他国家作为美国的代工基地和销售市场,而非平等的合作者或竞争者。

TikTok法案是美国抛弃自由主义全球叙事的一个分水岭。面对来自国际企业的激烈竞争,对本国企业海外投资的限制越来越密集,对外国企业在美投资的禁令越来越随性,行政干预越来越蛮横,产业政策越来越霸道,科技不再无国界,贸易不再自由化,生产不再全球化,被奉为圭臬的自由市场不再重要,被政客任意定义的所谓"美国利益"成为优先原则……无论共和党还是民主党当政,双方彼此政见之争虽宛若仇雠,但回归"原始资本主义"野蛮本性和路径趋同,只是配速不同而已。

这是2023年10月11日在美国首都华盛顿拍摄的国会大厦。

新华社记者 刘杰 摄

美国舆论批评政府和政客"正在背离自由市场原则",其实美国"政治家们"信奉的从来都不是自己宣扬的所谓"主义"。近百年美国发展史也从未遵循什么"自由主义"经济哲学,美国发明这种或那种"主义",目的是为了塑造意识形态,说服或胁迫别人按照符合美国利益的方式参与游戏,为其全球扩张和资本掠夺披上合法外衣,而一旦这些"主义"或规则成为自身利益的羁绊,美国会毫不犹豫地砸场子。美国各类政客所为,无关什么形式的"主义",只是对"原始资本主义"的回归。

人们从美国政府的所作所为中看到,美国政治逻辑由两条意识形态路线驱动:一条白线,即能够拿上台面的东西,比如"自由主义"或所谓"基于规则的国际秩序";一条黑线,则是"原始资本主义"。白线驱动,就是发明"主义"、制定规则、标榜道义,通过构建体现美国利益的国际制度和推广所谓"普世价值"以获得合法的制度权力;黑线驱动,则是赤裸裸地"以实力地位"说话,为达目的可以不择手段,信奉"海盗文化",鼓吹"丛林法则",或掠夺,或欺骗,或胁迫,或讹诈,或暴力征服,以捕获猎物为最终目标，掠夺成性而毫无道义负担，对于自己想要的一切，不给就抢，不服就打，打不成就黑。

正是在这种"黑白线"交织的政治逻辑下，美国所谓"国家利益"和全球霸权地位被视为最高目标，所谓"主义""价值观"和国际规则，只是其实现目标的工具手段而已。理解了这一点，也就看清了美国政治双面游戏的真相。

▶ 傲慢与焦虑
起底美国对华认知战扭曲心态

美国主导的所谓第三届"民主峰会"在韩国粉墨登场。将"美式民主"政治化、工具化、武器化，挑动国际社会分裂对抗，已成为美国对中国等"竞争对手"开展认知战的核心内容之一。

多年来，一些美国政客试图误导世界的对华认知，时而叫嚷"中国崩溃论"，时而散播"中国威胁论"，在傲慢与焦虑之间飘忽不定，暴露出他们的扭曲心态，也让世界看到美国自身认知出了大问题。

这是2024年1月17日在美国白宫附近拍摄的雪人。

新华社发（亚伦 摄）

溯源
"隐瞒、欺骗和彻头彻尾的谎言一直是美国国家安全政策的特征"

美国对华认知战的又一案例最近曝光：中央情报局曾获特朗普政府授权，在中国社交媒体上发起"秘密活动"，散布关于中国政府和共建"一带一路"倡议的谎言，并向海外媒体提供针对中国的诽谤信息。为与中国争夺影响力，中情局还对东南亚、非洲和南太平洋地区发起秘密的舆论干预行动。

美国佐治亚大学名誉教授洛克·约翰逊表示，此类秘密行动旨在帮助美国对其他地区"植入想法"，这套做法在冷战期间很普遍，当时中情局每天散发近百篇文章，以破坏对方阵营的稳定。

美国对华大规模造谣抹黑的历史最早可追溯到19世纪中后期的"黄祸论"。彼时，大量华人劳工被骗到美国挖矿修路，吃苦耐劳的华人在劳动力市场上很有竞争力，因此遭到一些美国人的敌视。随之而来的是大量针对华人族群的恶意中伤，"黄祸论"一时甚嚣尘上，臭名昭著的《排华法案》由此出台。

新中国成立后，美国不遗余力打压这个新生的社会主义国家，其中包括利用认知层面的手段。"在中国内外培植反共分子""降低中国的军事、政治声望影响，挑起北京和莫斯科的分歧，培育中国内部的裂痕"……美国在1951年5月的国家安全委员会48/4号文件中这样叙述对中国实施心理战的目的。

近年来，在信息技术快速发展的背景下，美国的对华心理战、宣传战逐渐向更加成体系的认知战方向演变，形成由美国国务院主导，国防部与情报部门协同，社交媒体、智库及非政府组织一体联动，借助"五眼联

这是2024年3月14日在比利时布鲁塞尔拍摄的北约总部一角。

新华社记者 赵丁喆 摄

盟"、北约等机制与盟友互通情报的全方位对华认知战体系，造谣诽谤无所不用其极。

以美国围绕新疆大做所谓"人权问题"文章为例，美国政府支持智库、非政府组织持续炮制所谓涉疆"研究报告"；以惯于造谣著称的美国国际媒体署管理的新闻机构用几十种语言制作有关新疆"强迫劳动"的虚假新闻，协调盟国媒体机构转载推送；利用互联网媒体大肆传播涉疆虚假信息，美国斯坦福大学的研究报告曾披露涉疆谎言如何在社交媒体上传播：设立虚假账号，用人工智能生成照片当头像，冒充"独立"新闻机构的虚假媒体组织，许多虚假账号发布相同内容，再制造热门标签引发话题讨论。

这再次印证了美利坚大学教授戈登·亚当斯的那句话："隐瞒、欺骗和彻头彻尾的谎言一直是美国国家安全政策的特征。"

套路
"我们撒谎、我们欺骗、我们偷窃"

谎言是美国对华认知战的内核。

2019年4月,曾任中情局局长的美国时任国务卿迈克·蓬佩奥在一次讲话中"交底":"我们撒谎、我们欺骗、我们偷窃。我们关于这些有一整套训练课程!"

最常见的一招便是歪曲事实、误导舆论。近年来美方针对中国编造了中国在非洲搞"新殖民主义"以及"一带一路"上的"债务陷阱"等谎言。大体流程是,一些所谓智库先选择性使用或歪曲捏造数据和案例,诬蔑中国在发展中世界制造"债务陷阱",一些美国政客就以此为论据说事,而美西方媒体全盘接受,大肆炒作。

事实上,西方资本才是发展中国家的最大债主。当前非洲的整体外债中,多边金融机构和以西方金融机构为主的商业债权人所持债务占比近四分之三。英国非政府组织"债务正义"政策部门负责人蒂姆·琼斯说:"西方领导人将非洲债务问题归咎于中国,这是在转移注意力。他们国家的银行、资产管理公司和石油交易商负有更大责任,而七国集团视而不见。"

在经济发展领域,美国近年来常用套路是"捧杀"和"棒杀"轮番上阵。比如,最近有美国媒体声称,"中国冲击"再次席卷世界,中国廉价商品带来的反通胀效应正在显现,但可能击垮他国的新兴产业。这样的报道本质是挑动世界其他国家"去中国化"。再比如,一些美国政客企图将中国认定为"发达国家",美国国会参议院外交委员会2023年6月就通过了所谓"结束中国发展中国家地位法案",也是要挑拨离间中国与"全球南方"国家之间的关系。印度地缘政治专家坎坦在接受新华社记者采访时

2023年12月5日，中国企业承建的拉伊铁路货运列车行驶在尼日利亚奥贡州。新华社发（兰元洪 摄）

说，美国想借此阻碍中国的发展，因为他们想延续二战后的"美国世纪"。

在双边关系问题上，美国经常搞"责任转移"。美方动辄把"负责任管理美中关系""负责任竞争"挂在嘴边，潜台词就是指责中国"不负责任"。然而，美国单方面发起对华贸易战，以非法制裁的手段打压中国科技企业，其种种行为充分暴露了谁才是不负责任的一方。美国外交关系学会高级研究员斯图尔特·帕特里克曾撰文说："美国已成为不负责任的利益攸关方，走上这条路，美国便失去了道德高地。"

在国际上挑动阵营对抗，是美国最熟悉的老套路。所谓"民主对抗威权"的虚假叙事本质上就是以意识形态划线。埃及政治学者穆罕默德·阿提夫·马哈利夫在所谓第三届"民主峰会"举行前接受新华社记者采访时说，美国实际上将推行所谓"民主"作为干涉他国内政、实现自身利益的工具，美国的目的是通过炒作"民主"议题来对抗中国。

探根
"这与资本主义所处的状态有关，危机不断、社会矛盾激化"

19世纪西方军事理论家克劳塞维茨指出，任何战争都是通过"物质上的流血"和"精神上的破坏"两种方式进行的，精神层面的征服是战争的终极目标。

从冷战时期在世界各地收买媒体从业人员的"知更鸟计划"，到制定针对社会主义阵营的全面舆论战方案；从20世纪90年代炮制"育婴箱事件"煽动反伊拉克情绪，到2003年以一管白色粉末为"证据"发动伊拉克战争……美国一次次制造谎言、操纵认知，在世界各地煽动冲突和战争，目的都是为自身霸权利益服务。

美国如今大搞对华认知战，就是为了遏制打压中国，维护自身的霸权强权。美国不断给中国贴上"违反人权者""恃强凌弱者"等负面标签，抹黑中国的国际形象，胁迫其他国家选边站队，都是为这一目的服务。

事实上，对于美国发动认知战的真实意图，国际人士看得越来越清楚。

在美国耶鲁大学高级研究员斯蒂芬·罗奇看来，一些美国政客关于中国人权问题的言论"都是由阴谋论"构成，"缺乏基于事实的分析"。联合国人权理事会前民主公平国际秩序问题独立专家德扎亚斯说，从来没有看到美国等西方国家在制造和散播关于中国新疆的虚假信息时提供任何证据，"这些随意指控中国的人却对正在加沙发生的事默不作声"。

近来，美方持续唱衰中国经济，这是美国认知战的一部分。印度尼西亚《雅加达邮报》网站刊文指出，唱衰中国经济，声称中国经济是"定时炸弹"充分暴露美国的傲慢。美国目前政治极化、好战好斗，正岌岌可危地坐在自己制造的"定时炸弹"上。对美国而言，真正的"定时炸弹"不是国外对

这是 2003 年 3 月 31 日，在伊拉克纳杰夫附近的战俘营内，一名头被面罩蒙住的伊拉克男子在安慰自己 4 岁的儿子。

新华社发

手，而是因为美国政客的短视、傲慢而始终难以解决的国内困境。

美国为何习惯于以既傲慢又焦虑的扭曲心态看待中国？德国《青年世界报》总编辑阿诺尔德·舍尔策尔给出的答案是："这与资本主义所处的状态有关，危机不断、社会矛盾激化。而美西方却把这种困境视为'民主'与'专制'国家之间的斗争，这是一种怪异的扭曲。"

"2024 年美洲乃至全球局势在很大程度上将取决于美国国内局势走向。华盛顿曾多次表现出依靠把注意力转移到外部战线来解决内部问题的倾向。眼下，华盛顿采取这种举动的危险同样巨大。"俄罗斯战略文化基金会网站日前刊文指出。

觉醒
"告诉您中国是敌人的人才是您的敌人"

美国有句名言：你可以一时欺骗所有人，或永远欺骗某些人，但不可能永远欺骗所有人。认知战并非万能，谎言重复一万遍还是谎言。

旅居中国二十余载的法国学者洛朗·米舍隆（中文名罗弘）近年来越发困惑：为什么美西方宣传中的中国与他多年来在中国的所见所闻有那么大出入？罗弘明显感觉到，越来越多西方民众想要真正地了解中国。这就是他在2023年出版新作《理解中国与西方的关系》的初衷。

如今，有许多像罗弘这样的国际有识之士，正在通过各种方式向世界介绍真实、立体、全面的中国。

"2023年4月，我第一次来到中国，去了北京、杭州、重庆、义乌、沈阳，中国的发展给我留下深刻印象。"国际人权和社会发展协会拉丁美洲人权事务顾问戴维·洛佩斯日前在瑞士日内瓦接受新华社记者采访时说，中国在消除绝对贫困方面取得了令人钦佩的成就，走出了自己的人权发展道路，中国是西方恶意炮制的人权谎言的受害者，"在全球拥有那么多军事基地的国家并不是中国"。

英国政治评论员卡洛斯·马丁内斯在其著作《东方依然红：21世纪的中国社会主义》中，以言简意赅、通俗易懂的方式讲述了中国的发展成就。书中不仅列举了大量关于中国的事实与数据，包括中国的人均寿命、识字率等，还详细介绍了中国的脱贫计划，中国在可再生能源、量子计算、太空探索和纳米技术等领域的发展情况等。马丁内斯表示，希望通过分享关于中国的真实信息来对冲美国的虚假宣传。

杰里·格雷曾在澳大利亚一家跨国安全公司担任总经理长达17年之

2024年1月1日，在海南省洋浦经济开发区拍摄的海南自贸港集装箱航运枢纽——洋浦国际集装箱码头（无人机照片）。

新华社记者 蒲晓旭 摄

久，他在中国旅居工作学习近 20 年。2023 年 9 月，他发表一封给英国外交大臣的公开信，在信中基于亲身经历列举中国的发展成就并总结道："中国不是您的敌人，告诉您中国是敌人的人才是您的敌人。"

▶ 说一套做一套无法取信于人
起底美国政治"形象赤字"

2021年1月6日,数千名美国民众为了阻止确认新当选总统,暴力冲击国会大厦。抗议者翻墙破窗,催泪瓦斯四处弥漫,议员头戴防毒面罩落荒而逃,民众与警察持枪对峙,美国国旗散落在地上……美国智库外交学会会长理查德·哈斯直言,国会暴力事件给"美国例外论"和"山巅之城"的说法画上句号。

2023年1月6日,在美国首都华盛顿的国会大厦外,一名前国会警察遗孀在纪念"国会山骚乱"两周年纪念仪式上流泪。

新华社记者 刘杰 摄

"民主灯塔""人权卫士""种族熔炉"……美国多年来给自己脸上擦粉，美国政客带着这些口号，调动宣传工具，四处售卖美式价值观。美国将自己的所谓"自由民主"等概念上升为所谓的"普世价值"，为其干涉别国内政赋予所谓"正当性"。谁影响到美国利益，它就祭起"价值观"大旗，对别国指手画脚乃至搅动内乱、发动战争。弊病缠身却好为人师，好话说尽坏事做绝，说一套做一套的美国无法取信于人，打造的"美好形象"屡屡被事实"卸妆"。

美国自诩"民主样板"，然而"美式民主"留给世界的"名场面"是数千人"围攻"国会山、黑人弗洛伊德死前悲喊"无法呼吸"、伊拉克人因为美国战争创伤掩面哭泣……"美式民主"如同好莱坞刻意布置的场景，说出来演出来的都是精心打造的人设。美国政客台前大喊民主、背后大搞金钱政治。竞选资金屡创新高，政治分肥愈演愈烈，普通民众收入却长期停滞，贫富分化不断加剧。皮尤中心民调显示，65%的美国人认为美国民主制度需要重大改革，57%的受访者认为美国不再是民主典范。

党争加剧背景下，党派利益凌驾于国家整体利益之上，上台的一方总是不断清算前任的政治遗产或否决政治对手的政策主张，内政外交政策来回"翻烧饼"，国家财政持续损耗，长远政策难以为继，政治极化愈演愈烈。

美式民主积弊丛生，美国政客却热衷于在全世界"推广民主"。在拉美国家推行"新门罗主义"，在欧亚地区煽动"颜色革命"，在西亚北非遥控"阿拉伯之春"，武装入侵阿富汗、伊拉克等国，给多国带来混乱和灾难。美方还炮制"民主对抗威权"虚假叙事，加剧国际社会分裂和阵营对抗。美国纠集所谓的"全球民主峰会"，实际是以民主之名行打压他国、分裂世界之实。美国《外交》双月刊网站刊文指出，国际社会对美国政治制度优势的评价不断下降，包括美国盟友在内的很多国家不再认为美国民主是一个典范。

美国自诩为"人权卫士",可国内人权状况不断恶化。美国是枪支暴力最严重的国家。联合国人权事务委员会指出,系统性种族主义普遍存在于美国警察和司法系统中,美国黑人被警察杀害的可能性是白人的3倍,被监禁的可能性是白人的4.5倍。

美国曾长期对国际人权标准持冷漠甚至拒斥态度。艾森豪威尔政府公开宣称,其内外政策方面将不受人权义务制约。20世纪70年代,美国提出"人权外交"口号,人权转而被说成是美国外交政策的"基石"和"灵魂"。美国历史学家和外交关系学者詹姆斯·派克认为,美国的恶劣行径越遭到揭发和批评,美国政客越要声嘶力竭地宣传其人权理念,以粉饰形象。美国出兵阿富汗,入侵伊拉克,轰炸叙利亚,制裁古巴、伊朗等国长达数十年。2001年以来,美国以反恐之名发动的战争和军事行动已造成超过90万人死亡,其中约有33.5万是平民,数百万人受伤,数千万人流离

2024年3月9日,在加沙地带南部城市拉法,巴勒斯坦人查看以军空袭后的废墟。

新华社发(哈立德·奥马尔 摄)

失所。美国实施酷刑、暗杀等严重侵犯人权的行为层出不穷，监听外国政要，屡屡引起轩然大波。2023年10月爆发新一轮巴以冲突以来，美国三番五次独家阻挠联合国安理会通过有关停火的决议，国际社会进一步认清了美国人权"卫道士"的伪善面目。

美国的"形象赤字"还体现在嘴上说着维护"基于规则的国际秩序"，干的却是用自身"家法帮规"谋求私利，对国际规则合则用、不合则弃，大搞伪多边主义和集团政治。瑞士日内瓦高级国际关系与发展学院荣休教授相蓝欣撰文表示，美国所谓"基于规则的国际秩序"并非为人类的利益而建立，甚至不是一个和平的、和谐的体系，只会给世界和平与发展制造更多问题，世界上相当一部分人口并不支持。

美国不仅不诊治自身在自由、民主、人权上的弊病，还将这些全人类的共同追求私产化、政治化、武器化。对美式"双标"的真实用意，世人早已心知肚明。需要顺应国际大势的，是逆行者自己。

美国病态民主加剧治理失序，政府不能及时回应民众关切，社会充斥着不公，所谓的"民有、民治、民享"已经成为苍白无力的口号。

枪患病根难除，让人们不得不怀疑"美式人权"究竟成色几何。可以肯定的是，如果不从根本上反思和改变金钱政治、治理失灵的现实，美国民众将继续生活在枪支暴力的血色阴影之中。

"美式民主"空有民主之名，却无民主之实，诸多历史局限和现实弊病已让这个自诩为"山巅之城"的美国沦为"民主洼地"。

美式民主二元对立的对抗思维，与地球上多数人关于和平发展公平正义民主自由的共同价值追求背道而驰。

PIECE 04

第四篇

美国批判

你要么与我们为伍，要么与我们为敌。美国应该引领，盟国则应该追随，而反对美国至尊地位的国家将会遭殃。

——美国哥伦比亚大学教授杰弗里·萨克斯

▶ 抢、打、黑
美国霸权"虔诚"的三件套

频繁炒作"中国网络威胁论",编造散播所谓"中国黑客"的谎言;限制美国在半导体和微电子、量子信息技术和人工智能系统等领域对华投资,图谋阻遏中国科技发展……美国打压遏制中国的招式层出不穷、花样繁多。

实际上,这些针对中国的招数只是美国霸凌世界的一个缩影,反映的

这是2023年5月31日在美国华盛顿拍摄的国会大厦。

新华社发(亚伦 摄)

是其愈加彰明较著的狼性文化。这种文化信奉弱肉强食的丛林法则，或掠夺，或欺骗，或胁迫，或讹诈，或暴力征服，不择手段以捕获猎物为最终目标，掠夺成性而毫无道义负担。正是在这种文化的主导下，美国的领土不断扩张，美国的财富不断膨胀，美国的国力不断增强，直到成为世界第一强国。及至冷战之后，美国终于独霸全球，更不惮向世界展现其狼性文化，对于它想要的一切，不给就抢，不服就打，打不成就黑，"抢、打、黑"如今早已成为今日美国围猎世界的组合拳、连环套。

第一招"不给就抢"。美国的发展史就是一部依靠掠夺不断扩张的历史。过去掠夺印第安人、劫掠墨西哥等拉美国家，今日被抢的不仅包括积贫积弱的叙利亚、阿富汗，被美国视为眼中钉的伊朗、委内瑞拉，还有美国的传统盟友。抢夺叙利亚的粮食和石油，冻结阿富汗的海外资产，扣押伊朗的油轮并转移回国出售变现。美国即便对待盟友也不手软，用"广场协议"吃掉日本几十年经济优势，以"经济人质"为手段肢解法国阿尔斯通，新冠疫情期间"截胡"法国、德国防疫物资，用《通胀削减法案》等手段把欧洲企业吸引到美国……美国匹兹堡大学客座法学教授丹尼尔·科瓦利克撰文指出，美国随时准备动用"掠夺"这个屡试不爽的传统技能。

第二招"不服就打"。美国在240多年历史中，超过90%的时间在打仗。从印第安人战争，到美墨战争、美西战争，再到朝鲜战争、越南战争、科索沃战争、阿富汗战争、伊拉克战争，等等，战火几乎烧遍各大洲。美国在战争和屠杀中不断积累扩大军队实力，为其全球霸权保驾护航。二战后美国利用其构建的美元霸权体系，对于反抗者或竞争者肆意挥舞制裁大棒，动辄发起贸易战，大搞单边霸凌，利用科技、经济、金融优势对敌手进行多方位打压甚至绞杀。早在冷战时期，美国就联合西方国家设立"巴黎统筹委员会"限制对共产主义国家的高科技出口，今日美国抛出的"脱钩断链""去风险"本质上与冷战时期做法并无二致。

2022 年 1 月 6 日，美国首都华盛顿国会大厦外摆放蜡烛纪念国会山骚乱事件一周年。

新华社发（阿伦 摄）

第三招"打不成就黑"。美国基于其在传播和全球媒体话语权上的支配地位，擅长对"不听话"的国家进行抹黑构陷，为自己指鹿为马、巧取豪夺"正名"。冷战期间，美国中央情报局就发起"知更鸟计划"，在世界各地收买媒体从业人员，通过操纵媒体影响大众舆论。近年来美方针对中国罗织了一系列耸人听闻的"罪名"，一些诸如中国在非洲搞"新殖民主义"以及"一带一路"上的"债务陷阱"等谎言，其目的无非是妖魔化中国，为中国的对外友好合作设障。德国作家吕德斯在其著作《伪圣美国》中揭露，美国政府非常善于通过选择和歪曲事实、刻意窄化新闻来源、极化公众判断，从而混淆是非，扰乱视听。

美国自诩为"上帝的选民"，以传教士的狂热将其宗教信条包装成所谓"普世价值"向全世界推广，以此占据道义制高点。美国政客甚至自称"美国是最有宗教情怀的国家"，但多年来，美国在世界上打杀抢夺的所作所为，很难跟其所宣扬的教义精神联系到一起。世人感知更多的，只是其一以贯之对霸权"宗教般的虔诚"。

不偷不盗不抢不骗不打诳语，这是基本的道德约束，也是美国人所信仰的宗教教义的基本要求。美国政府"说一套做一套"，其伪善面目被越来越多的世人所认清，越来越难于在掠夺利益和粉饰道义之间做到逻辑自洽。

扫描二维码查看视频

▶ 抹黑中国洗不白"黑客帝国"

近年来,美国一些官员和机构频繁炒作"中国网络威胁论",编造散播所谓"中国黑客"的谎言,企图将美国装扮成网络攻击"受害者",转移国际社会视线并打压中国。然而,这招抹黑他人洗白自己的手段注定行不通。

美国才是名副其实的全球头号"黑客帝国",其滥用技术优势在全球各地大搞监听、窃密的劣迹罄竹难书。从"棱镜"计划、"怒角"计划、"星风"计划,到"电幕行动"、"蜂巢"平台、"量子"攻击系统,这些被曝光的事实证据足以让美国坐实"黑客帝国""监听帝国""窃密帝国"的名号。美国情报机构的窃密手段五花八门,包括利用模拟手机基站信号接入手机盗取数据,操控手机应用程序、侵入云服务器,通过海底光缆进行窃密,利用美驻外使领馆对驻在国窃密,等等。美国实施的是"无差别"监视监听,从竞争对手到盟友,甚至包括德国前总理默克尔、法国多任总统等盟国领导人以及联合国秘书长古特雷斯,无不在其监听范围。前段时间发生的美军方"泄密门"事件再次暴露了美国肆意对他国进行窃听、发动网络攻击等霸凌恶行。美国记者巴顿·格尔曼在《美国黑镜》一书中说:"没有可避难之地,没有可安息之所,美国政府不会接受任何地方处于其监控视野之外。"

美国上演贼喊捉贼的闹剧屡见不鲜,但实际上,对他国污蔑抹黑不仅无法让其占领"道德制高点",反而将其恶行置于焦点之下。就是这样一个"前科累累"的国家,居然打着"维护数据安全和隐私"的旗号,兜售所谓"清洁网络"计划,其实质是打压遏制华为等中企,目的就是要打造一个美国独家主导、没有任何对手、不受任何监督的全球监控网络,为其肆意监听、窃密开方便之门。这是美国维护网络霸权的一贯做法,但凡自身技术垄断受到威胁,美国政府就会动用各种力量、各种手段对外国企业进行抹黑、打压。法国知名芯片卡制造商金普斯公司创始人马克·拉叙斯在其撰写的《芯片陷阱》一书中揭露,美国安全部门对他进行迫害并强行将金普斯控制权据为己有,而后利用该公司技术大搞监听。

说到底,美国费尽心思掌控网络霸权的根本目的是为其维护霸权服务。中国国家计算机病毒应急处理中心与360公司共同发布的一份报告显示,美国中央情报局长期在世界各地秘密实施"和平演变"和"颜色革命",通过协助发布扩散虚假信息,以及向冲突各方提供加密网络通信服

2013年7月12日,新闻工作者在俄罗斯首都莫斯科打开网页浏览斯诺登的讯息。2013年,美国前防务承包商雇员爱德华·斯诺登向媒体曝光美方"棱镜"大规模秘密监听项目。

新华社记者 姜克红 摄

务、断网通联服务、基于互联网和无线通信的集会游行活动现场指挥工具等，推动冲突激化。美国还不遗余力地推动网络空间军事化，大力发展进攻性网络作战力量，打造体系化的网络攻击平台和制式化的攻击装备库。2022年，美国网军司令部公然将他国关键基础设施列为美国网络攻击的合法目标。伊朗政治分析人士拉扎·卡莱诺埃指出，网络战是美国"混合战争"的工具之一，与经济制裁、恐怖活动、心理战以及军事行动一样，都是其用来干涉其他国家、实现自身政治目的的手段。

美国长期把中国作为网络攻击的主要目标之一，攻击对象涉及航空航天、科研机构、石油行业、大型互联网公司以及政府机构等。中国国家互联网应急中心网站发布的一份报告显示，2020年中国捕获计算机恶意程序样本数量超过4200万个，其中境外恶意程序主要来自美国，占比达53.1%。2020年，控制中国境内主机的境外计算机恶意程序控制服务器数量达5.2万个，其中位于美国的控制服务器数量同样高居首位。2022年9月，中国有关机构发布报告，详细披露了美国家安全局网络攻击中国西北工业大学情况。

美国诬陷栽赃的调门越高，世人越能看清"黑客帝国"的真面目。奉劝执迷于网络霸权的美国反躬自省，停止对中国的网络攻击和恶意抹黑，还世界一个和平、安全、开放、合作、有序的网络空间。

▶ 美翻炒中国"窃取"技术的三个歪心思

"中国窃取知识产权",这样一个早已被证伪的老话题近年来又被美方拿出来翻炒。在美方不遗余力打压遏制中国的背景下,这种无中生有、荒谬至极的污蔑并不让人意外,背后的歪心思就是抹黑中国,污蔑中国的发展进步是"偷来的";拉盟友,通过渲染"中国威胁"阻挠与中国开展科技合作;找借口,将自身的衰落归咎于中国。

污蔑中国"偷窃"知识产权是对历史和现实的严重歪曲。美方毫无证据,只是觉得中国那么落后,怎么可能在诸多关键技术上凭借自己的能力取得突破,于是就妄下断语。这种扭曲心态体现的是一种"科技种族优越论"。美国前财长萨默斯曾讲过一句公道话:中国企业在技术上处于领先地位,不是"窃取"美国技术的结果,而是首先源于中国基础科学领域优秀的科学家和重视人才、关注科学的教育体系。美方再次翻炒这一伪命题,保护知识产权是假,打压遏制中国是真。

一是抹黑中国,为遏华政策找托词。美国错误地将中国视为"头号对手",动用各种资源、制造各种谎言和谣言抹黑中国,为打压遏制寻找各种托词。当下美国再次翻炒"中国窃取技术"等论调,结合美方近期对中国企业的所作所为,显而易见是为了配合制裁中国高科技企业、限制对华投资等行动,妄图对中国形成"技术封锁"。德国之声指出,美国意在阻止中国"挑战美国科技独霸地位","最根本的是对中国成为科技大国的忧虑"。美国的污蔑完全由政治动机驱动。美国耶鲁大学高级研究员斯蒂

芬·罗奇指出,美国所谓"中国窃取知识产权"的依据是"经不起认真核查的道听途说"。

二是拉拢盟友,扩大对华"技术封锁"。在半导体、人工智能等新兴技术领域,美国正拉拢盟友,组建对华"技术包围圈"。美国炮制所谓"中国窃取技术",就是要向盟友灌输这样一种"毒鸡汤":与中国进行技术合作有"被窃取"的风险。事实却是,与中国开展科技合作,给全球企业带来的是机遇而不是威胁。从知识产权引进大国向知识产权创造大国转变,中国如今不仅是世界工厂、巨大市场,还是研发沃土、创新源泉,包括发达国家在内的世界各国与中国进行科技合作的空间更广、需求更大、利益更契合。德国工商界日前表示,愿在提高研发能力、推进数字化转型等方面进一步深化德中合作,实现在中国生产、和中国研发、与中国双赢。

三是"内病外治",为美国自身衰落找借口。中国人工智能专利申请量居世界首位,中国在 5G 技术、标准、产业初步建立竞争优势,澳大利亚战略政策研究所说中国在高科技材料、无线电通信、量子计算机等 44 项被调查技术中的 37 个领域领先……看到中国不断缩小科技差距,甚至在部分领域实现"超车",美国一些政客不是从自己身上找原因,反而污名化中国科技成就,为自身衰落遮羞;不是抱持公平自由的市场原则光明正大地展开竞争,而是"使绊子"挤压中国发展空间,延续美国在关键技术和高科技产业上的垄断优势。富士康母公司鸿海集团董事长刘扬伟近日提醒美国:不应对追赶者喊停,而是要自己行动更快。

翻炒"中国窃取知识产权",是对中国科技领域艰苦努力的污蔑。中国正坚定实施创新驱动发展战略,中国取得创新成就一不靠偷,二不靠抢,是 14 亿多中国人民靠智慧和汗水奋斗出来的。中国大力保护知识产

权，建立起从法律、规划、政策到执行机构等知识产权保护、运用和管理的完整体系，为科技创新保驾护航，得到国际社会积极肯定。世界知识产权组织总干事邓鸿森说，过去50年，中国在知识产权方面取得历史性成就和进步，在全球创新指数中的排名上升至第11位。中国制定的知识产权战略堪称典范。

重大创新成果竞相涌现，一些前沿方向开始进入并行、领跑阶段……当前，中国正在从世界上具有重要影响力的科技大国迈向世界科技强国行列，历史将记录下中国科技创新一个个高光时刻，一切抹黑都将如过眼云烟，成为历史的笑谈。

▶ 制裁成瘾　霸道成性

有美国媒体用醒目标题警告美国政府："华盛顿正在制裁 1.2 万个实体，美国反受其害。"截至 2022 年年初，全球已有近 1.2 万个组织和个人遭受美国制裁。霸权思维惯性驱使下，美国已将制裁作为一种常用工具。但事实上，制裁别国不仅让美国遭受损失，更使其陷入"失道寡助"的境地。

美国制裁久来有之且工具繁多。众所周知，美国曾出台《武器出口控制法》《出口管理条例》等法规，阻止盟友向社会主义阵营国家出口相关产品。此后，美国以一系列国内法为依据，更是直接对特定国家、组织或个人实施制裁。美国倚仗美元霸权，通过切断其他国家的美元供应和交易渠道，限制美元融通渠道、交易汇路等对他国施压和制裁；使用包括制裁、限制进出口、加征关税等各种贸易管制措施对他国实施经济胁迫。对古巴实施数十年经济、商业和金融封锁；不断强化对朝鲜、伊朗、委内瑞拉等国"极限施压"；全方位制裁俄罗斯；以违反美国制裁规定为由对英国汇丰银行、法国巴黎银行等发出天价罚单；次级制裁迫使西门子、空中客车等欧洲公司从伊朗撤资；违反公平贸易原则，打压围堵中国企业……美国直接制裁及次级制裁的案例不胜枚举。根据美国财政部数据，过去 20 年美国实施的制裁数增加了大约 9 倍，上一届总统任期内实施的制裁高达 3800 项，相当于平均每天挥舞"制裁大棒"3 次。

过去 10 多年来，制裁几乎成了美国应对外交问题的首选工具。美国倚仗军事经济实力，国内法成为其滥用制裁的遮羞布，自由、民主、人权是其常用借口，拉拢、胁迫他国是其惯用手段。美国还通过国内法的域外适用任意扩大制裁措施适用范围，通过所谓"次级制裁"将制裁范围扩大到与原目标国有经贸往来的第三国，以此强化制裁效果。诺贝尔经济学奖得主、斯坦福大学商学院名誉院长迈克尔·斯彭斯指出，经济制裁正越来越多地被当作外交工具来实现非经济目标，"制裁不应成为家常便饭"。

美国滥施制裁已成为当今世界主要风险源。乌克兰危机升级以来，美国制裁变本加厉，不仅加剧全球能源短缺风险、推高世界粮食价格，还进一步破坏了新冠疫情影响下脆弱的全球产业链供应链，给负重前行的世界经济造成拖累。美国塔夫茨大学教授丹尼尔·德雷兹纳在《外交事务》杂志发表文章指出，历届美国政府"滥用经济胁迫和经济暴力"，将制裁作为解决外交问题的首选方案，非但起不到效果，还造成人道主义灾难。

作为名副其实的制裁超级大国，美国滥施制裁严重损害他国主权安全，严重影响他国国计民生，严重违背市场经济原则和国际经贸规则，同

2022年5月1日，古巴民众在哈瓦那参加五一国际劳动节集会游行，反对美国对古封锁，表达爱国情感。

新华社记者 朱婉君 摄

时也损害了美国自身利益。彼得森国际经济研究所的一项研究认为，1970年至1997年，美国的单边制裁仅在13%的情况下实现了目标，却给美国经济造成每年150亿至190亿美元的损失。前白宫官员、哥伦比亚大学全球能源政策中心创始主任杰森·博尔多夫说，过度使用制裁会适得其反，促使贸易伙伴寻求其他盟友或美国银行系统和美元的替代品。美国的盲目自大伤及自身，也让盟友愈发不满。法国《回声报》指出，对俄制裁的"回旋镖"精确地直击西方，制裁的反噬效应令欧洲国家损失惨重。

今天的世界已不可能轻易被美国的霸权意志所左右。以对话解决争端、以协商化解分歧，才是正道。一言不合就举起"制裁大棒"恰恰是缺乏智慧的表现。正如美国《新闻周刊》刊文所指，如何以一种更理性、更有效的方式来沟通，美国需要重新考虑自己的制裁政策了。

说一套做一套，奉劝美国少来这一套

美国国防部长奥斯汀 2023 年 6 月 3 日在第 20 届香格里拉对话会上鼓吹美国提出的"印太战略"，用"繁荣""和平"等漂亮词汇虚构美好愿景，以此粉饰这一充斥冷战思维和霸权逻辑的所谓战略。然而，美国的自我吹嘘与亚太地区国家的普遍感知存在明显错位。美国好话说尽，坏事做绝，言行不一，早已信用破产，这种说一套做一套的把戏注定行不通。

言行不一，体现在美方对待台湾问题、南海问题、中美两军关系等问题上颠倒黑白、贼喊捉贼。美方在种种场合想方设法给中国下套子、贴标签，把"和平"调子唱得很高，但实际上扮演了和平破坏者、地区搅局者的角色。美方强化与台湾地区官方往来，纵容"台独"分裂活动，提升售台武器数量和性能，不断虚化掏空一个中国原则；动辄派遣舰机到南海挑衅滋事，常态化实施所谓"航行自由"行动，增加临时部署、轮换部署，增设军事基地，持续强化南海地区力量存在；损害中方利益关切、不断挑衅示强，为两军交往制造障碍……总之，美方的种种做法让奥斯汀口中的"美国不寻求新冷战"承诺毫无可信度。

言行不一，体现在美国对地区美好愿景的虚构上。嘴上说着促进亚太地区繁荣，实际上却在供应链、基础设施等方面破坏地区合作共赢的良好发展态势；嘴上说着维护地区安全，实际上不断挑动对立，在亚太地区加强军事布置，制造紧张氛围；嘴上说着支持东盟"中心地位"，实际上绕过东盟拼凑"四方安全对话"、美英澳三边安全伙伴关系等美国主导的"小圈子"，试图绑架东盟国家成为地缘竞争的棋子。

2017年2月28日,在韩国首尔的韩国国防部门前,韩国民众高举反对"萨德"系统的标语。

新华社记者 姚琪琳 摄

言行不一,体现在美国长期打着"民主""自由""秩序"等旗号,兜售美式价值观和政治制度,塑造其他国家和世界秩序。美国政客言必称"民主""自由",实际上却按照美国模式划定"民主标准",不允许其他制度道路模式存在,以反民主的方式侵害各国人民自主选择发展道路的自由。美国口口声声讲的国际秩序,实际上是服务美国自身利益、维护美国霸权地位的秩序。在包括亚太地区在内的世界各地,美国炮制和散播"民主对抗威权"的虚假叙事,强迫各国选边站队,制造零和博弈、二元对立,与亚太地区的价值取向和发展目标格格不入。世界上不只有一种发展模式,也不存在放之四海而皆准的制度,绝不能让西方所谓的价值观在亚太地区内制造嫌隙。

近年来,亚洲地区保持总体和平稳定和快速发展、整体崛起的良好势

2023年6月2日，警察在新加坡香格里拉酒店外执勤。第20届香格里拉对话会于2023年2日至4日在新加坡举行。

新华社发（邓智炜 摄）

头。在当前世界百年变局加速演进大背景下，地区国家更加珍视来之不易的良好发展势头，努力守护地区和平红利，不愿意为了成全美国私利选边站队。新加坡总理李显龙指出，各国提出的区域合作倡议"应该有助于将各国团结起来，而不是分裂它们"。美国《外交政策》双月刊网站近日刊文指出，许多地区国家都不认同美国感知的"中国威胁"，也不认同美国把世界分为"威权国家"和"民主国家"这个过于简单的看法，无论华盛顿多努力，旨在迫使各国选边站队的政策都将失败。

亚太地区如今最需要的是和平与合作，而奥斯汀在对话会上公然表示要加强军事部署、发展防务合作、增加军演，投入大量战略和军事资源，却无视各国最关心的发展问题。美国智库美国战略与国际问题研究中心亚洲问题专家迈克尔·格林批评称，美国提出的"印太经济框架"无所作为，就像是"感恩节大餐只有馅料和蘸酱，却没有火鸡"。

形成鲜明对比的是，中国用实际行动表明自身主张：亚太是和平发展的高地，不是大国博弈的棋局。中国与地区国家产业链紧密连接，已成为大多数亚太国家的最大贸易伙伴；中国与地区国家共建"一带一路"，共同发展，各国得到了实实在在的好处。美国外交政策智库卡内基国际和平研究院中国问题专家保罗·亨勒说："亚太地区的大众观感可能变成，美国会带着枪支弹药来到你面前，而中国则负责处理有关贸易和经济的面包黄油问题。"

美国的漂亮话蒙骗不了国际社会。中国人讲"听其言，观其行"，美国开国总统华盛顿也说过"衡量朋友真正的标准是行动而不是言语"。奉劝美国少来说一套做一套的把戏，归根到底，世界看重的不是你怎么说，而是你做什么、怎么做。

扫描二维码查看视频

▶ "去风险"才是最大风险

美国口头上以所谓"去风险"替代"脱钩论",行动上却继续拼凑着"去中国化"的"遏制拼图"。七国集团峰会刚开完,美国近日又召集"印太经济框架"部长级会议、美国－欧盟贸易和技术委员会会议,目的还是拉拢盟友打造排除中国的"平行体系"。这种以"去风险"之名分裂世界的做法,给深度交融的全球经济带来巨大风险。

概念是思维的基础,美国推销所谓"去风险"概念,是在误导国际社会朝着它所希望的方向思考并得出对其有利的结论。美国召集国际会议,反复在"去风险"框架下推动遏制中国议题,目的就是要把中国与"风险"画上等号,诱拉盟友从过去因美国压力与中国"脱钩"的被迫状态,转为主动"去风险"进而"去中国化"的自发状态,为美国实现其整体对华"脱钩"遏制战略打助攻。

是"去风险"还是"脱钩",不要听美国怎么说,关键是看它怎么做。

所谓"去风险"的实质,美国媒体说得很直白。《外交事务》杂志近期刊文指出,美国力推"去风险"概念,实际上就是从三个方面限制中国:限制中国在关系国家安全的战略领域的能力,例如芯片;限制中国在关键原材料及其加工上的地位,例如稀有金属;限制中国市场在世界范围内的影响。说到底,"去风险"核心就是打造针对中国的"小院高墙",搞更加精细化的"断链脱钩",意在排挤打压中国,维护美国在世界经济体系中的中心和垄断地位,所以"去风险"是假,维护霸权是真。

名为"去风险",实为"去中国化",甚至是"去全球化"。全球产业链供应链的形成和发展，是市场规律和企业行为共同作用的结果，美国为限制中国发展将经贸问题政治化，胁迫诱拉一些国家限制对华出口，冲击全球产供链稳定。然而，中国是世界第二大经济体、140多个国家和地区的主要贸易伙伴、制造业第一大国，世界离不开中国。美国胁迫他国在中美之间选边站队，不仅严重干扰全球市场正常运行，更加剧全球经济治理体系混乱，引发国际规则竞争与冲突，对经济全球化造成巨大冲击。

对于"去风险"引发的全球风险，国际社会已经发出严厉警告。新加坡副总理黄循财指出，有关针对中国"去风险"而非与之"脱钩"的声音，同样会导致更加碎片化和"脱钩"的世界经济，"一个碎片化的全球经济将把世界分裂为相互竞争的区域集团。贸易、投资、思想的传播将会减少——而这些都曾是帮助我们实现经济进步的关键因素"。世界经济论坛创始人兼执行主席施瓦布则认为，开放的全球贸易使各国受益，全球贸易投资的"脱钩"，将进一步拉高世界经济当前的"发热曲线"，表现为高通胀、高债务和低增长。

那么，美国以"去风险"为名推动"去中国化"行得通吗？答案是否定的。美国至少难过"三关"：首先，对于企业，美方要人为改变中美企业互利的市场格局如逆水行舟，毕竟企业是最重要的市场主体，企业是追求利润的，不会完全按照政府指挥而违背市场规律；其次，对于消费者，离开"中国制造"，意味着更高物价、更高通胀率；最后，对于盟友，美国企图拉上它们共同遏制中国，但对于欧洲国家在内的绝大多数国家而言，这不仅不符合其利益，而且会付出高昂的机会成本。

当前，中国和世界其他国家的经济联系如此紧密，与中国经济"脱钩"或"去风险"的代价实际上远远超过某些国家的预期和承受能力。更重要的是，在绝大多数国家看来，中国根本就不是什么"风险"而是机遇。正如美国布鲁金斯学会网站刊文诘问的，"哪个国家会认为，中国的经济增长本身对它们会是一种风险？"改革开放40多年来，中国在基础设施、市场规模、人才储备和产业集群等方面积累了巨大的优势,已然对全球商业力量形成一种强大的"磁场效应",这些优势及其蕴含的机遇必然会对冲美国打压中国的霸权战略。

特斯拉首席执行官马斯克近日访问中国。在与中国国务委员兼外长秦刚的会见中,马斯克把美中利益比作连体婴儿,认为彼此密不可分,并明确表示反对"脱钩断链",愿继续拓展在华业务,共享中国发展机遇。几乎同时,摩根大通首席执行官戴蒙、星巴克首席执行官纳拉辛汉相继来华,稍早还有通用汽车公司首席执行官博拉到访上海,苹果公司首席执行官库克现身北京三里屯……外企投资有热度,中国开放有力度,最后的结果是操弄"脱钩"有难度。

无论美政客怎么费尽心机遣词造句,终究拗不过市场规律,割不断产业联系,挡不住中外往来,更阻挡不了中国和平发展的复兴之路。包围孤立长江黄河,最终只会让自己干涸。

2021年1月18日在上海世博特斯拉中心拍摄的 Model Y 汽车。当日,特斯拉在中国制造的 Model Y 车型在上海正式启动交付。

新华社记者 丁汀 摄

▶ 美债危机将加速美式霸权终结

美国国会众议院当地时间 2023 年 5 月 31 日晚投票通过一项关于联邦政府债务上限和预算的法案，新一轮债务上限危机接近收场。然而，这远非美国债务问题的解决，美国债务依然如滚雪球般膨胀。长期以来，美国滥用美元霸权、肆意举债，全球不得不为美债融资、为危机埋单。美国自私霸道的做法正不断侵蚀美元信用，美国"国债钟"上每一次数字的更新都在为此敲响警钟。

2023 年 5 月 29 日，人们经过美国纽约曼哈顿的"国债钟"。"国债钟"是一个大型计数器，它实时更新美国的公共债务总额，并显示出每个美国家庭所要负担的数额。

新华社记者 刘亚南 摄

美国设置债务上限原本是为了避免无节制开支，用财政纪律维持政府偿付信用。但随着美国两党政治极化不断加剧，债务上限已沦为党争工具。从这次博弈的结果来看，两党各取所需，实现妥协，唯独债务这一核心问题依然无解。两党轮流坐庄的短周期与解决债务问题长周期的矛盾，必然导致美债上限问题反复上演。

过去数十年，债台高筑已成为伴随美国经济的常态。美国政府在经济衰退时期，习惯于通过不断推高财政赤字和宽松银根，延缓危机到来；在经济较好的年份，则热衷多花钱谋求政绩，以便收获更多选票，而惰于推动着眼长远的结构性改革。目前，美国债务规模占其GDP的比例超过120%。据美国国会预算办公室预测，美国债务规模占其GDP的比例到2052年将高达185%。2022财年财政赤字占支出的比重已攀升至22%，这意味着2022财年政府每支出5美元，就有1美元是透支的。

债务膨胀的直接原因是选举政治下的财政恶习，政客们为了争取选票，寅吃卯粮，养成了为战争、为减税、为各种选举承诺借钱的习惯，连续累积的财政赤字导致债务快速攀升。正如美国《纽约时报》评论所言，美国不断膨胀的债务是"共和党和民主党共同选择的结果"。

债务膨胀与美国军事扩张脱不了干系。美国现在的债务是21世纪初的6倍。据美国国防部估算，美国在伊拉克、叙利亚和阿富汗发动战争的直接成本超过1.6万亿美元。如果算上退伍军人安置和借款产生利息等开支，美国在2001年"9·11"恐怖袭击事件后打着"反恐"旗号发动战争的成本接近6万亿美元。

债务膨胀还源自美元不受约束的国际货币特权。长期以来，美元的国际货币地位给了了美国以优惠利率用美元进行交易和借贷的特权。1971年美国宣布美元与黄金脱钩，脱开黄金之"锚"后，美国货币发行量就如脱缰的野马，美债扩张的"潘多拉魔盒"也由此打开。美国康奈尔大学经济学教授埃斯瓦尔·普拉萨德在其著作《美元陷阱》中写道，凭借美元的主宰地位，美国得以"尽情享受由他国埋单的挥霍"。美元成了美国在国际经济循环中的"收割机"。

美国对美元霸权的迷恋产生了巨大的反噬效应。据美国财政部数据，2023年1月，全球至少有16个国家出售了美国国债。这一趋势反映了人们越来越认识到美国债务经济模式的不可持续性和美元资产的不可靠性。分析人士指出，随着美联储大幅加息，美国联邦债务的利息成本显著上升，未来财政赤字恐进一步加剧。

为制衡美元一家独大带来的负面冲击，越来越多的国家加入到"去美元化"、重塑国际货币体系的思考和行动中来。国际货币基金组织数据显示，截至2022年第四季度，美元在各国央行外汇储备中的占比已经降至58.36%，是1995年有数据记录以来的最低水平。阿根廷宣布决定使用人民币来支付从中国进口的商品，巴西总统卢拉公开呼吁金砖国家用本币结算，东盟国家商讨转向以当地货币进行贸易结算……美元之外的替代性支付货币安排也在逐步展开。

正如经济合作与发展组织经济学家菲利波·戈里指出，严重的债务上限危机可能导致世界大多数国家不再信任美元，加速其国际霸权的终结。这将是美国自己制造的惊人溃败。

▶ 名为"七国集团"实则"1+6"

2023年七国集团（G7）峰会在日本广岛结束，台面上大秀团结却难掩日渐离心的趋势。美国一贯的霸道任性与自私自利越来越难以让这个代表旧秩序的政治集团形成统一的意志。越来越多的国家也逐渐明白：美国正试图将七国集团打造成遏制他国的地缘政治工具，而美国在企图遏制别国发展的同时也在"收割"着六国的未来。

广岛峰会期间，面对六国盟友，美国尽显种种霸道做派：美国总统直接经由美军驻日基地进出日本；美方安保人员及警犬对车辆进行检查甚至连日本警察也被列为检查对象；筹备许久的日程，美国说改就改；会议讨论前，美高官都会制造舆论为会议定调，会议还没结束白宫就把早就准备好的联合声明贴到了网上……种种事实表明，美国甚至不屑于对其他六国盟友表现出起码的尊重。

真正拉开"1"和"6"之间距离的并非只有美国的霸道。明眼人都知道，美国当前自身发展面临很大问题，已不再是冷战刚结束时那个"风光无限"的美国了，只是比以前更加自私自利。事实上，美国的自私专横早已引发了七国集团内部难以化解的矛盾。特别是欧洲国家，曾多次领教美国的霸道做派及其政策的自私多变：从法国手中抢走数百亿美元核潜艇订单；出台《通胀削减法案》损害盟友经济利益；利用乌克兰危机加紧对欧洲的掌控，并利用危机在欧洲大发能源财、军火财……为一己私利，美国背后捅刀当面打脸，巧取豪夺、欺压盟友的花样层出不穷。

为了维护霸权地位，美国一贯利用挑动对抗、制造危机的手法，尤其是在欧洲大陆制造分裂和对抗，直接导致俄乌冲突爆发。如今美国又利用这一

危机胁迫欧洲国家选边站队，要求欧洲国家配合其遏制中国、打压中国发展的霸权政策。此次峰会，日本作为东道国，为了借七国集团之势在亚太谋求霸权，不惜引狼入室，在议程上极力追随、配合美国，将矛头直指中俄。正是在美日的操弄下，七国集团日益成为破坏世界发展与安全的消极力量。

然而，美国通过操弄"集团政治"打压异己的做法，正面临全球化时代各国利益多元、深度交融的挑战。越来越多的国家开始意识到，盲目地选边站队美国只会搭上自己的未来。在关系到自己切身经济利益和安全利益的事情上，越来越多的国家不愿给美国当枪使甚至沦为美国的附庸。德国之声报道说，美国呼吁G7国家采取更强硬的对华立场，但德国、法国等欧洲国家强调G7不是"反华联盟"，并提出降低经济风险并不意味着切断与中国的联系。美联社报道指出，与中国的经济关系以及在全球问题上的合作使G7国家对华立场复杂化。

如今的美国，看似强大实则力有不逮，要维持全球霸权，只好试图依靠"团团伙伙"拉一派压一派，利用和制造各种矛盾对各国分而治之，七国集团就是美国以此策略掌控世界秩序、收割整个世界的重要工具。然而，时代潮流浩浩汤汤，世界多极化趋势不断发展，新兴市场国家和广大发展中国家不断崛起，国际社会对建立平等包容、合作共赢的国际关系的

呼声更加响亮,七国集团这种封闭的"小圈子"、这种由少数富有国家掌控世界的旧秩序显得越发过时和腐朽。正如阿联酋《海湾新闻报》题为《为什么过时的七国集团不再重要》的文章所说,以所谓"正邪对立"蛊惑人心的公式早已失效,七国集团已经成为走过场的合影秀。

美国企图继续利用七国集团号令世界、维护霸权,其盟友也越发与其离心离德。七国集团,既没有推动世界进步的动机,也没有协调一致的行动能力,更难以与"被胁迫者"形成统一的意志。一个离心力越来越大的七国集团,一个正当性不断缺失的七国集团,只能叫作"1+6国集团"("G1+6")。

扫描二维码查看视频

美国是胁迫外交的"集大成者"

美国一些政客最擅长于对他国贴各种标签搞抹黑诬陷,"胁迫外交"就是他们近一段时间以来加在中国头上的又一诬陷之词。然而历史和现实都清楚表明,在国际舞台上大搞"胁迫外交"、危害世界和平与稳定的正是美国自己。

1971年,美国斯坦福大学教授亚历山大·乔治最早提出"胁迫外交"概念。他认为,胁迫外交是使用威胁或有限武力,迫使对手停止或扭转已采取的行动。长期以来,从经济制裁到技术封锁,从政治孤立到武力威胁,美国用自己的实际行动向世界表明:谁才是胁迫外交的"集大成者"。

美国胁迫外交劣迹罄竹难书。发展中国家是美国滥施胁迫外交的"重灾区"。对古巴实施经济、商业和金融封锁;不断强化对朝鲜制裁;对俄罗斯实施全方位制裁;违反公平贸易原则,对华强征关税……美国胁迫外交对发展中国家经济和民生造成巨大伤害。美国对盟友实施胁迫外交也不手软。强迫日本签订"广场协议",使日本经济陷入长期停滞;以"经济人质"为手段肢解法国阿尔斯通公司;对欧洲多国挥舞关税大棒……让许多盟友充分领教美国的"损友"本质。美国还擅长以支持代理人战争、煽动他国内战等直接或间接方式干涉他国内政,以打击"不听话"的国家和地区。

美国的胁迫外交手段繁多。美国倚仗美元霸权,通过切断其他国家的美元供应和交易渠道,限制美元融通渠道、交易汇路等对其他国家施压和制裁;使用包括制裁、限制进出口、加征关税等各种贸易管制措施对他国

2022年2月24日拍摄的视频画面显示，美国总统拜登在华盛顿白宫就乌克兰局势发表讲话，宣布新一轮对俄经济制裁措施，并向欧洲增加军事部署。

新华社记者 刘杰 摄

实施经济胁迫；大搞"长臂管辖"，制定《反海外腐败法》《敌国贸易法》等国内法直接对特定国家、组织或个人实施制裁……美国还依靠强大军事实力、文化科技软实力等频频对他国实施政治胁迫、干涉他国内政。无论是对手还是盟友、大型集团还是小型机构，只要美国认为有利可图且目标不肯就范，美国的"胁迫"就会登场。

美国的胁迫外交危害全球。美国热衷于搞你输我赢的零和博弈，设立各种地缘"小圈子"，在全世界策动"颜色革命"，给全球和平与发展事业带来巨大损害。美国在全球的经济胁迫行为导致世界经济被人为分割，进一步条块化、碎片化，使经济全球化出现严重倒退。美国胁迫外交阻碍以金砖国家为代表的新兴市场经济体和发展中国家发展，对委内瑞拉、古巴等发展中国家的经济制裁和封锁直接打断这些国家的可持续发展进程，对中国、俄罗斯、印度等金砖国家和阿根廷、墨西哥、土耳其等新兴市场国家的经济制裁严重损害这些国家的经济利益。美国胁迫他国加入所谓"民主同盟",胁迫其他国家在制裁俄罗斯问题上选边站队,胁迫欧洲盟友同美一道对伊朗持续制裁……其所作所为加剧国际社会对立,推高了世界陷入"新冷战"的风险。

美国无视自己大搞胁迫外交的事实,还动辄给中国等其他国家贴上胁迫外交标签。这种抹黑企图绝不会得逞。中国外交的重要传统就是坚持大小国家一律平等,从不以武力威胁他国,从不拼凑军事同盟,从不输出意识形态,从不跑到别人家门口挑事,从不将手伸进别人家里,从不主动挑起贸易战,从不无端打压他国企业。诬蔑中国搞所谓胁迫外交,显然是贼喊捉贼,妄图误导国际舆论。

有美国学者一语道出美胁迫外交的本质:"你要么与我们为伍,要么与我们为敌。美国应该引领,盟国则应该追随,而反对美国至尊地位的国家将会遭殃。"美国长期以来大搞胁迫外交的斑斑劣迹,让世人看清了美国外交的霸权霸道霸凌本质。刚则易折,柔则长存。美国应当停止霸凌和胁迫的行径,与世界各国平等相待、和平相处,否则必将遭到不断反噬。

▶ "泄密门"扯掉美国多重虚伪面具

美国近期发生五角大楼情报泄密案,其震撼性的影响依然在发酵。尽管包括美国总统拜登在内的一众高官纷纷出面灭火,声称泄露的情报"不会产生严重后果",但事实是,随着被泄情报内容越来越多地出现在媒体上,美国的多重虚伪面具正被一张张扯掉。

在包括美国媒体在内的许多西方媒体看来,此次泄密案是自2013年"棱镜门"事件以来美国政府最严重的外交事件,对美国信誉造成的打击是"毁灭性"的。该事件让美国不择手段在全球搜集情报、政客大肆欺骗本国民众和世界各国的行为曝光于世。

一是这一事件坐实了美国深度介入乌克兰危机这一重要事实。乌克兰危机全面升级爆发后,美国一直声称北约没有直接参与战争,然而泄露的情报却撕掉其面具:乌克兰境内有超过150名北约军事人员,其中近百名为美国军事人员。北约不仅斥巨资援助乌克兰,还负责训练甚至直接指挥乌克兰军队。泄露的情报还显示,广泛流传的乌克兰即将发起的大规模反攻也是由美国和北约军事人员谋划,部队装备和人员培训也都由美国和北约完成。

二是再次证实了美国是名副其实的"监听大国""黑客帝国"。美国屡屡攻击别人"监听""窃取情报",但自身却不分敌友统统监听;一贯鼓吹所谓"维护全球信息安全",但实际上是信息安全的最大威胁。根据泄露的情报,美国不仅监听所谓"敌对国家"的通信信息,对韩国、以色列、乌克兰这些盟友同样监听,甚至对联合国秘书长古特雷斯与其他联合国官员之间的私密对话也进行监听。美国监听他国的黑历史源远流长,早在

2013年斯诺登就爆出美国监听时任德国总理默克尔，在德国及国际社会引起轩然大波，但最后也只能不了了之。

三是证实了美国政府为了政治私利撒谎成性。美国捏造事实欺骗本国民众，以获得民众对政府在乌克兰危机上所持立场的支持。2023年2月份美官方放出的俄军伤亡数字高达20万，而泄露的情报中却只有3.5万到4.3万。情报还揭露出美国故意隐瞒乌克兰军队和平民在战争中遭受的巨大生命损失，实际战况与美国向国民宣传的完全不同。这也暴露出美国置国际上的和平呼声于不顾，不惜以乌克兰民众生命和财产损失为代价坚持要把这场战争打下去的险恶用心。

四是再次证实美国贼喊捉贼的本性，美国对他国"莫须有"的指责，恰是基于自己所犯的罪行。让人啼笑皆非的是，此次情报泄露事件暴露出美国自身安全方面的巨大漏洞，而美国政客却以所谓的"国家安全"为借口，在没有任何事实证据的情况下对TikTok等社交媒体软件极尽打压之能

这是2023年1月5日在美国华盛顿国会拍摄的空置的众议院议长座椅。

新华社记者 刘杰 摄

事。一位名为"珍珠狂500"的TikTok用户愤怒声讨说,政客们上个月还以"信息安全"为由质问TikTok首席执行官,现在大量绝密情报却泄露在美国自己的社交软件上,"这得有多蠢!"极为讽刺的是,推特首席执行官马斯克向媒体透露,美国政府可以畅通无阻地读取推特用户的私信。美国信息安全方面的"双标"行为可见一斑。

美国历史上曾发生多次严重泄密案,无论是1971年《纽约时报》刊登关于美国卷入越南战争的"五角大楼文件"案,2010年阿桑奇关于美军导致伊拉克平民死亡真相的"维基揭秘"案,还是2013年斯诺登将美国通过电信和互联网公司监控国民的机密文件泄露给媒体,都有一个共同特点,那就是揭露了美国政府和政客暗里做着不可告人的勾当,将其虚伪的真面目昭示于天下。

可悲的是,无论多少次泄密,也无论国际国内有多少的不满,都不能让美国的政客们停止监听和欺骗。难怪美国媒体发出哀叹:美国信誉早已破产,谁还会信任这个国家?

美国侵犯难移民人权恶行罄竹难书

美国历史上曾对移民进行歧视和排斥，近年来美国政府更是制造了一桩又一桩涉及难民和移民的人道灾难。

历史上，除最早的盎格鲁-撒克逊移民外，来自世界各地的早期赴美移民都曾饱尝被排斥、逮捕、拘留、驱逐等人权迫害。美国白人对被强迫来到美洲的非洲黑人的奴役历史至今仍对其后裔造成严重伤害，使非裔族群生命权、发展权和政治权利很难得到有效保障。排华运动是美国历史上最臭名昭著的歧视与排斥移民暴行。19世纪，数以千计的华工因建设美国铁路丧生，然而当局过河拆桥，接连通过《佩奇法案》《排华法案》迫害中国移民。《1965年移民法》通过后，墨西哥成为美国移民的最大来源国，对墨西哥移民的逮捕和驱逐数量往往占到总量的90%。"9·11"事件后，穆斯林移民成为美国重点监控和排斥的对象，被无故拘捕关押者不计其数。

近年来，美国政府越来越严格地限制移民，并且严苛和非人道地对待移民。2019年，美国政府逮捕移民达85万人次，2021年上升到170多万人次。在大规模逮捕、拘留、驱逐、遣返中，移民的人权被大肆侵犯，人道灾难频繁发生。比如，美国执法人员挥舞着马鞭将难移民赶到河里；50余人惨死于得克萨斯州"移民卡车"内；疫情期间美国强行驱逐移民，其中包括1.6万名无人陪伴儿童……

美国庞大的移民拘留体系是其侵犯移民人权的重要体现。美国政府为了节省成本往往将移民拘留营交给私营公司建造和运营，形成事实上的私营监狱。拘留营条件恶劣，极易引发身心疾病，甚至死亡。美国有线电视

2023年3月15日,在墨西哥边境城市蒂华纳,移民在一处由数十座帐篷组建而成的收容所内。目前,大量试图进入美国的中美洲移民滞留在美墨边境城市——墨西哥蒂华纳,他们不知何去何从。据报道,美国拜登政府正在考虑重启针对非法移民家庭的羁押政策。

新华社记者 辛悦卫 摄

新闻网报道,2020财年共有21人在美国移民拘留所中死亡。《埃尔帕索时报》报道,私营承包商问题加剧了美国布里斯堡收容点的混乱,那里有将近5000名儿童,大约有1500名儿童被关押在"牲畜围场"般拥挤、糟糕的环境中,这给他们带来严重的身心创伤。前联合国人权事务高级专员米歇尔·巴切莱特对美国拘留中心脏乱拥挤、缺医少食的恶劣条件深感震惊,指出拘留移民儿童可能构成国际法所禁止的不人道或有辱人格的对待。

美国国内多重因素导致移民问题积重难返。首先,美国根深蒂固的种族歧视是造成美移民问题的根本原因,历史上,非盎格鲁-撒克逊移民往往被视为"低劣"种族。其次,美国政治极化也导致移民问题日益恶化。

近年来，移民问题日益同经济、种族、意识形态、文化价值观等问题牢牢捆绑，民主、共和两党利用该问题相互攻讦，移民问题成为最大的美国人权"毒疮"之一。此外，2008年全球金融危机后，具有排外特征的民粹主义思潮在美国加速传播。新冠疫情进一步打击美国经济民生。在此背景下，美国的保守政客与媒体渲染移民威胁，煽动反移民情绪，移民问题愈加突出。

美国不仅在国内制造了无数移民人权灾难，也是全球难移民危机的主要推手。美国的好战行径引发多次难民潮。美国布朗大学"战争代价"项目研究发现，2001年以来，美国以"反恐"为名发动的战争和军事行动使多达3800万人在战乱中流离失所。美国的全球军事干预将难民危机引向欧洲，就连美国盟友也逐渐认清美国是欧洲难民危机的始作俑者。

美国应认真审视自身在难移民问题上的累累劣迹，切实改善外来难移民处境，停止制造新的难民危机。美国更不要扮演"人权卫道士"，肆意借人权问题对他国进行抹黑和打压。

▶ 任意拘押，抹不去的美国人权污点

美国在人权领域的虚伪"双标"举世皆知。一个重要表现是其一方面毫无依据地指责别国任意拘押，另一方面却对本国监狱里司空见惯的酷刑虐待绝口不提，不经审判就将人任意投入其全球各地的"黑监狱"。种种暴行成为抹不去的人权污点，但美国却对国际社会的强烈谴责置若罔闻，沦为践踏人权的反面典型。

免于任意拘押是联合国《世界人权宣言》规定的个人基本权利，也是国际人权条约中的重要规定。美国作为《世界人权宣言》重要起草国和最早通过国际人权条约的国家之一，却罔顾国内法律规定和国际条约义务，在国内和国外都留下了侵犯人权的斑斑劣迹。

美国任意拘押国内移民严重侵犯人权。美国移民委员会和美国移民律师协会曾向国土安全部监督机构提交投诉，详细说明国土安全部在美国边境实行家庭分离政策，采取极端胁迫手段，严重违反禁止酷刑和其他虐待行为的规定，给被强行分开的父母与子女造成巨大痛苦和折磨。联合国任意拘留问题工作组明确指出，移民在美国被拘留期间的待遇有辱人格。美国移民局经常将移民安置于当地监狱中，即使部分移民被安置在单独的移民拘留中心，仍遭受各种身体摧残。美国对移民拘押时间没有明确规定，拘押时间长短取决于移民拘押场所和经济因素，有些甚至成为无限期拘押。被拘押的移民由于信息闭塞等原因，无法为自己争取正当合法权利。

美国在国际上实施任意拘押触目惊心。据人权组织和美国媒体披露，美国动用军舰作为"浮动监狱"，还在古巴、阿富汗、伊拉克等国设立为数众多的"黑监狱",建立了遍布全球的秘密监狱网。从臭名昭著的古巴关塔那摩监狱到阿富汗巴格拉姆监狱,各种虐囚丑闻频频曝出,大批被非法关押的人遭到非人折磨。美国布朗大学沃森国际和公共事务研究所"战争代价"研究报告指出,"9·11"事件后,美国海外"黑监狱"网络运行涉及至少54个国家和地区,拘禁数十万人,包括穆斯林、女性和未成年人等。美国打着所谓"反恐战争"的幌子在多国"黑监狱"秘密拘押所谓恐怖嫌疑人,大搞刑讯逼供,这些都成为美国肆意践踏法治和践踏人权的典型例证。

面对国际社会的追问和谴责,美国持续掩盖和否认自身罪行。联合国曾公布关塔那摩监狱问题报告,但美国拒绝接受报告中关于关闭该监狱的建议。国际刑事法院首席检察官曾表示,有证据显示近百名阿富汗囚犯在审讯过程中遭到折磨、虐待甚至性侵犯,美军和中情局可能因在阿富汗虐囚而犯下战争罪行,但美国政府却因此对包括国际刑事法院首席检察官在内的多名官员实施经济制裁和入境限制。针对联合国禁止酷刑委员会提出的中情局海外"黑监狱"滥用酷刑问题,美国政府以保密为由,拒绝披露涉及中情局活动的被拘押者信息。

美国大搞任意拘押、漠视人权,反映出根深蒂固的种族主义痼疾和暴力主义政治文化。种族主义自立国以来一直都是美国的痼疾,白人的文化优越感和主体身份使美国各种族间始终存在高度的政治、经济和文化不平等。而且随着全球化进程持续推进和美国国内人口结构重大调整,近年来美国白人,尤其是中下层白人民众对移民和少数族裔不满情绪日益上升,种族主义问题加剧。近年来,美国出现以"黑人的命也是命"为代表的大规模少数族裔抗争运动,边境难民危机频发。基于种族的任意拘押粗暴践踏少数族裔和外来移民基本人权,违背了美国长期宣扬的"人人生而平等"等人权原则,不仅无法解决非法移民问题,反而进一步撕裂美国社会,造成难以愈合的社会创伤。

只要种族主义的痼疾一天不消除，美国社会就难以真正实现融合、走向平等。只要霸权主义、强权政治的执念不散去，美国在国际上仍会动辄就用暴力手段解决问题，"黑监狱"、任意拘押还将不断出现。美国要做的不是对他国颐指气使、指手画脚，而是放下虚伪"双标"，摒弃将人权问题政治化的行径，同时正视、检讨自己的人权欠债。

▶ 美国制度设计的初始逻辑背离民主真谛

揭穿美式民主真相之一

2023 年 3 月,美国又在张罗所谓"民主峰会"了。一年多以前,美国以最不民主的方式炮制"民主峰会"首秀,假民主之名在世界上制造对抗和分裂,最终沦为一场闹剧。美式民主乱象举世昭彰,霸权本质早已暴露无遗,如此世情民意之下,美国却仍执迷于打着"民主"旗号搞集团政治,自顾自地上演意识形态"政治秀"。

漫画:于艾岑

民主是全人类共同价值,核心是人民当家作主。然而,美式民主制度设计的初始逻辑就是围绕资本利益运作,注定是"少数人的民主"。近年来,美国政治持续极化、贫富分化不断加剧、社会明显撕裂、种族歧视难除、决策效率低下……各种问题集中频发,主要根源就在于制度设计的利益导向与多数人民的民主诉求存在着先天的背离和固有的矛盾,"美式民主叙事"早已无法为失序的社会现实提供逻辑自洽的说服力，所谓"民有、民治、民享"成了难以兑现的空中楼阁。

所谓"民有"只是假象。金钱政治贯穿美国选举、立法、施政所有环节，构筑起常人难以逾越的政治门槛，经济地位的不平等早已转变为政治地位的不平等，严重限制了普通民众的参政权利。嘴上"一人一票"，真相却是"少数人统治"和"富人游戏"。据统计，91%的美国国会选举由获得最多资金支持的候选人赢得，少数富豪以及利益集团成为选举资金主要来源。所谓"民意代表"当选后，往往为其背后金主服务，而不是为普通民众发声。诺贝尔经济学奖得主、经济学家斯蒂格利茨指出，美国1%的人掌握40%的财富，几乎所有的美国议员在任时都属于1%的成员，依赖1%的人的钱连任，为那1%的人服务，甚至离任时再靠那1%的人赏赐。美国《新闻周刊》民调显示，仅有49%的美国受访者认为他们"生活在一个民主国家"，63%的受访者认为"美国政府仅仅是为少数人的利益服务"。

漫画：于艾岑

所谓"民治"成了谎言。在"美式民主"运作中，民众无法拥有参与国家治理的民主治权。选举之后，民众进入休眠期，公权力被少数寡头集团绑架，成为谋取利益的工具，民众利益诉求难以通过立法转化为治理效能。美国枪支泛滥问题怨声载道，却因利益集团介入而难以解决；堕胎、基建、公共债务等涉及民生方方面面的立法，成了党争博弈的擂台和筹码而举步维艰……台前大喊人民、幕后大搞交易，各种党同伐异、否决政治根本不能为民众带来高质量治理。美国普林斯顿大学和西北大学对近1800项美国政策分析研究后得出结论：美国普通民众几乎没有独立政治影响力，而代表商业利益的经济精英和组织化团体却有极强的左右政策能力。美国社会学家查尔斯·米尔斯在《权力精英》一书中指出，进出"旋转门"的美国"权力精英"操纵着国家机器并拥有各种特权，在经济、政治、军事等领域相互紧密联系，掌握着决策的权力。难怪美国前总统卡特曾感叹："美国民主已死，取而代之的是寡头政治。"

漫画：于艾岑

所谓"民享"更难实现。美式民主"以资为本",人民自然无法公平分享国家发展成果,这一点集中体现在贫富分化和阶层极化的加剧。美联储数据显示,2021年美国最富有的1%的人口财富总和达45.9万亿美元,这一数字超过了底层90%美国人的财富总和,1990年至2021年美国的中位数财富只增加了5.37%,同期亿万富翁的总体财富增长了19倍,尤其是新冠疫情发生以来,近20%的美国家庭已花光全部积蓄,超过6万美国民众失去家园,被迫露宿街头……不公平的经济分配又反向助推政治权力的极化和民主机制的退化。美国畅销书《赢家通吃的政治》里写道:美国20世纪70年代以后富者愈富的主因,是富人利用自己既有的财富影响政治决策进程,制定于己有利的游戏规则并因此获得更多经济利益,然后又利用这些资本强化其政治影响力,例如通过立法取消政治捐助的金额上限,等等,其结果是普通民众越来越难以通过民主机制实现利益诉求。《经济学人》认为这种政治不公的直接后果是:"不平等的提升带来资源的集中……财

漫画:于艾岑

富的集中带来权力的集中……直至导致灾难。"

"美式民主"空有民主之名,却无民主之实,诸多历史局限和现实弊病已让这个自诩为"山巅之城"的美国沦为"民主洼地"。尽管自身民主"重病缠身",美国却仍居高临下充当教师爷,编造和渲染"民主对抗威权"虚假叙事,围绕美国私利在全世界划分"民主和非民主阵营",再次执意张罗"民主峰会"。这些做法无论是打着"道义"的花言巧语,还是操着利益的掩饰手段,都隐藏不住将民主政治化、工具化,推行集团政治、服务维霸目标的真实意图。

美式民主二元对立的对抗思维,与地球上多数人关于和平发展、公平正义、民主自由的共同价值追求背道而驰,在这样的时代大背景下,为一己之私搞所谓"民主峰会"只会让世人看到其背后的不堪和治理的无能。这样的峰会不是政治秀和地缘政治胁迫工具又是什么?

美国病态民主加剧治理失序

揭穿美式民主真相之二

漫画：于艾岑

民主政治要满足人民对美好生活的追求，真正的民主必须管用。美国号称自己是"民主的灯塔"，然而美国民众却越来越难以通过行使民主权利实现自身利益诉求，金钱政治、身份政治、社会撕裂、贫富分化等问题愈加严重，美式民主的弊病深入政治社会肌理的方方面面，让国家陷入民主失真、政治失能、社会失序的恶性循环。

美国疾病控制中心公布的最新数据显示，美国吸毒过量死亡人数已连续三年超过10万人。然而令人费解的是，从联邦到州市政府不是采取措施打击贩卖和吸食毒品，却忙于大麻合法化、为瘾君子提供注射芬太尼、海洛因的"安全场所"。

毒品问题只是美式民主治理失能的一个缩影。枪击事件频发、仇恨犯罪暴增、基础设施老化等问题积重难返，政府决策却被党派争斗、选举政治、既得利益集团等因素裹挟，漠视民众呼声。美国政治活动家埃兹拉·列文认为，堆积如山的各种社会经济问题，是长期以来金钱政治和政府对民意充耳不闻的结果，政客们热衷于巩固权力并报答金主，"我们的民主病了，这并不是意外"。

病态民主难以及时回应民众的福祉诉求。面对汹涌疫情，美国政府不是采取科学手段拯救生命，而是频频抛出各种阴谋论以甩锅推责，最终酿成上百万人丧生的惨剧。种族主义根深蒂固难以化解，成为不断侵蚀国家团结的社会"病毒"。美国联邦调查局最新报告显示，2021年全美仇恨犯罪增加了11.6%，有64.5%的仇恨犯罪受害者是因为他们的族裔而受到攻击。同样触目惊心的是不断加大的贫富差距。数据显示，2021年美国最富有的1%人口财富总和达45.9万亿美元，超过了底层90%美国人的财富总和。此外，愈演愈烈的枪支暴力成为美式人权抹不去的污点。尽管有71%的美国成年人认为应更严格管控枪支，但政治极化导致控枪立法举步维艰，利益集团的裹挟让政客们将政治私利置于公共安全之上，枪患阴云始终挥之不去……美国心理协会的调查报告说，过去几年美国人遭受了严

2019年8月4日,人们在美国得克萨斯州埃尔帕索参加守夜悼念活动。埃尔帕索市一家沃尔玛超市2019年8月3日上午发生枪击事件,致22人死亡,白人枪手的行凶动机是对拉美裔的种族仇恨。

新华社记者 王迎 摄

重心理创伤,他们因为疫情延宕、种族仇恨、政治撕裂、暴力犯罪、通胀高企而对未来深感焦虑。

病态民主难以有效解决国家面临的实际问题。由于年久失修,美国货车颠覆事故已经成为家常便饭。2023年2月初俄亥俄州有毒化学品列车翻车事故,引爆了美国民众的不满情绪,也揭开了美国国内基础设施破败的真相。官方数据显示,1990年到2021年,共发生54539起列车出轨事故,平均每年1700多起。近期硅谷银行爆雷,引发对金融风险扩散的全球担忧,背后是金融监管的失范。美国国会2010年通过金融监管改革法案,规定资产超过500亿美元的银行必须参加美联储年度压力测试,旨在避免金融危机重演。不过几年国会修改该法案,将压力测试的资产门槛大幅抬高到2500亿美元。监管放松导致中小银行积聚了相当的风险。

火车脱轨也好，银行"爆雷"也罢，都是经济社会治理失序的表现，深挖其根源则在于美式民主制度固有的对抗逻辑和党争激化，执政党在决策时将少数集团的短期利益凌驾于民众的长期根本利益之上。与基建投资相比，军事投入的力度要大得多，因为军工复合体更有政策话语权。布朗大学华生研究院的估算显示，"9·11"事件以来美国花在海外军事行动上及与之相关的费用高达8万亿美元，这与美国国内基建投资形成鲜明对比。加强金融监管与"去管制化"相比，金融资本集团可能更喜欢政府"少管闲事"。诺贝尔经济学奖得主施蒂格利茨认为，硅谷银行代表的不仅是一个银行的关门，它象征着监管和货币政策的重大失误。

美式民主的治理效能不彰，非不能也，实不为也。金钱政治操弄之下，美式民主实际上代表了少数人利益，是彻头彻尾的寡头政治，治理失

2023年3月13日，客户在美国加利福尼亚州圣克拉拉市硅谷银行总部外排队等候办理业务。美国联邦储备委员会3月12日公布一项新的银行定期融资计划，将为符合条件的储蓄机构提供贷款，以确保后者在硅谷银行破产背景下有能力满足储户需求。

新华社发（李建国 摄）

序的背后实际上是民主披风掩盖下的阶层利益冲突。皮尤中心民调显示，65%的美国人认为美国民主制度需要重大改革，57%的受访者认为美国不再是民主典范。《经济学人》杂志更是将美国列为"缺陷民主"。曾任巴西总统特别经济顾问的亚历山德罗·特谢拉说，美式民主曾被吹捧为普世标准，但如今却积弊甚深，资本的贪婪、掠食和唯利是图成了民主腐蚀的催化剂，"金钱政治、身份政治、政治极化、社会撕裂、种族矛盾、贫富分化日益加剧。所有这些都削弱了所谓的民主在美国的功能"。

美国病态民主加剧治理失序，政府不能及时回应民众关切，社会充斥着不公，所谓的"民有、民治、民享"已经成为苍白无力的口号。

▶ 打"民主"旗号行反民主之实
揭穿美式民主真相之三

漫画：于艾岑

美国主导的所谓的"民主峰会"要出"续集"了。虽然一年多以前首届"民主峰会"惨淡收场，但美国仍"痴心不改"，无非是要借"民主"大旗继续操控世界、盘剥世界、霸凌世界。然而，美式民主早已站在真正民主的对立面，美国反民主的霸权逻辑与霸道行径早已为世人所认清。

"华盛顿统治世界的野心，其驱动力不是来自更深层次的民主或自由、更加公正的世界、结束贫穷或暴力，或者更适宜居住的星球，而是来自经济和意识形态。"美国外交学者威廉·布鲁姆在《民主：美国最致命的输出》一书中一针见血指出美国的真实目的。长期以来，美国为维护自身霸权，炮制所谓"民主对抗权威"的虚假叙事，将"民主"概念私有化，以意识形态划线，煽动分裂，制造对抗，打的是"民主"的旗号，行的则是反民主之实。

以所谓"民主"之名，美国输出战争动乱推行全球霸权。霸权染指之处，和平成奢望，生存难保障，遑论民主权利。然而美国抱持冷战思维，按意识形态划线，为了地缘政治目的经常打"代理人战争"或直接入侵主权国家。试问，被战火烧焦的国土生存尚难，何谈民主？2001年以来，美国以"反恐"之名发动的战争和军事行动已造成超过90万人死亡，其中约有33.5万是平民，另有数百万人受伤，数千万人流离失所。从阿富汗到伊拉克，从叙利亚到利比亚，美国制造的灾难罄竹难书。巴拿马"12月20日死难者亲属协会"主席特里妮达·阿约拉指出，美国政府一贯打着"民主"旗号实现自身利益，如果这套说辞不奏效，就会动用武力，武力是美式民主的终极手段。

以所谓"民主"之名，美国肆意干涉内政破坏他国稳定。美国以"美式民主标准"改造世界，阻止各国选择自身发展道路，根本上还是要让各国经过改造沦为霸权利益的附庸——在拉美推行"门罗主义"扶持亲美政府，在亚欧国家导演"颜色革命"，在西亚、北非地区以"反恐"之名搞政权更迭……总之，看不惯谁，谁不听话，美国就要想方设法将其搞臭、

2022年7月18日,在阿富汗帕克提卡省受灾地区,儿童坐在帐篷里。阿富汗东部6月22日发生强烈地震,造成1000多人遇难、近2000人受伤,数万座房屋被毁。紧张的救援过后,震区开始灾后重建。但受到美国制裁的影响,灾后重建工作面临重重困难。

新华社发(萨巴文 摄)

搞倒,"民主"不过是其工具。据报道,二战结束以来,美国试图推翻50多个外国政府,粗暴干涉至少30个国家的选举,试图暗杀50余位外国领导人。印尼人民浪潮党总主席阿尼斯·玛塔指出,美国擅长把其他国家变成战场。埃及"金字塔在线"刊文称,所谓"自由民主"的意识形态已被武器化,被美国用来破坏他国的稳定,干涉他国内政。

以所谓"民主"之名,美国强加单边制裁打压竞争对手。长期以来,美国依据其国内法,基于自身利益,打着"人权""民主"等旗号,对他国实施单边制裁和"长臂管辖",严重破坏了这些国家的经济民生,让民主成为无源之水,无本之木。过去几十年,美国对古巴、白俄罗斯、叙利亚、津巴布韦等国家实施单边制裁和"长臂管辖",对朝鲜、伊朗、委内瑞拉等极限施压，严重破坏这些国家的经济发展和民生改善，危及生命权、挑战自决权、损害发展权，构成对他国人权的持续性、系统性、大规模侵犯。近年来，美国发起的单边制裁越来越多，长臂越伸越长，不顾国际法和国际关系基本准则，肆意损害别国利益，甚至连盟友都不放过。

以所谓"民主"之名，美国大搞集团政治破坏国际关系民主化。国际事务应由各国商量着办，这是最基本的民主原则。美国在国际关系中却从来没有真正遵循过民主原则，而是披着"多边主义"和"规则"外衣，挑动分裂对立，制造集团对抗。美国将国内法凌驾于国际法之上，先后退出十几个重要的国际组织或协议。远的不说，最近美国在南太地区动作频频，伙同英国、澳大利亚拼凑"三边安全伙伴关系"，其行径严重违背《不扩散核武器条约》和《南太平洋无核区条约》精神。巴拿马国际问题专家胡里奥·姚在当地媒体撰文称，今天的美国是国际法的绝对叛徒，是国际关系中使用粗暴蛮力最真实的化身。

民主是全人类的共同价值，人类文明的花园应百花齐放。美国没有资格扮演"上帝之手"，对丰富多彩的多元文明进行"转基因"操控。无论打着什么旗号，美国都隐藏不住将民主政治化、工具化、武器化，推行集团政治、维护自身霸权的真实意图。所以，"民主峰会"这套剧本不仅老套，且不合时宜，注定又将是一场闹剧。

▶ 翻一翻美国人权记录的"烂账"

美国自诩"人权卫士",但金钱政治、种族歧视、枪支泛滥、警察暴力、贫富分化等痼疾难除,人权立法司法大开历史倒车,美国人民的基本权利和自由被进一步架空。人权的"遮羞布"下,是一本不折不扣的美国人权"烂账"。

公民生命安全无法得到保障。在美国,政商勾结瘫痪控枪议程,枪支暴力伴随枪支拥有量同步上升。美国人口不到世界人口的5%,却拥有全球民用枪支的46%。美国的枪支拥有率、涉枪凶杀率和大规模枪击事件数量均居世界第一。根据"枪支暴力档案"网站统计的数据,近年来美国大规模枪击数量显著增长,2022年美国枪支暴力致死43341人,发生大规模枪击事件636起。美国凶杀、抢劫等恶性罪案持续上升,同时警察暴力执法愈演愈烈。美国有线电视新闻网报道,72%的美国人对国家减少或控制犯罪方面的政策不满意,80%的人对犯罪和暴力的担忧程度达到十年来新高。民众遭受暴力犯罪和暴力执法的双重威胁,公民人身安全得不到保障,美国自我标榜的公民权利和自由沦为空谈。

公民民主权利受到严重侵害。在如今的美国,金钱选举不断创下历史纪录,政治献金缔造寡头政治。"民有、民治、民享"变成了"1%的人所有、1%的人治理、1%的人享用"。金钱主宰选举让普通民众的民主参与严重不足。耶鲁大学政治学教授海伦·兰德摩尔2021年12月在《外交政策》发表文章指出,美国的民主"缺少了真正来自人民的力量"。美国前总统卡特曾指出:"金钱政治对美国政治体系构成不可逆转的损害,这不是民主政治而是属于少数人的寡头政治。"民主党、共和党之间对立持续扩大，加剧美国社会撕裂，导致美国政治失能。美国民主失灵，民众对美国民主愈加失去信心。"美国昆尼皮亚克大学民意调查"2022年8月发表调查报告指出，67%的美国人认为美国民主面临"崩溃风险"。

种族歧视与不平等愈演愈烈。近年来，美国种族仇恨犯罪持续高发，其中针对亚裔的仇恨犯罪尤为猖獗。加州州立大学圣贝纳迪诺分校仇恨与极端主义研究中心的研究显示，美国15个主要城市的仇恨犯罪在2020年至2021年呈两位数增长。亚太裔数据研究组织的在线民意调查发现，2021年全国每6个亚裔美国人中就有1人经历过基于种族的暴力。种族贫富分化进一步扩大，住房政策、医疗卫生服务等方面存在严重种族不平等。美国普林斯顿大学和德国波恩大学学者2022年5月共同发表的一项研究指出，美国非洲裔和白人之间最大的经济不平等体现在种族财富差距上，白人和非洲裔的人均财富比长期稳定在6∶1。

底层民众和弱势群体权利越发缺乏保障。美国社会贫富差距继续拉大，低收入群体生活条件急剧恶化，无家可归者大幅增加，毒品药品滥用严重危及生命健康，人均预期寿命大幅下降，底层民众基本生存面临重大危机。Statista全球统计数据库公布的数据显示，2021年美国有3790万人处于贫困状态，贫困率连续第二年攀升。美国妇女儿童权利保障出现重大倒退。2022年，美国联邦最高法院推翻了保障妇女堕胎权的"罗伊诉韦德案"和"计划生育联盟诉凯西案"，终结了近50年来受宪法保护的堕胎权。美国卫生部长泽维尔·贝塞拉表示，剥夺宪法确认的堕胎权，这使美国落后于世界其他地区。美国妇女遭受性侵犯触目惊心。五分之一的美国女大学生称，在校期间遭到过性侵犯。儿童生命安全遭遇枪祸的巨大威胁。凯泽家庭基金会发表的报告指出，2011年至2021年，美国近18500名17岁及以下的儿童死于枪支暴力。

恣意侵犯他国人权践踏国际正义。美国在国际社会奉行强权政治，动辄使用武力，日益成为全球和平发展的破坏者、人权进步的绊脚石。根据总部位于英国的监测组织"空战"的数据，自 2001 年以来，美国军队仅在阿富汗、伊拉克、利比亚等地就实施了近 10 万次轰炸，造成多达 4.8 万名平民死亡。近年来，美国对其他国家实施的单边制裁呈指数级增长，极大削弱了被制裁国家人权保障的能力与水平。美国的排外移民政策不断制造人间惨剧。2022 年近 240 万移民被拘留在美国边境，比 2021 年增加 37%，创下历史新高。

美国人权问题"烂账"触目惊心，美国人权结构性顽疾积重难返。面对广大美国普通民众和弱势群体的呐喊，美国政客应当反躬自省，采取切实措施改善美国人权记录，而不是热衷于以人权为武器到处攻击他国，做全球人权发展的搅局者和阻碍者。

▶ 贫富分化"撕裂"美国社会

美国是贫富分化最为严重的西方国家，其基尼系数早已超过国际警戒线水平。近些年来，"富者愈富、贫者愈贫"的困局不仅未能打破，反而日益恶化。新冠疫情下，美国大手笔的财政金融刺激措施带来的资产盛宴，不仅没有从根本上帮穷者纾困，反而加深了财富鸿沟。贫富分化已成为美国社会一道难以愈合的伤疤。

近几十年来，美国财富加速向富裕群体集中，而中产阶级和社会底层遭到严重挤压。一连串数据凸显这一冷峻现实。1975年，美国收入前五分之一家庭的平均收入是后五分之一家庭的10.3倍，到2020年升至17.4倍。1%的最富裕家庭占有超过20%的家庭总财富，这一比例还在显著增加。与之形成鲜明反差的是，美国中等收入群体持续萎缩，贫困率居高不下。生活在中等收入家庭的美国成年人占比从1971年的61%降至2019年的51%。美国2020年贫困率达11.4%，比2019年上升了0.9个百分点。目前仍有3700万人生活在贫困线以下。

新冠疫情更是一面镜子，照出美国政府政策"以资为本"的本质。疫情带来的冲击导致大量失业，低收入者经济状况恶化。同时，货币超发和大规模财政支出助推股价和房价飙升，拥有更多资产的富人财富猛增。截至2021年第四季度，美国最富有的1%人群总财富达到创纪录的45.9万亿美元，其财富在疫情期间增幅超过12万亿美元。

贫富分化导致美国社会危机加剧。由于贫富差距扩大，各阶层和不同族裔裂痕加深，阶级固化严重。奥巴马政府白宫经济顾问委员会主席阿兰·克鲁格认为，美国社会的高度不平等造成了代际流动水平较低，形成了一个"了不起的盖茨比曲线"。美国近年游行示威活动接连不断，从"占领华尔街"运动到反对美国警察暴力执法的"黑人的命也是命"游行，都是美国底层民众对种族歧视、阶级固化和贫富分化的愤怒呐喊。

贫富分化导致美国人权状况恶化。2020年和2021年美国人均预期寿命两年间降了近3岁，上一次出现如此降幅还是在第二次世界大战期间。由于高等教育资源不成比例地向富人倾斜，低收入人群失去平等受教育机会，高收入家庭18岁至24岁青年中，82%接受高等教育，远高于低收入家庭的45%。2020年全美有超过58万人无家可归，其中22.6万人露宿街头、住在汽车或废弃建筑物中。

美国日益加剧的贫富对立背后有着深刻的理念、制度和社会根源。

从经济理念来看，两极分化、财富分配不公是资本主义的常态和必然

美国贫富日益分化加剧社会不公。这是2020年4月27日在美国纽约拍摄的地铁站旁的无家可归者。

新华社发（郭克 摄）

趋势。20 世纪 70 年代以来,美国保守主义和自由主义思潮兴起,市场化、国际化等理念取代平等价值观,美国经济制度转向推崇私有化、放弃强征累进税、放松金融管制,这些政策选择使贫富分化问题根深蒂固。

从政党政治来看,美国政治实质上是一种富人利己政治。愈演愈烈的金钱政治使得美国政府成为富豪的代言人。随着党争加剧,"否决政治"轮番上演,美国两党共识空间不断压缩。以税收为例,政治极化和政党轮替导致政策反复"翻烧饼",政策好比数字游戏。漏洞百出的税收体系之下,富裕阶层想尽各种办法"合法"避税,顶级富豪纳税率仅 3.4%,远低于普通上班族。

从社会因素来看,贫富差距也与种族密切相关。黑人工人加入工会的比例较其他种族高,工会力量趋弱对黑人工人影响尤其严重,加剧黑人族裔贫穷。美国黑人、西班牙裔或拉丁族裔家庭平均收入约为白人家庭的一

2020 年 5 月 14 日,人们在美国纽约一个免费食品发放点排队等待。

新华社发(郭克 摄)

半，拥有的净财富仅为白人家庭的 15% 至 20%。

长期以来，美国自诩"民主灯塔"，面对愈演愈烈的贫富分化、社会撕裂等问题，当权者却鲜有作为导致美国梦碎。面对无家可归的穷人、久病难医的患者……美国应当正视国内贫富差距加剧的严峻现实，倾听底层民众的呼声，正视并解决问题。

▶ 美国滥施五大霸权危害世界

美国在经历两次世界大战和冷战成为全球头号强国后，更加肆无忌惮，粗暴干涉别国内政，谋求霸权、维护霸权、滥用霸权。美国耀武扬威，滥用霸权趋向极致，已经站到了世界进步潮流的对立面，成为世界舞台上最大的麻烦创造者、秩序破坏者与悲剧制造者。

美国滥用政治霸权，在世界上播种混乱制造分裂。美国奉行"顺我者昌，逆我者亡"，习惯从自身利益出发"规划"他国发展轨道路径，粗暴干涉他国内政。美国借"推广民主"之名在拉美推行"新门罗主义"，在欧亚煽动"颜色革命"，在西亚、北非策动"阿拉伯之春"，给多国带来混乱和灾难。美国对国际规则采取双重标准，以私利为先，毁约退群，将国内法凌驾于国际法之上。美国借助盟友体系拉帮结派，大搞封闭排他"小圈子"，强迫地区国家选边站队，制造分裂、煽动对抗、破坏和平。

美国滥用军事霸权，在世界多国制造数不清的人间悲剧。穷兵黩武是美国政府的特性，世界上190多个国家中，只有3个国家没与美国打过仗或受其军事干预。《南华早报》专栏作家亚历克斯·洛指出，美国从建国到现在很少区分外交和战争，推翻了很多发展中国家的民选政府，代之以亲美傀儡政权。美国军事霸权酿成难以计数的人道惨剧。2001年以来，美国以"反恐"之名发动的战争和军事行动已造成超过90万人死亡，其中约有33.5万是平民，另有数百万人受伤，数千万人流离失所。

美国滥用经济金融霸权，肆意"收割"全球财富，损伤世界人民福祉。美国利用"铸币税"攫取全世界财富。凭借一张成本仅约17美分的百元美钞，让其他国家实实在在地向美国提供价值相当于 100 美元的商品和服务。新冠疫情背景下，美国滥用金融霸权，向全球市场注入数万亿美元，而买单的却是其他国家特别是新兴经济体和发展中国家。2022 年，美联储结束超宽松货币政策，转向激进加息政策，导致国际金融市场动荡，欧元等多种货币大幅贬值，创下 20 年来新低，许多发展中国家因此遭遇严重通货膨胀、本币贬值和资本外流。尼克松政府财政部长康纳利不无得意地说过，"美元是我们的货币，却是你们的麻烦"。

为维护科技霸权，美国不择手段阻碍他国科技进步，企图用"绊倒别人"的方式维护自己的科技领先地位。打造"芯片联盟""清洁网络"等科技"小圈子"，给高科技打上所谓"民主""人权"的标签，将技术问题政治化、意识形态化，为对他国实施技术封锁寻找借口。美国动用国家力量打压和制裁具有国际竞争力的中国高科技企业，将 1000 多家中国企业列入各种制裁清单。美国还对生物技术、人工智能等高端技术实施管控，强化出口管制，严格投资审查。

为推行文化霸权，美国强行对他国输出美式"价值观"。美国通过影视产品、图书、各种媒体以及资助非营利性文化机构，"嵌入配售"美国价值观和生活方式，以利于美国价值观在其他国家推广，为美国在世界上攫取政治经济等广泛利益奠定意识形态基础。哈佛大学教授约瑟夫·奈说，美国用文化软实力来维持和维护其在世界上的霸权地位。为控制话语权，美国政府严格审查所有社交媒体公司，培植利用"白名单"账号放大导向性信息；美国还粗暴打压他国媒体，让别国媒体"消音"。

得道多助，失道寡助。以强权挑战真理，以私利践踏正义，美国霸权霸道霸凌的本质日益被世界各国看清。大国应该有大国的样子，美国应该成为增进世界福祉的重要力量，而不是相反。美国当反躬自省，深刻检视自己的所作所为。

▶ 枪患顽疾难除凸显美国治理失能

美国枪支暴力档案网站最新数据显示,2023年开年以来美国已发生68起大规模枪击案件,相当于2023年以来平均每天会发生一起以上大规模枪击案件。美国枪患顽疾愈发深入骨髓,交织在历史、法律、利益、政治等多重因素中,长期困扰美国社会,严重侵犯民众生命权,成为难以抹去的人权污点。

2023年1月27日,一名男孩在美国加利福尼亚州半月湾市举行的守夜活动中哀悼枪击事件遇难者。2023年1月23日下午,美国加州半月湾市发生枪击事件,造成7人死亡、1人受伤。

新华社记者 吴晓凌 摄

一声声枪响，击碎了所谓"人人得享不可剥夺的生存与自由"的美国梦，但血的代价未能改变枪支暴力引发的悲剧循环。枪支暴力下的无辜受害者不断增加，美国民众成了美国政府治理失能的牺牲品。

美国枪支泛滥触目惊心。1791年通过的美国宪法第二修正案赋予公民持枪权，从此持枪自由被美国人视为一项重要的个人权利。在这样的"枪支文化"作用下，美国成为世界上民间拥有枪支最多的国家。美国人口不到全球5%，民间拥枪数却占全球的46%。数据显示，美国平均每100人拥有约120.5支枪。无论是私人拥枪总数，还是人均拥枪数量，美国都高居世界第一。美国烟酒火器和爆炸物管理局最新研究表明，美国的枪支购买热潮丝毫没有减弱迹象。

美国枪支暴力愈演愈烈。私人拥有大量枪支引发接连不断的暴力事件，给社会带来巨大伤痛。有美国学者指出，美国在一周时间内因枪支死亡的人数可能超过整个西欧一年因枪支死亡的人数。新冠疫情期间，美国的持枪杀人率达到1994年以来的最高水平。枪支伤害成为美国1—44岁人群的五大死因之一。2013年以来，美国大规模枪击事件和死亡人数均增长近3倍。校园枪声频频响起，更是令人痛心。过去10年，美国共发生大规模校园枪击案27起。芝加哥大学哈里斯公共政策学院和美联社公共事务研究中心民调显示，21%的美国成年人曾经历过枪支暴力。美国心理协会调查显示，三分之一的美国民众担心成为大规模枪击事件的受害者。

枪患猛于虎，已成为美国社会的"不治之症"。每当大规模枪击惨案发生，都会在美国社会掀起讨论枪支管控的热潮，但热潮过后，一切如旧，哀思和祈祷不能阻止枪声再起。面对控枪议题，政客们夸夸其谈却无所作为，互相推诿、敷衍塞责成为标准"套路"，控枪始终难见实效。相互掣肘的政治体制、日益极化的政治生态、无孔不入的利益集团、难以根除的种族歧视，使全面禁枪几乎成为一项"不可能完成的任务"。

美国政治制度的设计与运作是枪支管控不力的深层根源。各州关于枪

2023年1月23日,在美国加利福尼亚州洛杉矶县蒙特雷帕克市举行的烛光悼念会上,一名男子手持抗议枪支暴力的标语牌。加利福尼亚州洛杉矶县蒙特雷帕克市2023年1月21日晚发生枪击事件,造成11人死亡、9人受伤。

新华社发(曾慧 摄)

支管控的规定松紧不一,枪支管控和跨州执法愈发困难。共和党一贯支持民众拥枪,而民主党则支持控枪。在当前美国政治极化背景下,控枪立法举步维艰。"神通广大"的枪支游说团体也是控枪的一大阻力。美国的集团政治和选举政治为拥枪团体提供了合法渠道,使其能大搞金钱政治。据跟踪政治资金用途的"公开的秘密"组织统计,1998年至2022年,拥枪团体花费1.904亿美元用于游说。在美国上一届国会中,曾获美国全国步枪协会资助的议员多达262位,累计获得资助超过100万美元的有19位,其中绝大多数是共和党议员。

枪患病根难除,让人们不得不怀疑"美式人权"究竟成色几何。可以肯定的是,如果不从根本上反思和改变金钱政治、治理失灵的现实,美国民众将继续生活在枪支暴力的血色阴影之中。

▶ 滥施"长臂管辖",世界苦美久矣

美国"长臂管辖"久已有之,其手段不断翻新,但本质始终是维护美国霸权的工具。制裁大棒挥舞得越来越凶,"胳膊"越伸越长,这种对他国实体和个人滥施"域外管辖"的蛮横司法实践,令世界深受其害。

"长臂管辖"最初用于处理美国跨州的管辖权问题,后来逐步演变成为美国霸凌工具箱里的一大武器。美国不断强化立法,妄图为"长臂管辖"披上"合法"外衣,不仅涉"长臂管辖"法律名目繁多,而且适用门槛不断降低,以扩大其自由裁量权。与此同时,美国还建立了多部门分工

2022年7月4日,在津巴布韦首都哈拉雷的美国驻津使馆门前,津巴布韦"广泛反对制裁联盟"组织成员手举标语牌,反对美国及其西方盟友对津巴布韦的长期经济制裁。

新华社发(塔法拉·穆瓜拉 摄)

协作的"长臂管辖"执行体系。美国国务院、财政部、商务部等部门各司其职、相互配合，被赋予了冻结资产、拟定被制裁个人与实体名单、审查和发放许可证等执法权。此外，美国政府还通过控制 SWIFT、CHIPS 这两大跨境资金支付清算系统为经济制裁执法提供支撑。

根据美国财政部报告，截至 2021 财年，美国已生效的制裁措施累计达 9400 多项。其数量之多、花样之繁，令人震惊。法国国际关系和战略研究院研究员阿里·拉伊迪在《隐秘战争》一书中一针见血地指出，美国通过"长臂管辖"堂而皇之地对任何国家施压，无论盟国还是敌国，完全是"只手遮天"。

美国滥施"长臂管辖"，冲击多边主义国际秩序。美国在联合国框架之外频繁实施单边制裁措施，仅在 2021 年，美国财政部、商务部等部门就针对 2000 多个实体实施了各类制裁。安理会的制裁功能因此受到冲击，严重影响其维持国际和平与安全的正常运转。美国罔顾其"301"措施已被世界贸易组织争端解决机构裁定为违反国际法，继续对来自中国和其他国家的进口产品发起各类单边性质的"301 调查"，并维持现有的"301"关税措施，破坏了多边贸易体制历经多轮艰难谈判所达成的关税减让成果，公然践踏多边贸易体制宗旨和精神，损害多边贸易体制运作基石。

美国滥施"长臂管辖"，对他国经济主权构成严重威胁。近年来，美国"长臂管辖"已涉及中国、俄罗斯、伊朗、叙利亚、朝鲜、古巴等多个国家。即使是在新冠疫情全球蔓延期间，美国政府仍顽固坚持对伊朗、叙利亚等国实施单边制裁，导致被制裁国家难以及时获得抗击疫情需要的医疗物资。美国连其盟友国家也不放过，法国、英国、德国、日本等国的许多企业都沦为其"长臂管辖"的"盘中餐"，德国德意志银行、法国阿尔斯通等受害者的故事在全球业界广为流传。法国《回声报》指出，"长臂管辖"已成美国经济战的一种武器。

美国滥施"长臂管辖"，干扰国际贸易秩序，破坏全球贸易正常供应链，损害别国企业利益。只要实体行为与美国发生所谓"最低限度联系"，"长臂"随时可能到达。随着美国"长臂"肆意乱伸，德国、法国、意大利等欧洲公司被处以巨额罚款或遭致命打击。为了围猎竞争企业，美国"长臂管辖"层层加码，从美国国内拓展到全球范围，从美国商品延伸到采用美国技术和设备生产的商品。如此对国际商业交易和竞争横加干涉，彻底背离其长期自我标榜的自由主义市场经济理念。

美国滥施"长臂管辖"，正在反噬自身。为抗衡美国"长臂"，一些国家在完善自身法律的同时，也在多边场合对美国发起反击。欧盟于1996年通过了《阻断法案》，以立法的形式阻断美国"长臂管辖"措施在欧盟境内的效果。此外，欧盟还在联合国大会、安理会、世贸组织等国际机构提出提案和发起倡议，呼吁国际社会关注美国"长臂管辖"的危害性。美国制裁成瘾、霸凌成性引发国际社会日益强烈不满，美国"长臂管辖"的任性妄为终将损人害己。

▶ 输了官司耍无赖，美式贸易霸凌新闹剧

"合则用，不合则弃。"近期在瑞士日内瓦举行的世界贸易组织争端解决机构会议上，美国被判违反世贸规则，之后又滥用上诉权利为相关裁决执行蓄意制造障碍。这一行径遭到众多世贸成员的严厉声讨。

2022年12月，世贸组织争端解决机制专家组报告裁定，2018年美国对进口钢铝产品加征关税的措施、2020年美国就香港商品实施的产地来源标记新规定均违反世贸规则，不符合"国家安全例外"条件，建议予以纠正。美国非但不接受世贸裁决，反而利用仲裁机构"停摆"提出上诉，试图将裁决的执行无限期搁置，而仲裁机构停摆的始作俑者正是美国。也就是说，美国给世贸组织制造困境，然后又利用这个困境逃避裁决。欧盟驻世贸组织代表就指出，世贸仲裁机构因美国蓄意破坏而"瘫痪"，目前根本无法审理这些上诉，美国实际上是在滥用上诉权利。

稳定有序的规则体系是多边贸易的基础。世贸组织专家组顶住压力，对贸易违规行为进行调查并作出公正裁决，其捍卫规则秩序的专业性和勇气值得称道，也为更多饱受贸易霸凌的国家在世贸组织框架内寻求公平正义增添了信心，无疑是对多边主义的重要增益。美国违反世贸规则、拒不执行裁决的行为遭到包括其盟友在内的世贸成员广泛声讨，这充分说明美方做法不得人心，越来越多国家敢于对单边主义和霸凌行径说不。

世贸组织专家组裁定的意义不止于此。近年，美国动辄以"国家安全"概念为由搞"脱钩""断链"，对其他国家实施科技围堵、贸易霸凌。

"请美方学成语"系列：成语告诉你，"自相矛盾"行不通

专家组的权威裁定在国际上为世贸组织有关"国家安全"的规则作了更明确的解释，以两个权威判例的形式否定了美国所谓的"国家安全例外论"，也让未来面临相似困境的国家能够站出来维护自己的正当权益。外媒有评论指出，世贸组织专家组的裁决再次给美国敲响警钟：安全例外条款不是单边主义、霸权主义的"护身符"。

近年来，美国泛化"国家安全"概念，动辄将别国企业拉入"实体清单"，搞贸易禁运、长臂管辖，实施单边霸凌打压；无论是《芯片与科学法案》《通胀削减法案》，还是所谓"友岸外包"，均违反世贸规则，对全球产业链供应链造成扰乱和破坏，遭到广泛谴责乃至反制……中国代表在日内瓦会议上批评美国是"单边主义霸凌行径实施者、多边贸易体制破坏者、全球产业链供应链扰乱者"，生动刻画出美国的国际形象。

美国总爱拿"基于规则的国际秩序"说事儿，可一旦触碰其利益或自己成为被告，却马上毫无顾忌地抛弃、破坏规则。世贸组织研究报告显示，美国是迄今为止"最不守规矩者"，该组织三分之二的违规由美国引起。当美国在争端解决机制中成为被告的次数越来越多、败诉的频率越来越高的时候，他就会"撂挑子""掀桌子"，甚至不惜让仲裁机构"瘫痪"。2019年12月，世贸组织争端解决机制中的上诉机构因美国阻挠法官遴选而停摆，令多边贸易仲裁机构"瘫痪"。美国对世贸组织的态度充分说明，其所谓的"规则"，不过是为了获得免受规则约束的特权而编造的说辞而已。

当下，美国的单边主义贸易霸凌行径在世界范围内引发越来越多的反弹，这种"宁可我负天下人，不可天下人负我"的自私本性根本不见容于当今世界遵从规则、相互尊重、多边协商的大潮流，最终只会把自己隔绝于世界主流之外并为此付出沉重代价。正如澳大利亚"东亚论坛"网社论所说，美国现在已变成国际贸易体系的最大破坏者。美国在开展健全的国际经济外交方面给了自己一张红牌，并很可能在未来数年的国际经济博弈中出局。

美国,"无法呼吸"的梦魇缘何挥之不去

2023年1月,美国田纳西州孟菲斯市一非洲裔男子遭警察殴打后不治身亡。有关视频公布后,美国多个城市爆发抗议示威活动,示威者高举"没有正义就没有安宁""停止对美国黑人的战争"等标语。《纽约时报》用"美国的耻辱"作标题来评论这一警察暴力执法事件。究竟是什么让美国民众难以走出"无法呼吸"的梦魇?

2023年1月27日,在美国首都华盛顿,人们在白宫前抗议非洲裔男子泰尔·尼科尔斯遭警察殴打身亡。

新华社发(亚伦 摄)

2020年美国非洲裔男子弗洛伊德遭白人警察"跪杀"画面震惊世界。尽管事后抗议示威活动席卷全美,"黑人的命也是命"运动深入各地,但三年来,美国警察动辄拔枪施暴惯性依旧,暴力执法酿成的惨剧未得到有效控制。

据《华盛顿邮报》报道,美国警察2021年共射杀1047人,创该报纸统计这一数字以来最高纪录。美国"警察暴力地图"网站数据显示,美国警察2022年打死1186人,其中非洲裔占26%,而非洲裔在美国总人口中仅占13%。就在孟菲斯事件发生前不久,在洛杉矶探亲的一名31岁非洲裔教师遭警方用电击枪多次攻击后身亡。

美国警察暴力执法问题频发有着复杂的社会、文化和历史背景。美国始终未从根源上彻底反省种族主义危害,有效保护公民基本人权的制度设

2020年5月30日,在美国纽约昆斯区,一名女子高举标语抗议警方暴力执法。由美国明尼苏达州明尼阿波利斯市警察执法失当致非裔男子乔治·弗洛伊德死亡一事在当地引发的抗议活动30日蔓延至美国多地。

新华社记者 王迎 摄

计严重缺失。

美国智库皮尤研究中心一项调查指出，有七成的黑人和近四成的白人认为，美国警察针对黑人和白人的执法方式不同。有欧洲媒体引述有关统计数字说，美国年轻黑人被警察枪击的可能性是年轻白人的21倍。

面对警察暴力执法事件频发，美国政客们更多是动动嘴皮子，鲜有实际行动。

弗洛伊德事件发生后，美国国会曾有动议出台《弗洛伊德警察执法公正法案》，旨在强化对警察不当行为的问责，并改革警察的培训和政策。然而，由于党争激烈，法案未能在参议院通过。

美国暴力文化根深蒂固。弗洛伊德事件没有推动从根本上解决问题，此次孟菲斯事件恐怕也不过是一个新的轮回而已。《纽约时报》评论指出，这一问题，犹如"未经处理的伤口仍在溃烂，血水从纱布中渗出"。

此次事件爆发的孟菲斯市是美国民权领袖马丁·路德·金1968年遇刺的城市。马丁·路德·金为种族平等、公平公正奔走一生，曾发表著名演说《我有一个梦想》。数十年过去，种族平等、公平公正的梦想还是那么遥不可及。

▶ 麦卡锡"险胜" 美式民主惨败

遭遇百年罕见的尴尬，经过15轮表决，共和党人凯文·麦卡锡终于当上了美国国会众议院新任议长。这场令舆论哗然的闹剧，暴露出美式民主紊乱失调的众多指征。

首先，政治对立加剧，美国在政治极化之路上越走越远。100年来，众议院议长选举基本都是"走过场"，一轮表决就结束。如今，表决持续十几轮才出现胜者，反映了美国政治极化加强以及共和党内派系之争更加尖锐激烈。

一方面，民主、共和两党如今更加势同水火，麦卡锡早早就放言要对抗民主党政策、展开涉及美国总统拜登的调查；众议院民主党人则巴不得

2023年1月5日，在美国华盛顿国会，众议院共和党领袖凯文·麦卡锡（右一）在众议院议长选举现场。

新华社记者 刘杰 摄

共和党继续内耗，面对麦卡锡面临的党内支持不足的窘境，不可能做个顺水人情帮助他投票"过线"。

另一方面，共和党虽然总票数可以达标，但他们内部矛盾同样深刻，一部分右翼"强硬派"固守自己的立场就是不肯轻易向麦卡锡让步。2023年1月6日晚，第14轮表决深刻演绎了共和党内部矛盾的尖锐：共和党众议员马特·盖茨临阵反悔，导致麦卡锡以一票之差再次落败。麦卡锡沮丧地前去质问盖茨，共和党众议员迈克·罗杰斯也很失望地要找盖茨"说理"，旁边的人担心事态升级捂着罗杰斯的嘴赶忙把他拉开。

众议院议长选举上一次出现10轮以上表决要追溯到1859年第36届国会开幕。当时因为众议院就奴隶制问题纷争激烈，经过44轮表决后才选出议长。两年后，美国爆发内战。美国塔尔萨大学教授、多家媒体撰稿人特德·吉诺韦斯认为，本次议长选举让人联想到美国内战前国会众议院内的紧张氛围。美国赖斯大学历史教授道格拉斯·布林克利则直接指出，美国实际上已身处"一种新内战"之中。

其次，政客为了权力大搞政治交易，美国政治不稳定性更加明显。经过不断讨价还价，麦卡锡最终与反对者达成一致，确保他能在第15轮表决中获得半数以上票数。据悉，为了坐上议长之位，麦卡锡作出或提出一系列重大让步，不惜为自己戴上更重"枷锁"——将提出罢免议长动议的众议员人数门槛降至1人。此外，麦卡锡也答应让更多右翼"强硬派"议员在众议院重要委员会中任职，启动审议和表决保守派提出的一系列法案，等等。参议院多数党领袖、民主党人查克·舒默警告说，这些利益交换未来将导致联邦政府停摆或债务违约，给美国带来破坏性后果。《纽约时报》文章说，这场政治纷争表明，美国国会未来两年可能反复陷入混乱。

再次，美国政客权谋第一、虚伪成性，美国政治愈发失信于民。国会议事厅里，议员们表面上慷慨陈词，背地里却满心算计。竞选拉票时答应选民要求很干脆，一旦选上，立刻就开始聚焦政治斗争，应对通货膨胀、

这是 2023 年 1 月 6 日在美国华盛顿国会拍摄的凯文·麦卡锡（中）。经过党内激烈争论达成利益交换，共和党众议员凯文·麦卡锡于 2023 年 1 月 7 日凌晨在第 15 轮众议院议长选举表决中当选议长。

新华社记者 刘杰 摄

处理"边境危机"、打击违法犯罪等事关国计民生的事务则通通往后排。本届当选众议员中，还包括谎话连篇的乔治·桑托斯。2022 年年底，他承认个人履历造假，但拒绝放弃就职，诡辩称"这不妨碍我当好国会议员"。人无信不立，美国政客造假无信却仍能高居庙堂，似乎早已见怪不怪。美国盖洛普公司 2022 年年底发布的民调结果显示，超七成美国人不认可国会工作表现。美国福克斯新闻台主持人、前国会众议员图尔西·加巴德指出，美国民众不相信这些政客一点都不奇怪，因为华盛顿这帮人都在为自己工作。

颇具讽刺意味的是，麦卡锡宣誓就职众议院议长前一天是美国"国会山骚乱"两周年纪念日。这场暴力骚乱打碎了美国政治制度的"美颜滤镜"，充分暴露美国民主弊端及其在民主问题上的虚伪面孔。美国一家政治咨询公司主席布拉德·班农认为，"国会山骚乱"过去两年，美国民主依然深陷困境，众议院"一团糟"，再次表明美国政治机构的衰败。

▶ 美国霸权之路越走越窄

临近 2022 年年底，美国信心满满地把 50 位非洲领导人请到华盛顿召开"美非峰会"，以展现美国对非洲"不变的承诺"。然而，与 2022 年以来美国在国际舞台上诸多遭遇类似，白宫并没有看到预期中的"一呼百应"，收获的反而是日趋增多的质疑与批评。

美国媒体"政客"网站评论说，美国总统拜登试图说服非洲领导人相信美国想与非洲在多个领域展开合作，但"很多非洲领导人感觉他们已经被糊弄过一回——在 2014 年首届美非峰会上，时任美国总统奥巴马对非洲做出大量承诺，但随后却削减了对非洲对抗艾滋病的资助和其他援助"。在非洲电信业有着大量投资的英国企业家莫·易卜拉欣近日在接受美国有线电视新闻网采访时直言，美国在对非合作中只说漂亮话，实际行动完全不是那么回事。

非洲的反应不难理解，美国正为其在世界上的霸道任性做派付出代价。美国对其他主权国家进行频繁而肆无忌惮的欺凌，在双边和多边外交场合频频失信，其不择手段、损人利己甚至不利己也要损人的真面目越来越显露无遗。面对日益觉醒的世界，美国的霸权之路越走越窄。

多年来，美国打着各种幌子公然入侵许多国家，对这些国家造成持久灾难。西方学者在《美国侵略：我们是如何入侵或军事干预地球上几乎每一个国家的》一书中指出，在联合国承认的 190 余个国家中，只有 3 个国家没有与美国打过仗或受其军事干预。他们称，这 3 个国家能够"幸免于难"只是因为美国没有在地图上发现它们。

除了侵略行为，美国在其他方面的霸凌行径继续变本加厉，包括胁迫他国选边站队，对不顺从的国家滥施单边制裁，在多个地区挑起冲突趁乱牟利，对国际规则合则用、不合则弃，等等。许多受害国敢怒不敢言，但对美国的"号召"消极对待和不合作趋势越来越明显。

美国自诩"民主灯塔"，频频以"民主""人权"为幌子干涉他国内政或胁迫他国选边站队，这种虚伪做派已经少有人买账。在2022年6月举行的美洲峰会上，白宫以意识形态划线将古巴、尼加拉瓜和委内瑞拉领导人排除在外，遭到拉美多国领导人抵制。参加美非峰会的卢旺达总统保罗·卡加梅对美国媒体说："我不认为我们需要被强迫选边站队。"南非前外交官齐纳特·亚当一针见血地指出，"美国在人们心目中仍是新殖民主义强权，没有多少国家相信美国是民主与人权的卫士"。

在拉拢东盟国家时，美国同样以居高临下的姿态玩弄胁迫站队、挑动矛盾、开空头支票等老招数，却处处碰上"软钉子"。对美国别有用心推出的所谓"印太战略"，绝大多数地区国家疑虑重重。

2022年6月10日，在美国加利福尼亚州洛杉矶，一名抗议者手持标语牌参加游行，抗议美国拒绝古巴、尼加拉瓜、委内瑞拉三国领导人参加美洲峰会。

新华社发

霸权心态使美国政客毫不掩饰其在国际舞台上肆无忌惮的行事风格。美国前国务卿蓬佩奥曾公开宣称,"我们撒谎,我们欺骗,我们偷窃"。这种"坦诚"的背后是"能拿我怎么样"的无赖逻辑,也让更多国家彻底看清:与美国交往,难言平等,遑论相互尊重与互惠互利。

美国一贯从自身利益出发肆意破坏和践踏国际规则和秩序。例如,美国长期阻挠世界贸易组织上诉机构法官的遴选,致其多年来一直处于瘫痪状态。据英国《卫报》报道,多达127个世贸组织成员近日联合提案,抗议美国这一霸道做法。这已是关于这一问题的第61次提案,代表了国际社会主流声音,但遭到美国第61次蔑视回应。

尽管美国政府四处拉拢他国,但其对霸权的追求并不能赢得真正的朋友。正如哥伦比亚大学教授杰弗里·萨克斯近日所说,美国试图保持其世界霸权的地位,但所作所为源自危险的、虚幻的、过时的理念,美国最需要的是国内的社会凝聚力和与世界上其他国家负责任的合作,而不是对霸权的幻想。

▶ "人体试验"只是美国侵害人权的冰山一角

美国加利福尼亚大学旧金山分校最近发布的一份报告显示，20世纪60年代和70年代，美国旧金山附近一座监狱里至少2600名囚犯曾被作为医学实验对象，被进行了数十次"不道德的医学实验"，实验内容包括向囚犯体内注射杀虫剂和除草剂。

这是美国在人权领域里爆出的又一丑闻，但当事方和当局似乎试图大

这是在美国首都华盛顿拍摄的美国司法部大楼。

新华社记者 刘杰 摄

事化小、小事化了。针对纳粹在集中营做人体实验的行径,二战后制定的《纽伦堡法典》规定,在人体上进行实验必须获得受试对象同意。这是对人的尊严和自主权的基本尊重。对此,校方扭扭捏捏地承认,在获取囚犯知情同意方面,那些实验"有问题"。

在美国历史上,类似的"人体实验"黑历史不在少数。英国《每日电讯报》曾报道,1946—1948年,美国政府资助了一个医学实验,对约5500名危地马拉人进行实验,故意使1300多名士兵、妓女、囚犯和精神病患者感染上梅毒等性病,致死至少83人。《印度教徒报》曾报道,自1932年起,美国公共卫生部门在亚拉巴马州以免费治疗为名,将近400名美国非洲裔男子作为实验品,秘密研究梅毒对人体的危害,实际上当事人未得到任何治疗。实验直到1972年被媒体曝光才终止。

事实上,媒体曝光的只是美国非法和不道德"人体实验"的冰山一

2018年1月11日,人们在美国华盛顿白宫外参加抗议活动,要求关闭关塔那摩监狱。该监狱用以关押"9·11"事件后美军在全球反恐行动中抓获的嫌疑人,因多次传出虐囚丑闻而臭名昭著。

新华社记者 殷博古 摄

角，仅这些骇人听闻的实例已经充分证明，美国一直自诩是人权"卫道士"，其实是十足的"伪道士"。美国在人权上极力描绘的种种美好色彩完全是蒙蔽美国国内民众和欺骗国际社会的画符。美国人权和劳工权利律师、匹兹堡大学法学客座教授丹尼尔·科瓦利克表示，美国宣传推广的所谓"美式人权"，实际上是欺骗国内外民众的借口和利益集团牟利的工具。

美式人权的虚伪有其深层根源。根深蒂固的种族主义，"弱肉强食"的"潜规则"，无不体现了"社会达尔文主义"的残酷与冷漠。从上述曝光的丑闻可以看出，受害者大都是外国人、非洲裔黑人或是失去自由的囚犯，在美国白人至上的社会意识里，对这些"下等人"做的肮脏勾当，似乎并不是什么大事。

别的且不说，20年来，美国在关塔那摩监狱任意拘押、酷刑虐囚的丑闻不断被曝光，经常有当事人出来指证，但美国我行我素，不仅没有"收手"，反而将"黑狱网络"铺向全球。美国在全球各地臭名昭著的"黑狱"早已成为美国肆意践踏法治、践踏人权的典型例证。

再看美国国内，私营监狱不啻侵犯人权的"现代奴隶庄园"。据美国司法部下属司法统计局2021年公布的数据，截至2019年年底，美国有超过200万人被监禁或拘留，其中超过10万人被拘禁在私营监狱。一些美国私营监狱运营商利欲熏心，对在押人员进行极限压榨，为牟取私利不择手段，其侵犯人权的斑斑劣迹令人触目惊心。

美国自身在人权问题上恶行累累，却高调宣扬漂亮的人权口号，攻击他国的人权状况——美国在人权问题上的虚伪与"分裂"做派，令人惊诧。"人体实验"丑闻的曝光，让世人更加认清了美国的嘴脸。美国精心打造的人权叙事或许会喧嚣一时，终究不能永远蒙蔽世人。

▶ 美国国会山的"股神"们

在美国,真正的"股神"不在华尔街,而在国会山。他们无须掌握复杂的技术路线,也不用谙熟行业运作,他们自己就是"上帝",哪只股票涨跌他们总能"未卜先知"。

他们靠的是可以"公权变现"。近期美国媒体大量爆料国会议员利用职务之便搞"内幕"交易。据《纽约时报》报道,2019年至2021年,近五分之一的国会议员在其个人或直系亲属出售股票、债券或其他金融资产时,会根据其在国会工作中得到的内幕信息采取行动。

众议院议长佩洛西是国会里的著名"操盘手"。公开资料显示,其丈夫在2019年至2021年交易了价值2500万至8100万美元股票及其他金融资产,获利颇丰。作为议长,佩洛西对众议院提案立法具有重要影响。美国媒体认为其丈夫金融交易规模不断扩大和她有不可分割的关系。2021年年底,国土安全委员会就网络安全问题举行听证会,在该委员会任职的新泽西州众议员戈特海默第一时间投资了高达500万至2500万美元的相关金融资产。得克萨斯州众议员麦考尔在国土安全委员会任职期间,其家人交易了大量IBM和埃森哲这两家国土安全部主要承包商的股票……

驴象一般黑。众所周知,美国两党对立严重,一有机会就互相攻击抹黑。中期选举在即,此风尤甚。国会议员搞内幕交易丑闻甫出,政客们第一反应是找机会打击对方。然而最后却发现,在内幕交易丑闻上两党表现不相上下,在被指从事内幕交易的97名国会议员中,48名民主党籍,49名共和党籍,这杯"羹"分得不能再平均。小布什政府白宫首席伦理法律顾问佩因特在彭博社网站撰文指出,民主、共和两党面对国会议员内幕交易问题时都表现得很虚伪,"两党都难辞其咎"。

立法者违规,堪称"严于律人,宽以待己"的标杆。《华盛顿邮报》近日刊文表示,作为立法部门的国会似乎更热衷于监督他人而非自身,美国法律未能有效限制议员或其亲属交易股票,议员们的第一要务应该是整顿自身行为。事实上,美国曾于2012年出台《停止利用国会消息交易法案》(简称《股票法》),明文禁止国会议员和工作人员靠"履职过程中获得的非公开信息谋取个人利益"。然而,违反《股票法》的罚款仅为200美元,且在参众两院均可被豁免,这让该法案成了个"笑话"。国会曾"装模作样"考虑通过新立法限制议员染指股市,但日前有消息称众议院将推迟针对此项法案的投票直至中期选举后。《纽约时报》报道称,推迟投票可能使解决该问题的努力遭遇"永久性挫败",即便中期选举结束后,国会议员们也不会真正对自己开刀。

"硕鼠"越养越肥,民生越来越苦。美国百姓不满议员以权谋私,公民组织"华盛顿责任与道德"发文呼吁严格立法禁止国会议员任内交易股票。然而国会山的"股神"们可能会继续闷声发大财。

搞二元对立没有出路
起底美国政治"思想赤字"

30多年前,苏联解体,美国成为世界唯一超级大国,美国著名学者福山抛出"历史终结论"。30多年后,福山又作出美国"政治衰败"的判断。从单极霸权、一家独大到"灯塔"倒掉、乱象丛生,美国虽超级大国实力犹存,但其霸权已今非昔比,日渐式微。

美国曾高举"民主自由"大旗,试图打造基于美国规则服务美国利益的全球秩序。然而,随着美式"民主自由"虚伪丑陋本性的暴露无遗,美国号令世界的"软实力"被极大削弱。看今日之美国,政治极化、贫富分化、社会撕裂、种族歧视、决策效率低下……各种问题集中显现,制度设计的利益导向与多数民众的民主诉求存在先天背离,之间的固有矛盾日益激化,金钱政治笼罩下所谓"民有、民治、民享"已是难以兑现的空中楼阁;国际上,美式民主输出成了"致命毒药","颜色革命"在全球引发战乱冲突。美国前总统卡特批评说,"世界正见证一个'失灵的民主政体'"。美国哲学家马尔库塞认为,美式资本主义已蜕变成一个新型的极权主义社会。

美国崇尚的新自由主义一度大行其道,为毫无节制的资本攻城略地大开方便之门,引发全球周期性经济动荡。这场敌视政府、丑化国家、神化市场、放任资本的激进改造,加速了自由市场机制中弱肉强食与劫贫济富的倾向,打开了社会两极分化的潘多拉魔盒,一国之内各阶层之间以及不同国家之间的贫富差距不断拉大,为反全球化和民粹主义埋下动荡的种子。依仗军事力量和美元霸权，美国垄断金融资本在全球大进大出、兴风作浪，收割世界财富的同时，也推动美国经济脱实向虚，走上负债、印钱、金融化、去工业化的金融寄生道路。诺贝尔经济学奖得主约瑟夫·施蒂格利茨指出，2008年金融危机之后，不仅美国的敌人，甚至连一些盟友都在思考：美式资本主义和美国霸权是否正走向没落。

冷战后，美国滥用霸权忙于构筑以美国利益为中心的单极世界，以"统治者"视角环顾全球，不给就抢、不服就打，强取豪夺，大搞"顺我者昌，逆我者亡"的专制把戏。从干涉内政、策动政变、发动战争，到拉帮结派、打压异己、煽动对抗，再到挥舞制裁大棒、破坏国际规则、贩卖安全焦虑、大搞"脱钩断链"，美国垄断资本、政治寡头与军工集团深度勾结，把世界变成了帝国的"逐猎场"。美国学者大卫·罗斯科夫在《华盛顿邮报》上刊文指出，当今世界兴起新反美主义的一个重要原因，就是美国在一个以"牺牲大多数而让极少数获益"的全球体系中扮演了设计者、领导者和主要受益者的角色。

美国霸权衰落已是肉眼可见的现实，根源在于资本主义制度本身的劣根性，在于思想的衰落。当今时代，经济全球化、政治多极化、国际关系民主化深入发展，人类彼此相互依存、风险共担，结成了休戚与共的命运共同体，这一时代特征决定了人类需要更具整体主义思维。反观今日美国，仍将自身利益凌驾于全世界利益之上，为巩固霸权秩序不惜挑起国家之间的冲突和仇恨，撕裂大国关系与全球合作，自私自利、二元对立以及唯我独尊的思想让这个超级大国无法跳出"美国优先""美国例外"的心魔，抵制全球实现共同发展的历史大势，何以为人类提供引领时代发展的先进思想？

"美国优先"的极端利己主义与经济全球化时代合作共赢的发展趋势背道而驰。一种思想能否引领时代，要看是否有助于将越来越多的国家民众纳入全球经济大循环，让越来越多的国家公平地参与经济全球化并从中

2023年3月18日，在美国首都华盛顿，反战人士在白宫前参加集会。

新华社记者 刘杰 摄

获得发展繁荣的机会，提升全人类的整体福祉。美国政治精英想的不是做大共同发展的蛋糕，而是拉拢少数国家搞控制垄断的"小集团"，通过"脱钩断链"、科技封锁、滥施制裁、经济胁迫等手段打压竞争者，遏制高新技术、资金和知识向后发国家流动和转移，阻碍世界分工体系的合理化调整。中国发展为世界经济贡献近三分之一增量，美国却对中国单方面发动贸易战、科技战，以牺牲全球经济增长为代价遏制打压中国发展。

二元对立的"非友即敌"思维与多极化世界追求和平发展的历史潮流格格不入。从导演"自由对抗专制"的冷战剧本，到如今炮制"民主对抗威权"的虚假叙事，美国始终逃不出冷战思维和零和博弈的思想桎梏。美国《外交》杂志发表题为《冷战陷阱》的文章指出，冷战历史支配了美国对过去的认知，扭曲了美国理解冲突、对待谈判、认识自身能力甚至分析问题的方式，冷战历史已成为制约美国人开眼看世界的认知枷锁。

唯我独尊的"文明冲突"思维与人类文明多元共存的时代要求有着根本性冲突。美国自认是"上帝的选民",始终以西方所谓"自由民主"作为现代文明的唯一样板,幻想着以美式意识形态"统化"全球。历史正在证明,人类文明只有和谐共生、共同发展,才能生机勃勃、繁衍传承,搞单边主义、单极世界,强推一种文明、一种道路、一种模式,只会让世界陷入冲突之苦、枯竭之痛。

对于大国而言,思想的衰落往往比实力的衰落更危险。历史并未终结,也不可能终结,二元对立没有出路,美国当敬畏历史,顺应时代,善待世界。正如美国学者杰弗里·萨克斯所说,拒绝站在多极化角度看世界的逆潮流者,终将被淹没于历史洪流之中。

POSTSCRIPT

后 记

当前，世界百年变局加速演进，国际格局深刻演变。美国试图继续以霸权维持其一国之利，同时国内乱象纷呈，治理失序，日益成为全球最大的乱源。新华社国际部自2022年成立"起底美国"报道组，充分发挥新华社全球布局、深度调研、专业研究优势，在广泛深入调查研究美式民主本质、美国霸权本质、美国乱象本质的基础上，推出一系列内容扎实、形态丰富的深度报道，全面、系统、深入地揭示了美国在政治、经济、军事、文化等多个领域的霸权行为和虚伪面目，现集结成书，以飨读者。

新华社社长傅华、总编辑吕岩松、副社长袁炳忠对本书撰写提出要求，新华社国际部主任倪四义、副主任冯俊扬具体组织了编写工作。

在本书编写过程中，我们始终坚持以事实为基础，以真相为追求，力求通过深入的调查研究和客观事实，还原一个真实的美国形象，帮助更多的人更加全面、客观、真实地了解美国、认识美国。

感谢新华出版社社长匡乐成对本书出版的大力支持；感谢责任编辑蒋小云、张云杰、张汇元为本书出版所付出的辛勤努力。

本书编写组

2024 年 9 月

图书在版编目（CIP）数据

起底美国 / 新华社国际部著 . -- 北京：新华出版社，2024.11
ISBN 978-7-5166-7412-3
Ⅰ．I253
中国国家版本馆 CIP 数据核字第 20249SS519 号

起底美国

作者：新华社国际部	责任编辑：蒋小云　张云杰　张汇元
出版发行：新华出版社有限责任公司	
（北京市石景山区京原路 8 号　邮编：100040）	
印刷：河北鑫兆源印刷有限公司	
成品尺寸：170mm×240mm　1/16	印张：24.5　字数：325 千字
版次：2024 年 11 月第 1 版	印次：2024 年 11 月第 1 次印刷
书号：ISBN 978-7-5166-7412-3	定价：79.00 元

版权所有·侵权必究
如有印刷、装订问题，本公司负责调换。